致青春 112

建築師今天
戀愛了嗎？

（中）

艾小圖　著

高寶書版集團

目錄
CONTENTS

第十一章　彎矩結構計算

蘇漾不爽地瞪了顧熠一眼，沒好氣地問他：「憑什麼是我睡雞舍牛棚豬圈？你是男人好嗎？難道不應該你去嗎？這是紳士風度啊。」

顧熠微微挑眉，一臉不在乎的表情，也不理會蘇漾的不滿，直接開始脫衣服，單手解開鈕釦也很快，一下子襯衫就敞開了，露出內裡的背心。

「你幹麼？」蘇漾瞪大了眼睛看他，難以置信。

「睡覺啊。」顧熠隨手把背包放在一張破舊的木質立櫃上，回過頭來很隨意地說，「我完全不介意和妳一起睡，是妳介意，不是嗎？」

「……」蘇漾沒想到這個男人耍起賴來竟然這麼無恥，氣得臼齒都咬緊了。

這麼冷的天，又下大雨，要麼不睡，要麼將就，顧熠就是算準了她沒得選擇。

蘇漾看了一眼房間裡的擺設，悶了幾秒之後，不得不妥協。

她指了指房裡唯一一張竹條編成的椅子，對顧熠說：「這樣吧，我們剪刀石頭布，誰贏了誰睡床，輸的睡椅子。」

顧熠杵在原地，淡淡掃了蘇漾一眼：「我為什麼要跟妳猜拳？」

蘇漾看了他一眼，故意激他：「你是怕輸吧。」

「激我？」顧熠嘴角泛起一絲淺笑，手指輕輕對蘇漾一勾，「來，我讓妳心服口服。」

和顧熠玩剪刀石頭布，三輪之後蘇漾還是不服氣，又加了一輪，還是輸，完全慘敗。

雖然顧熠把一床附在棉被上的包毯給了蘇漾，她還是睡得非常不舒服。竹椅子又窄又小，就算把腿放在矮櫃上也非常勉強，連動都沒有空間動，更別說翻身了。

蘇漾用毯子把自己裹緊，一邊詛咒顧熠，一邊強迫自己睡覺。

很久很久，才終於有了一點睡意。

顧熠躺在床上，其實並沒有睡著。木床板很硬，鋪的墊子也不夠厚，被子還微微泛潮。他躺在床上，也沒什麼睡意。

剪刀石頭布，蘇漾自然是玩不過顧熠。

當結果無法預測的時候，第一把可以直接出布。因為按照機率計算，人第一把出石頭的機率是百分之三五．四，出剪刀是百分之三十五，出布是百分之二九．四。

蘇漾第一把就出了石頭，之後一如預測，完全跟著顧熠的上一把出拳。他上一把出布，她下一把一定出布。

顧熠獲勝完全沒有懸念。

蘇漾睡在竹椅上自然是不舒服，那麼小的空間，她還一直動來動去，竹椅也不斷發出吱嘎嘎的聲音。

她一下掀毯子，一下動腿，總之就是不能保持不動。

想到她此刻狼狽又不爽的樣子，顧熠竟然有種惡作劇成功的興奮。

不知道是不是有蟲，聽到她拍打自己皮膚的聲音，顧熠故意逗她。

「還需要滴滴代咬嗎？」

「不用。」蘇漾咬牙切齒地說，「我現在需要的是滴滴打人。」

顧熠忍不住笑了，清了清喉嚨，用很認真的口吻說：「滴滴業務都來不及開發了。」

「哼。」蘇漾不爽地把頭轉過去，再不看顧熠。

時間過去很久，大概是真的累了，她終於睡著了。

聽著她均勻的呼吸聲，顧熠才躡手躡腳地下床。

站在竹椅旁邊，微微低頭看著蘇漾。

睡著的她和清醒的她完全不一樣。清醒的蘇漾就像一隻張牙舞爪的小刺蝟，而睡著的她，乖巧得像一隻小兔子。

她臉頰白皙，睫毛纖長，在緊閉的眼睛下落下淡淡的陰影。

這沉靜的一幕，讓人心底柔軟了許多。

輕手輕腳地將她連人帶毯子一起打橫抱起。顧熠也沒有抱過別人，大概是不夠熟練，她不安地動了動，最後才找到一個舒服的姿勢。不知道是不是睡著以後更容易覺得冷，她一接觸到顧熠，就像取暖一樣，本能地抓緊了他，直接縮進他懷裡，引得他身體一緊。

蘇漾很瘦，抱在懷裡也很輕，顧熠很快將她移到床上。

空間變大，睡夢中的蘇漾本能地張開手腳，舒適地動了動，顧熠看了她一眼，將被子拉過來，蓋在她身上。

怕把蘇漾吵醒，顧熠連呼吸都很小心。

明明也沒做什麼，不過是把蘇漾移到床上，他竟然冒出了一頭汗。

平靜了一下心緒，顧熠才重新回到床上。

這張木板床年代久遠，顧熠一躺下就發出嘎吱嘎吱的聲音，怕吵醒蘇漾，顧熠縮到角落睡覺，背對著蘇漾，一動不動。

顧熠不動，卻不代表蘇漾不動。她睡姿一向不好，移到床上以後，更是有了充分發揮的空間。

沒多久，她就從床的另一邊滾到顧熠背後，溫熱的皮膚緊緊貼著顧熠的後背，顧熠甚至能感覺到兩團柔軟貼在他後腰上。

他不願意去想像那是什麼，但是身體的反應卻很直接。

顧熠把蘇漾抱上床的想法很純潔，他怕蘇漾著涼。但之後的發展完全脫離了他的掌控。

顧熠畢竟年輕，身體很快燥熱起來，為了避免失控，他又往角落裡縮了縮。卻不想，蘇漾也不是省油的燈，見他跑了，又黏過來，這次甚至直接把手搭在他腰上。

細長的手指時不時刮到顧熠腰間的肉，即便隔著衣服，也帶著強烈的勾引意味。

顧熠工作之餘一直有在健身，體力本就比一般人好，此刻蘇漾這麼無意地勾動，他只覺得每一根神經都興奮了起來。

一番天人交戰之後，他猛地一翻身，剛要推開蘇漾，她卻直接鑽進了他懷裡。細軟的頭髮纏繞在顧熠的胸口和脖頸，讓人發癢，溫熱的小臉緊貼著他前胸，熟睡中，嘴裡還發出嘖嘖的聲音。

顧熠克制地深吸一口氣，努力緩解口乾舌燥。

對蘇漾來說，山上的夜晚太冷了，寒意刺骨；對顧熠來說，山上的夜晚根本是蒸氣浴，整個人都快炸了……

蘇漾這一晚睡得出奇得好。

早上起來，她並不是在椅子上，而是睡在床上，身上也好好的蓋著暖和的被子。而本該睡床上的顧熠，居然坐在竹椅上閉目休息。

聽見她起床的響動，他也醒了。

他淡淡掃了蘇漾一眼，起身說道：「收拾一下，回城。」

蘇漾掀開被子，身上的衣服都還整整齊齊，只是一晚上翻來覆去，有些皺了。她拍了拍自己的衣襬，困惑地看著顧熠，問他：「我怎麼睡在床上？我不是睡椅子的嗎？」

顧熠眼底有明顯的青黑，帶著一臉起床氣，沒好氣地睨了蘇漾一眼。

「妳夢遊，搶了我贏來的床。」

「蛤？」蘇漾不知道自己會夢遊，趕緊上前一步，「真的假的？我從來沒有夢遊過啊。」

顧熠幽幽看她一眼，一字一頓地說：「妳扮豬吃老虎，而我，引狼入室。」

蘇漾：「……」

畢竟是「一起睡過」的人，蘇漾覺得她和顧熠的關係，已經非常熟了。於是一路上都在嘰嘰喳喳，但顧熠依舊是那副愛理不理的樣子，尤其是看她的眼神總有幾分微妙，蘇漾不知道他又發什麼病了。

回到N城，和蘇漾分道揚鑣，顧熠看了下時間，想到還有專案要談，便直接叫車到林鋮鈞那裡。

林鋮鈞開車也不專心，全程微微側頭打量顧熠。

顧熠忍不住皺了眉頭：「你能不能專心開車？」

林鉞鈞嘴角噙著一絲意味深長的笑意。

「昨天我送你們去坐車，你也是這身衣服，沒回家啊？」他故意皺了皺鼻子，用力嗅了嗅，「嗯，身上還有女人的味道。我再聞聞，是蘇漾的味道。」

顧熠眸中閃過一絲寒光。

林鉞鈞也不怕顧熠，他就是捋老虎鬚的那種人：「讓我猜一猜，昨天下大雨，你們沒回城？住在山裡？」

「關你什麼事？」顧熠低頭看著林鉞鈞帶來的資料，準備等一下的會議內容。

「看你一臉欲求不滿，肯定是沒做成，處男就是沒膽。」

顧熠斜睨了林鉞鈞一眼，氣場懾人：「小命不想要了？」

林鉞鈞還在八卦：「你是不是強迫她不要走，然後強迫她一起睡，最後還沒做成。」

「是她不想走的。」

「蛤？」林鉞鈞一臉不相信。

「信不信隨你。」

「她都這麼主動了？你還沒做？你是不是那方面不行啊？」林鉞鈞越說越離譜，「睡過才是你的女人，不睡怎麼增進感情？」

顧熠不悅地看了他一眼：「你腦子長在下半身了？」

林鉞鈞嘖嘖兩聲，不懷好意地對顧熠說：「我跟你說啊，顧熠，女人不愛溫水煮青蛙那一套，尤其是這一代的小女孩，電視電影看多了，就是要浪漫、霸道、不容反抗。」

顧熠皺眉：「什麼東西？」

「直接把她按到牆上，親下去。」說著，林鉞鈞做出親吻的動作，「懂嗎？」

顧熠認真打量林鉞鈞，鄭重其事地吐出四個字：「你好噁心。」

「……」

蘇漾上午請假，回學校宿舍洗澡，換了身衣服，稍微補個眠。

下午進事務所，剛踏進電梯，就碰到談判回來的顧熠。

這可真巧。

「顧工。」經過一夜相處，蘇漾覺得和顧熠的關係已經不同以往，便主動打招呼。

「嗯。」顧熠倒是沒什麼改變，態度依舊冷冷淡淡。

電梯向上，蘇漾站在顧熠身側，顧熠的眼角餘光一直淡淡掃過來，蘇漾有些詫異，關切地問：「顧工，你眼睛不舒服嗎？為什麼一直斜眼看人？」

顧熠咳咳兩聲，視線轉了回去。

原來眼睛正常，那剛才他為什麼一直斜眼看自己？她又做錯了什麼？

出了電梯，蘇漾走到自己的座位，剛要坐下，顧熠就喊了她：「進來，我有資料給妳。」

跟著顧熠進入辦公室，顧熠走在前面，她在後面。

因為之前被罵了好幾次，這次蘇漾一進辦公室，就回頭把門帶上。

她剛關上門，一轉身，就被幾乎貼著她站的顧熠嚇得往後退了一步。砰一聲，後背直接撞上牆壁。

她也顧不得疼痛，只是一臉驚恐地看著顧熠。

顧熠往前又走近了一步，將蘇漾緊緊逼到牆角。

他的目光一寸不移地盯著蘇漾，眼神中帶著幾分勢在必得的凶狠。

蘇漾覺得後背像是被人放了一塊冰，整個人都緊繃起來。

顧熠的臉微微向蘇漾湊近，只聽「咚」一聲，他用力一掌拍在蘇漾背後的牆上。

那一聲巨響，把蘇漾嚇得心臟快跳出來，她下意識用手臂護住自己的頭，整個人緊張得連聲音都有些發顫。

「顧工，有什麼仇恨我們好好說，打女人是不對的！」

許久，不見顧熠有下一個動作，蘇漾小心翼翼地抬起頭，看到顧熠已經退到安全距離以外，蘇漾終於鬆了一口氣。

「顧工，你是要打我嗎？」蘇漾想想都有些害怕，顧熠那表情實在太嚴肅、太可怕了。

顧熠皺了皺眉，不悅地撇開臉，拒絕回答蘇漾的問題。

「妳，去把林鋮鈞給我叫來。」

「蛤？叫林工做什麼？」

顧熠瞪了蘇漾一眼，咬牙切齒地說：「我要殺了他。」

蘇漾自從調到顧熠組裡，就經常被他呼來喝去當傳聲筒，對這種命令已然習慣。人，果然是有奴性的。

林鋮鈞工作的時候從不接電話，蘇漾只能親自跑一趟。叫上了林鋮鈞，蘇漾想到顧熠剛才的話，還是有些擔心，於是好心提醒他：「顧工今天心情非常差，我剛才差點被顧工打了。」

「顧熠？」林鋮鈞一臉不相信的表情看著蘇漾，「怎麼可能？」

「真的。」蘇漾想起剛才的驚魂記，仍然心有餘悸，「他不知道是對我有什麼意見，一巴掌就打過來了，牆都要被他拍裂，要不是打偏，我想我這半邊臉可能就不在了。」

林鋮鈞大致聽了一下來龍去脈，實在難以想像那個畫面，但是臉上的笑意已經收不住了。

蘇漾最後一擊，一臉認真地問林鋮鈞：「林工，你說，老闆打人能算職災嗎？」

林鋮鈞聽完，像被戳中笑穴一樣，笑得前仰後合。

蘇漾一臉莫名其妙。

「都要殺人了，你還笑……」

林鋮鈞走進顧熠的辦公室，就感覺到以顧熠為颱風眼散發出來的低氣壓。

林鋮鈞在過來的路上已從蘇漾嘴裡知道來龍去脈，此刻看到顧熠，想像一下他做的蠢事，更是笑得腰都直不起來。

「笑夠了嗎？」顧熠的臉像鍋底一樣黑。

「哈哈哈……」林鋮鈞根本停不下來，「你說你……到底……哈哈……做了什麼蠢事？」

顧熠狠狠瞪了林鋮鈞一眼，一臉不爽：「我警告你，現在最好不要惹我。」

林鋮鈞對顧熠的威脅已經習以為常，繼續自顧自地說：「我說要你把她按在牆上，是壁咚，壁咚你懂嗎？蘇漾說你要打她，你是怎麼搞的，練散打嗎？」

「閉嘴。」

顧熠對於失敗的經歷實在不願意再提，但林鋮鈞可不會放過他。

「要是我說把她打昏了，扛回去當老婆，你也要照做嗎？」林鋮鈞越想越樂，「你想笑死我嗎？」

「林鋮鈞——」顧熠的怒氣終於在他的招惹之下破錶了。

林鋮鈞也是識時務的人，見顧熠真的要生氣了，立刻清了清喉嚨說：「所以，你找我來幹什麼？」

顧熠瞪了他一眼：「工作！」

「我可是聽說你想殺了我啊。」林鋮鈞眨了眨眼睛。

「工作完成以後再殺。」顧熠完全沒在客氣。

「哈哈哈哈！」

林鋮鈞知道顧熠不是公私不分的人，叫他肯定有事，笑過之後也很快進入工作狀態。他走近顧熠的辦公桌，轉到顧熠身後，顧熠剛打開電腦，開機音樂響起，系統還在啟動。

林鋮鈞趁這個空檔說道，「你這樣真的不行，要溫柔一點，多刷存在感。沒事多接送，約吃飯什麼的。」他頓了頓，突然想起重要的事，「對了，我上次查蘇漾的資料，她的生日好像快到了。」

說完，他拍了拍顧熠的肩膀：「好好表現。」

顧熠冷冷睨了林鋮鈞一眼：「你覺得我還會相信你的餿主意嗎？」

下週一要跟著顧熠去山裡錄節目，趁現在還能放鬆幾天。因為生日將近，蘇漾陸陸續續收到了一些禮物。

堂哥送她最新款的自拍手機，她不過在社群發了一則抽獎沒中的貼文，堂哥就發現她的喜好，超級貼心。

蘇媽知道蘇漾和石媛約了生日那天出去玩，便提前一晚在家裡為蘇漾慶生。她做了一大桌的菜，還煮了生日的長壽麵。寬敞的宅院裡，只有她們母女二人，這樣的氛圍她們早已習慣。

蘇漾上班以後生活忙碌許多，有時候蘇媽打電話給她，她要麼在加班，要麼好不容易回到寢室，只想睡覺，就很敷衍地掛斷了。

現在想想，其實挺對不起蘇媽的，她一個人在家，一定是很寂寞，也很擔心她，才會打電話給她。

母女二人都倒了些小酒，蘇漾的酒量就是這麼和蘇媽小酌出來的。和別的老媽相比，蘇媽是個不拘小節的人。

往年蘇漾生日，蘇媽都會買蘇漾想要的流行小物給她，所以蘇漾今年也非常期待蘇媽的禮物。

蘇媽淺酌了一杯，微醺之下，將今年的禮物拿了出來。

寶藍色的禮盒裡，靜靜躺著一條藍寶石銀製項鍊，項鍊的托座雕工十分精緻，項鍊也是粗中帶著華麗。古樸的舊物，蘇漾看著那條項鍊，有些詫異。

「這是哪裡來的啊？」

「妳爸留下的。」蘇媽眼中閃過一絲落寞，但是很快掩蓋過去，「以後是妳的了。」

蘇漾好奇地拿起那條項鍊，在脖子上比畫：「這款式也太誇張了吧，怎麼戴？」

「保存起來，傳了好幾代了。」

蘇媽舉起小酒杯，一飲而盡，神色更顯落寞。

她看著蘇漾，眼中萬般不捨：「想到妳總有一天會離開我，我真的很捨不得。」

蘇漾以為媽媽醉了，胡思亂想她出嫁以後的事，趕緊放下項鍊，走到蘇媽身邊，親暱地抱住蘇媽的脖子，撒嬌道：「媽，妳放心吧，我沒那麼容易嫁人啦，就算嫁了也永遠是妳的女兒。我根本離不開妳，妳想甩開我，沒那麼容易。」

蘇媽的手扶著蘇漾的手臂，一下一下溫柔地摩挲，語氣中滿是複雜的情緒：「妳還小，很多事情，妳不懂。」

「哎喲，哪有那麼誇張！」蘇漾說，「我以後嫁人也得靠妳撐腰，妳想跑哪裡去？」

蘇媽拍了拍蘇漾的手臂，笑了笑：「媽哪裡都不去，妳就像隻鳥，不管妳飛去哪裡，只要妳想回來，媽永遠都是妳的窩。」

她說著說著，眸中竟然帶了幾分瀲灩的水光。

蘇漾越長越大，她越來越老，難免多愁善感一些。

蘇漾能做的，只有對她更好一些，收了收手臂，又把她抱緊一些。

蘇漾生日當天約了石媛，石媛要帶她的男朋友一起請蘇漾吃飯。蘇漾提前一天和顧熠請了事假，顧熠也一口答應。

蘇漾不知道是不是前一晚和老媽小酌的關係，到現在還有一點微醺，居然在自家院前的小路上，看見顧熠的車和顧熠本人，覺得有點超現實。

畢竟是生日，蘇漾特地打扮了一下，她穿了一身新衣服，紅色的機車款皮衣，短版的熱褲，搭配一雙及膝靴。一頭中長髮挽成鬆散的丸子頭，看上去時尚又亮眼。

她從院子裡走出來，顧熠正靠在車門上打電話，看見她，他眸光一沉，隨即，他掛斷了電話。

蘇漾對他的到來非常意外，疑惑地問他：「顧工，你來找我？有事嗎？」

顧熠收起手機，淡淡說道：「路過妳家附近，想著順路，就來載妳一程，免得妳遲到。」

蘇漾越聽越奇怪：「可是我平時都住學校。」

「是嗎？」顧熠依舊是那副若無其事的樣子，「那真是巧了，正好妳今天在家。」

「我昨天有和你說，我今天請假，回家有事。」

顧熠挑眉，一副坦蕩到不行的表情，彷彿真的是經蘇漾提醒才想起來的，「有嗎？可能是我事情太多，忘記了。」

「……」

蘇漾無語地看著這個不速之客，有些為難，委婉趕人：「您還要去上班吧？慢走。」

顧熠微微側頭，上下打量蘇漾的穿著，答非所問：「妳要出去？」

蘇漾斟酌再三，最後只能誠實為上策：「顧工，其實今天是我生日，我請事假是我不對，但是你能不能看在我生日的分上，讓我請假？」

「噢。」顧熠也沒有教訓蘇漾，只是揚了揚下巴，「去哪裡？我送妳。畢竟生日。」

「不用了……」

「上車。」顧熠的語氣完全不容拒絕。

「……」

蘇漾覺得一大早在家門口看見顧熠的心情，差不多可以媲美黑社會上門討債。他黑著一張門神臉，讓人完全搞不懂他的來意。

蘇漾被迫上了車，他遞了兩個袋子給蘇漾。

蘇漾看了一眼袋子，正要問，顧熠已經開口：「這麼早，我想妳應該沒吃早餐。」

蘇漾早上急著出門，確實沒有吃早餐。見顧熠這麼好心，便接過來一看，裡面居然是包子和豆漿。

蘇漾挑食，扳開包子一看，居然是鮮肉包。她覺得鮮肉包有腥味，一向只吃醬肉包。而豆漿更是她最受不了的食物。小學營養午餐被迫喝了六年豆漿，留下嚴重心理陰影，自小學畢業之後就完全不碰豆漿了。

顧熠微微側頭看她，催促道：「吃啊。」

蘇漾不好直接拒絕顧熠的好意，只好找理由：「您不是一向不喜歡有人在車裡吃東西，怕有味道嗎？我下車再吃。」

「現在吃。」顧熠說，「沒關係。」

「……」

蘇漾也算小吃貨了，從沒想過吃東西也能跟酷刑一樣難受。

強迫自己把包子吃完，哇靠，還有豆漿。顧熠可真夠神，買來的全是她最討厭的食物，吃得蘇漾都要流淚了。這是有多大的仇恨才能這麼整人？

蘇漾在腦子裡仔細回想著，自己到底又是哪裡得罪了顧熠，要被他這麼對待？她搜索枯腸了半天，真是毫無頭緒。

鮮肉包還勉強能啃下去，豆漿那股難聞的豆味，蘇漾實在喝不下去，光是吸了第一口，就有種要把胃裡的東西都嘔出來的感覺。

她忍無可忍，最後把豆漿遞給顧熠。

「顧工，這東西我實在喝不下去，您要不要自己喝了？」

顧熠沒想到蘇漾會突然把豆漿遞過來，微微一怔。

深沉的眼眸閃過一絲異樣，他低頭看著蘇漾吸過的吸管，片刻後才抬眸看向蘇漾。

「妳喝過的，要給我？」他別有深意地掃了她一眼，「妳確定？」

聽顧熠這麼說，蘇漾如獲大赦：「顧工嫌棄，那太好了，我就直接扔掉了。」

「拿來。」顧熠的聲音還是一貫的低沉，「我不嫌棄。」

顧熠喝光了那杯豆漿，末了他的眉頭皺了皺，從他的表情來看，他也不是多喜歡豆漿。不喜歡還能喝光？

蘇漾想，顧熠真是個節省的男人。

一路煎熬，好不容易開到了N城的歡樂園，一座新建的大型現代化主題樂園，剛營業不滿三個月，蘇漾和石媛都因為實習太忙一直沒空來玩，好不容易逮到機會，自然是要好好瘋一瘋。

顧熠把車停在停車場。蘇漾從側面看到歡樂園的大招牌，和一波波湧入園中的遊客，善解人意地說：「顧工，送到這裡就可以了，我自己進去。」

沒想到顧熠也下了車，走到蘇漾身邊。

高高的個子，像棵樹一樣，擋住了蘇漾的陽光。

「妳和誰去？」顧熠問。

「我室友。」

「不是生日嗎？」顧熠眸中帶著幾分疑惑，「沒有請男生？」

蘇漾想了想回答：「有倒是有，就是……」

「那，加我一個。」

顧熠打斷了蘇漾的話，也澈底把蘇漾嚇傻了。

「蛤？顧工……您應該很忙吧……」蘇漾可不想生日被顧熠給毀了，趕緊找理由，「今天都是年輕人一起胡鬧，您肯定不會喜歡的。」

說著，蘇漾包包帶子一拉，就想開溜。

然而她剛走出一步，顧熠已經眼疾手快地拉住了她的手腕。

完全不設防的接觸，讓蘇漾覺得手腕上好像有火在灼燒，她回過頭看著顧熠，眉頭微微蹙起。

「顧工？」

「我只大妳七歲，」顧熠低著頭，眸光沉定，篤然地看著她，淡淡說，「也是年輕人。」

不論蘇漾怎麼委婉拒絕，顧熠總有辦法避重就輕，把話題岔開。

最後蘇漾不得不苦著一張臉，把他帶去見石媛和她的男朋友。

石媛一見到顧熠，就如蘇漾預料的一樣，整個人都嚇傻了。

她看著顧熠，張大了嘴巴，半天說不出一句話，最後忍無可忍，把蘇漾拉到旁邊說話。

「怎麼回事？不是就妳一個人嗎？怎麼把顧熠也帶來了？」

雖然石媛也挺崇拜顧熠，但那完全是小菜鳥對大宗師的崇拜，她可沒想和大宗師一起同遊歡樂園，那畫面想想都覺得有點太美，不適合在現實生活中上演。

蘇漾對此也是有口難言：「他可能是沒朋友，我都委婉拒絕他了，但他偏要跟來。」

石媛狐疑地看了蘇漾一眼，眸中帶著幾分猜測：「你們是不是發生了什麼事，妳沒和我說實話？」

蘇漾無奈攤手，「我能和瘋牛病發生什麼？」說著，她扯了扯自己的衣服，「難道是我今天又穿了紅色，刺激到他了？」

「……」石媛假裝不經意抬眸，偷偷看了顧熠一眼，忍不住嘆了口氣，「這也太詭異了吧，感覺像是未成年少女要學壞，化了妝、穿了露肚裝要去混酒吧，結果被爸爸逮到一樣。」

蘇漾看了顧熠一眼，他一身休閒裝，明明也沒有多正式，卻自帶幾分不怒自威的氣場，確實不像蘇漾的同輩人。她認真考慮了幾秒，搖了搖頭道：「好像也沒有到爸爸那麼老吧？」

「重點是在這裡嗎？」石媛扶額，無語極了。

人都來了，又不能趕走，三人只能拘謹地與顧熠相處。

顧熠似乎沒有意識到自己為大家帶來困擾，倒是很自在的樣子。

蘇漾尷尬地向石媛和石媛的男朋友介紹：「這是顧熠，我的老闆，建築師。」

石媛在蘇漾介紹顧熠之後，忍不住鞠了個躬，完全是對待長輩的姿態：「顧老師您好，我是N大建築系的石媛，之前聽過您的講座。」

她的男朋友也沒有比她淡定多少，都是建築業的新人，看到大師自然是很客氣，也立刻跟著頷首：「我是石媛的男朋友，建十三院的助理建築師羅冬，顧老師您好。」

猶如長官蒞臨視察，顧熠一一和他們握手，那畫面，要多詭異有多詭異。

相互介紹之後，顧熠倒是體貼，率先打破大家無話可說的沉默。

「要玩什麼？」

「蛤？」這可考倒石媛了，她沒想到顧熠會來，完全不知道能帶顧熠玩什麼。

「您以前，來過遊樂園嗎？您喜歡玩什麼遊樂設施？」

顧熠四周掃了掃，一臉淡定：「小學春遊的時候，玩過一些。」

蘇漾、石媛、羅冬相互看了看，沒人接得下去。

最後蘇漾靈光一閃，推了推石媛說道：「不然，你們先去玩吧，我帶著顧工從簡單的開始玩。等一下會合。」

蘇漾邊說邊使了好幾個眼色，石媛收到她的訊號，擔憂地看了她一眼，有些不放心，但最後在她的催促下，還是離開了。

人是蘇漾帶來的，這麻煩自然得她來解決。

蘇漾決定先和石媛他們分開行動，獨自帶著顧熠逛逛。歡樂園才開張三個月，遊人如織，蘇漾應該很容易就能把顧熠甩掉。

蘇漾心裡的小算盤打得劈啪作響，如果「不小心」走散了，就不能怪她了吧？

兩人走在人來人往、摩肩接踵的遊樂園裡，有人順向，有人逆向，顧熠擔心人群將他們衝散，一直有意無意站在蘇漾身後，為她阻擋後面推擠的人。

蘇漾沒注意到顧熠的小動作，只是在心裡盤算著，要怎麼和顧熠「走散」才比較自然。

看了看遠處，有個大型的遊客休息中心，蘇漾立刻靈光一閃，回頭對顧熠說：「我想去一下洗手間，顧工你在外面等我可以嗎？」

顧熠看了她一眼，點了點頭。

這個遊客休息中心四面都有出口，蘇漾從東側進去，想都不想，就直接從西側開溜。

走出遊客休息中心，身邊沒了顧熠跟隨，她忍不住為自己的機智按讚。接下來她只需要去找石媛和羅冬，然後不再接顧熠的電話就好了。

嘿嘿嘿，這就是道高一尺魔高一丈。

蘇漾順著西側的路走了一會兒，看著人來人往的遊客，有人成雙成對，有人結伴成群，也有闔家同遊，都是其樂融融的樣子，每個人臉上似乎都洋溢著歡快的笑容。

腦海中突然就想到顧熠，以他的性格，現在可能還在那邊一直等她，蘇漾心裡忍不住生出幾分愧疚。

這麼對待顧熠，是不是有點不太好？

蘇漾越想越矛盾，心裡好像有個天使和惡魔在打架，一下子覺得顧熠自己硬要跟來，害大家都尷尬，是他的錯；一下子又覺得，顧熠可能只是想參與一下年輕人的活動，帶他一起玩玩似乎也沒多糟……

一番天人交戰之後，蘇漾在愧疚感的驅使下，還是回頭去找顧熠了。

不管顧熠怎麼對她，她這麼做都是不對的。

怎知本來蘇漾是想假裝「走散」，把顧熠甩掉，這下卻真的走散了。人果然是不能做壞事，一做壞事馬上就遭天誅了。

蘇漾繞了好幾圈，嘗試走回甩掉顧熠的那個遊客休息中心，但是歡樂園實在太大，她越走越偏，最後不得不去找地圖來看，結果不看不知道，一看嚇一跳。整個歡樂園，居然遊客休息中心就有六個。

著急地打電話給石媛，一連打了好幾通，她都沒接。歡樂園這麼嘈雜的環境，她多半是沒聽見電話鈴聲。

找不到他們，就不能和他們會合，這讓蘇漾更加著急了。

就在她最無助，不知道該怎麼辦的時候，手機響了起來。來電的人，不是石媛，而是顧熠。

蘇漾猶如抓到救命稻草，趕緊按下接聽。

『妳在哪裡？』顧熠的聲音從手機裡傳來，沉穩而有力，連那有節奏的呼吸聲都讓蘇漾感到心安。

蘇漾看了一眼四周，再看一眼路牌，報出自己的所在地。

『在那裡別動。』顧熠說，『等我來找妳。』

就在顧熠要掛斷電話之前，蘇漾叫了他一聲。

「顧工。」聲音中帶著哭腔，「對不起，我不該到處亂走。」

顧熠沉吟片刻：『走散而已，不用道歉。』

顧熠不知道她曾想過要甩掉他，此刻坦蕩的言語讓蘇漾更覺得愧疚。

蘇漾深吸了一口氣，正準備解釋，就聽見顧熠低沉的嗓音自聽筒傳來。

『別怕我。』他說，『做真實的妳就好。』

蘇漾原本還想說什麼，可是那一刻，他那兩句話，卻好像什麼武器，擊中她心底最柔軟的地方，讓她覺得胸口一片酸澀難耐，什麼都說不下去。

她咬了咬下唇，良久才吐出一個字：「好。」

掛斷電話以後，蘇漾在原地等了大約五六分鐘，就看見顧熠的身影。

他的腳步有些急促，近乎小跑，在看見蘇漾之後，才換成平時走路的節奏，緊繃的神色也逐漸放鬆。

走到蘇漾身邊，蘇漾能看見他額頭上的薄汗，和微微濡溼的頭髮。她鮮少看到這樣的顧熠。印象中，他時時刻刻都是不疾不徐、風度翩翩的樣子。

「久等了。」

顧熠還是一貫的惜字如金，可是此刻，蘇漾卻不覺得他這種說話方式討厭。

「你方向感真好，我一說，你就找到我了。」

顧熠撥弄著手機，淡笑著說：「我對這裡的規劃很熟悉。」

「嗯？」

「歡樂園這個案子是我們和園林局一起合作的，園藝博覽結束之後，改建成遊樂園，一園多用。」顧熠看了看身邊川流不息的遊人，嘴角揚起一絲笑意，「看來我們當初這個構思，還滿成功的。」

「這個案子好多年了吧？」園博會都是兩三年前的事了，再往前推，也有七八年了。

「是周教授的案子，當時我還是學生。」顧熠的語氣平緩而輕鬆，完全是閒聊的模式。

蘇漾靜靜聽他說，微微抬起頭，看著他說話的表情。英俊的五官，眉眼間帶著幾分自信飛揚，涉及他的專業領域，他總是能侃侃而談。

蘇漾必須承認，比起顧熠私底下那麼多吹毛求疵的毛病，工作中的他，配得起「男神」兩個字。至少她在接觸過後，是這麼覺得的。

兩人就這麼一路閒聊，時間不知不覺就過去了，蘇漾竟然覺得，和顧熠相處也沒有想像中那麼難熬。

蘇漾跟著顧熠重新走到有遊樂設施的區域，兩人你看我，我看你，蘇漾不知道下一步該做什麼。

石媛和羅冬不知道在哪裡，半天不接電話，也不回電話，蘇漾看了顧熠一眼，舉起電話尷尬地說：「看樣子是失聯了。」

顧熠低著頭淡淡瞥了蘇漾一眼，表情倒是自在：「妳想玩什麼？我陪妳。」

「……」

雖然是蘇漾提議想來歡樂園，但是她的膽子也沒多大。又怕高又怕水，好多設施沒有石媛壯膽，根本不敢嘗試。如今換成顧熠，她不想被他發現自己膽小，之後拿這個嘲笑她，只能硬著頭皮上。

蘇漾選不出要玩哪個設施，最後是顧熠隨手指了一個最近的。偏偏就是園中極具代表性的設施之一——木質雲霄飛車「叢林飛躍」。

排了近一個小時的隊，期間蘇漾好幾次回頭問顧熠：「你怕不怕，要是怕，我們就換個設施？」

顧熠個子高，在排隊人龍中傲然佇立，格外顯眼，任憑他們越排越近，他的表情完全沒什麼變化。

在蘇漾問了第三遍之後，顧熠終於反應過來，微微皺起眉頭，用蘇漾的話回問她：「妳是不是害怕？害怕就換個設施？」

蘇漾也是要面子的人，被顧熠這麼一問，立刻挺直腰桿，嘴硬地說，「怎麼可能，我最喜歡的設施就是雲霄飛車了。」蘇漾指了指頭頂的木質結構，「我是在想這種結構安不安全，堅不堅固。」

等真的坐上了雲霄飛車，蘇漾的心臟開始失控地狂跳，尤其是壓下安全桿之後，整個人的不安達到頂峰。

他們坐在比較中間的位置，前後都是或興奮或害怕的遊人，等待著雲霄飛車啟動。

蘇漾的手緊緊抓著安全桿，表情十分緊繃。

顧熠微微側頭看著蘇漾，眼神中帶著幾分擔心：「確定沒事？」

到了這一刻，蘇漾終於孬了，也側頭過來，和顧熠對視，眼中滿是害怕。

「其實我不是很確定。」想到馬上就要開始，蘇漾的腿不禁有些發抖，「我看過《絕命終結站》，裡面有一場雲霄飛車的事故，害我有點心理陰影。」

就在蘇漾說話的同時，廣播器裡傳來雲霄飛車的背景音樂。

蘇漾緊張極了，她無助地看向顧熠，半晌終於鼓起勇氣：「顧工，我能不能牽你的手？」

顧熠沒想到蘇漾會突然提出這種要求，微微一怔。

「嗯？」

「很純潔的，像小學春遊那種。」蘇漾連聲音都開始顫抖，「我有點害怕。」

最後廣播倒數開始：「十、九、八……」

蘇漾目不轉睛地看著顧熠，那一刻，腦子裡完全是一片空白。

顧熠沒有說話，只是微微側頭，眸光澄澈而平靜。

耳邊的倒數還在繼續：「五、四……」

蘇漾感覺已經有些麻痺的手，被一隻大手包住。

他修長的手指摩挲著蘇漾僵硬的手指，輕柔穿過她的指縫，堅定地與她十指緊扣，帶著一股堅定而溫柔的力量。

「……三、二、一，出發！」

在雲霄飛車衝出去的那一瞬間，蘇漾感覺耳邊呼嘯而過的風聲中，夾雜著一句沉靜的男聲低喃。

「不怕，我在這。」

第十二章　都市更新

三分鐘的驚魂之旅，緊張又刺激。

蘇漾下來的時候，喉嚨都喊啞了，頭髮也亂了，滿手都是汗。

奇怪的是，蘇漾並沒有想像中那麼害怕，不，應該說是害怕中又帶著幾分興奮，上去之前覺得自己可能會死，下來之後感覺好像可以再玩一次。

看來這種刺激腎上腺素的遊戲，還是有一定魅力的，怪不得這麼多人排隊。

比起蘇漾的狼狽，顧熠就像沒發生什麼事一樣，他的寸頭短髮，多強的風也能奈他何，永遠是那副俐落又凌厲的樣子，臉上的表情也沒什麼變化。

想到方才全程靠他牽著手才有勇氣撐下去，蘇漾很感激他。

成年後第一次和男人十指緊扣，居然是在這種情況下，蘇漾也不禁自嘲。

「剛才真的謝謝你。」

顧熠站在原處等蘇漾緩過氣來，微微偏頭挑眉，算是回答蘇漾。

回想起剛才的感覺，蘇漾的聲調中不由帶著幾分興奮：「玩過了就不怕了，好像還可以再來一次。」

顧熠低低垂眸，深邃的眼睛盯著蘇漾，半晌，抬手揉了揉蘇漾的頭髮。

溫熱的大掌掠過頭皮，那種觸感讓蘇漾覺得有些微妙。

梳順有些亂掉的頭髮，蘇漾突然腦洞大開：「說真的，顧工，到處都有你的設計，遊樂場、超高樓、購物中心、博物館、圖書館……完全沒有驚喜了耶。那你和女朋友約會是不是很無趣？」

顧熠眸光微微一沉，輕咳兩聲，不再繼續這個話題。

「打電話給他們，該會合了。」

「噢。」

蘇漾一邊拿出手機打電話給石媛，一邊暗自揣測，到底哪裡說錯了，又招惹到顧熠，但依然沒得出什麼結論。

在歡樂園亂逛了一圈，又玩了幾個設施，不知不覺就到了晚餐時間。

午餐是在園內隨便吃的，晚餐石媛已經訂好了餐廳。

畢竟是蘇漾生日，石媛準備得很周到。

一頓飯吃得還算開心，雖然有尊大佛顧熠在場，但畢竟大家都是建築業的，共同話題很多，尤其石媛的男朋友羅冬，一直在問顧熠一些比較專業的問題，都得到了解答，受益匪淺的他對顧熠的印象瞬間UP。

談完工作，大家又聊起生活上的話題，顧熠也和一般男人一樣，看足球、籃球，應對起來倒是沒有那麼尷尬。

晚餐接近尾聲，顧熠說要去廁所，起身離座。

他一走，石媛的話匣子就開了。

她放下筷子，意味深長地對蘇漾說：「妳信不信，他去買單了。」

「蛤？」蘇漾嘴裡還咬著一塊排骨，震驚得雙眼瞪大。

和她一樣驚訝的還有石媛的男朋友羅冬：「不會吧，我還準備要去結帳。」

石媛嫌棄地瞪了羅冬一眼：「慢半拍。」

蘇漾嚥下排骨肉，有些詫異：「他是想秀一下他的荷包有多深嗎？」

石媛聽她這麼說，忍不住翻白眼：「妳是不是傻了？」

「嗯？」蘇漾一臉不相信，「我哪裡傻了？」

「他很明顯是對妳有意思啊。」石媛回憶這一整天的行程，分析得頭頭是道，「他那麼忙，年紀又和我們差那麼多，居然死皮賴臉地跟妳逛遊樂場。晚上還跟我們一起吃飯，一整天時間都沒了，又主動去結帳，展現風度，想提高妳對他的好感度。這一切的一切，就是對妳有意思啊！」

蘇漾被石媛的分析嚇到了，跟著石媛一起回溯這一整天，確實覺得顧熠做了許多奇怪的事，多到足以繞地球兩圈了。

「難道是因為我穿了紅衣服嗎？」她越想越害怕，嚇得趕緊把外套脫了，「這樣行嗎？」

石媛又是一個白眼，拈起一顆花生放進嘴裡，「妳等著看吧，按照公式，等一下他會送妳回家，大概還會為妳準備禮物。」石媛看到顧熠從遠處走回來，壓低聲音說道，「我看他今天是有備而來。」

最後消滅了石媛早早訂好的蛋糕，準備打道回府，發現果然顧熠已經結了帳，蘇漾心裡忍不住撲通一跳。

時間不早了，離開餐廳後，顧熠又提議送蘇漾回家。要是石媛沒有說那番話，蘇漾也不會覺得奇怪，因為蘇漾家和顧熠家確實順路，但是此刻想起石媛的話，蘇漾就忍不住覺得微妙起來。

密閉的車廂，空間還算寬敞，流轉的空氣中似乎融合兩人的呼吸。蘇漾一路上都不敢說話，有些緊張地捏著安全帶。

顧熠打開廣播，找了半天才調到音樂頻道，語氣平緩地說，「平時不聽歌，只能聽電臺了。」他一手握著方向盤，趁空檔側頭掃了蘇漾一眼，溫和地說，「妳要是累了就睡覺，醒了就到家了。」

蘇漾對他的溫柔有些不習慣，手臂上甚至起了雞皮疙瘩。就這樣胡思亂想了一陣子，在舒緩的音樂聲中，她居然真的睡著了。大概是玩得太累了，身體的疲憊壓倒了意志。

她是被顧熠叫醒的，他用手拍了拍蘇漾的手背，姿態親暱：「到家了，醒醒。」

蘇漾迷迷糊糊地醒來，見顧熠拍著她的手背，覺得那姿勢太不對勁，趕緊抽回手，整個人往後縮了一些。

「等等。」

「咳咳。」她輕咳兩聲就想逃跑，趕緊解開安全帶，「顧工，那我先走了，再見。」

在蘇漾的手握上門把之前，顧熠叫住她。

「還有什麼事嗎？」蘇漾有些尷尬地回頭看了看顧熠，心想，千萬別送什麼生日禮物啊，不然就真的全被石媛說中了。

顧熠從置物箱裡拿出一個很精緻的長方形禮盒，直接放到蘇漾手裡。

「生日禮物。」顧熠的表情自然中帶著幾分傲嬌，看都不看蘇漾，彷彿只是隨手準備的一樣。

蘇漾拿著那個禮盒，心想，全被石媛說中，這也太可怕了吧？

握著那盒燙手山芋，拿也不是，丟也不是。

半晌，結結巴巴地說：「這個，不太好吧？」

顧熠低眸瞥了蘇漾一眼：「不打開看看？」

「哦……」蘇漾看了他一眼，見他一直盯著自己，不由有點害怕，又迫於顧熠的淫威，只能硬著頭皮打開禮盒。

禮盒裡靜靜躺著一枝自動鉛筆，銀光閃閃的色澤，與內襯相得益彰。

顧熠的禮物是德國輝柏的 Faber Castell TK Matic L，金屬筆身，手工刻字，自動筆芯。一千多塊人民幣一枝，以鉛筆來說，是有些奢侈了。

蘇漾看了以後，更加覺得壓力山大，忍不住往後退。

斟酌著用詞，蘇漾小心翼翼地說：「顧工，這個禮我不能收，請我吃飯我就很感激了，這筆，請您收回去吧。我的紅環還挺好用的。」

顧熠抬眸：「不過是個生日禮物。」

「不是，」蘇漾為難地抬頭看他一眼，「您最近也對我太好了。」

「不行？」

蘇漾嚥了一口口水，很怕自己說錯話：「我有點不太習慣。」

顧熠淡淡看了蘇漾一眼，眸中帶了幾分溫和，他抿脣說道：「那就開始習慣。」

說話的時候，他嘴角帶了一絲淡淡的寵溺笑意，把蘇漾嚇得直發抖。

到了這個地步，饒是蘇漾再遲鈍，也明白顧熠的意思了，頓時猶如熱鍋上的螞蟻。

雖然最近對顧熠有些改觀，沒有之前那麼厭惡他，但大多是對一個優秀建築師的敬重，對一個教授級人物的感激，絕對沒有什麼男女私情啊，蒼天可證。

蘇漾的手緊緊捏著那個禮盒，腦子裡有些混亂，她怎麼也沒想到，顧熠居然對她生出這樣的心思。

這可真是棘手啊！

「這……」蘇漾忐忑不安地瞄了顧熠一眼，觀察他的表情變化，認真思考著用詞，很委婉地說道，「顧工……你是不是誤會了什麼？」

「嗯？」

蘇漾的心跳越來越快，極其害怕自己說錯話，顧熠會把她掐死。

「其實我以前真的沒想過我能進Gamma，我本來只想隨便找個公司實習。我進Gamma以後，真的被公司的氣氛感染，覺得大家都是很優秀的建築師。所以我也希望和大家一樣，成為優秀的建築師。我的想法很單純。」

顧熠看了她一眼，淡淡道：「說下去。」

「其實您真的誤會我了，我只是來實習的，真的沒有打算找個建築師當男朋友。」

蘇漾小心翼翼觀察顧熠的表情。

果不其然，她話一說完，顧熠的臉色沉了幾分。

「顧工……」

「嗯。」

冷冷的一聲，讓蘇漾的心七上八下，完全搞不懂他的意思。

「那個……」蘇漾戰戰兢兢地問顧熠，「我要是拒絕了您，您會在工作上惡整我嗎……」

顧熠的表情沒什麼變化，手握著方向盤，視線落向遠處。

蘇漾一臉等待審判的表情，等候許久，顧熠才開口回答。

「噢。」

噢？噢！噢？？？

噢是什麼意思？是會還是不會？

顧熠這是什麼意思啊？！

和顧熠算是不歡而散。他那悶葫蘆的個性，基本上他要是不肯說，蘇漾什麼都問不出來。

蘇漾一晚上都不得好眠，翻來覆去，越想越害怕。害怕的同時，她也反省了一夜，自己到底是做錯了什麼，會被顧熠看上？

難道真有上輩子做壞人，這輩子遭報應這種事？

之前得罪顧熠，被他三百六十度全方位報復，這次拒絕他，他豈不是要加N倍奉還？

蘇漾光是想想，就覺得前途一片灰暗。

頂著一夜沒睡的黑眼圈，早上又比平時早起半個多小時，得從家裡通車去Gamma。不管有什麼後果，就算被顧熠開除，她也得勇敢去面對。

蘇媽知道蘇漾趕時間，幫她蒸了個花捲。蘇媽還在忙家事，蘇漾隨口打了聲招呼，把花捲叼在嘴裡就出門了。

露水在清晨陽光照射下，緩慢揮發。橘黃色的陽光帶著微微的暖意，在這越來越冷的日子裡顯得彌足珍貴。

老爺還纏在蘇漾腿邊，搖頭晃腦，跳啊跳的，捨不得她去上班。

「老爺乖，我下班就回來。」

蘇漾拉開院門，剛走出去，就被院外停的那輛保時捷嚇到了。

我的媽呀，顧熠他怎麼又來了？

蘇漾小心地走到車邊，皺著眉頭敲了敲顧熠的車窗。

「顧工？」

顧熠原本在小憩，見蘇漾出來了，起身從駕駛座下來。

「起來了？」顧熠紳士地替她拉開副駕駛座的車門，「正好接妳去上班。」

蘇漾為難地看著顧熠，根本不想上車，更不想和他有什麼瓜葛。

「顧工，我昨天的話，或許您沒聽懂？」

「我懂。」顧熠臉上沒有一絲尷尬，坦坦蕩蕩，「我的方案也有被甲方否定的時候，再試一次就好。」

蘇漾無奈地扶額：「感情的事，不是甲乙方的關係啊，是一種感覺，你懂嗎？」

「那就多努力幾次，總會有感覺的。」

「……」

他是不是聽不懂人話啊，我的天？

媽呀，看來比被瘋牛病刁難更可怕的是，被瘋牛病追求啊！

和顧熠很難像人類一樣溝通，在他的堅持下，蘇漾只能坐他的車去公司，不然根本沒辦法離開家門。

到了公司，雖然她堅持分開走，但蘇漾還是心虛到了極點，尤其一踏進Gamma，就有一種所有人都在看她的感覺。

惴惴不安地坐到位置上，打開電腦，整個人有點心不在焉，蘇漾滿腦子都在想怎麼甩掉顧熠，連林鋮鈞來了都沒有發現。

他手裡拿著圖紙，一看就是要過來找顧熠討論方案的。

帶著意味深長的笑容，靠在蘇漾的辦公桌邊，一臉唯恐天下不亂的表情：「聽說昨天有人陪妳過生日了？」

很顯然，他也知道顧熠那瘋牛病一樣的行為，卻沒有制止。

「您為什麼不阻止他？」

林鋮鈞滿不在乎地聳肩：「看他吃癟，感覺很爽啊，為什麼要阻止？」

「可是您也害慘我了。」蘇漾打量四周，壓低聲音說，「早上他還去接我。」

「不好嗎？」林鋮鈞挑眉，「有專車接送。」

蘇漾愁眉苦臉：「我沒叫專車啊，是這個司機不請自來。」

林鋮鈞笑到不行。

蘇漾從他的話裡就知道他只是看笑話的觀眾，不能指望他點醒顧熠了。

蘇漾真是愁雲慘霧，好在每天都有很多專案要忙，顧熠是個工作狂，也沒有那麼多時間糾纏蘇漾。

近來蘇漾都在跟進皎月村小學的公益專案，根據資料，蘇漾已經把平面圖和立面圖都畫好了。關於這個案子，顧熠沒有給她任何提示，只是要她先按照自己的想法出概念設計。

顧熠的本意可能是不想干涉蘇漾，讓她自由發揮。但她經歷被甲方痛踩的打擊之後，不如以前那麼自如，還沒開始設計，就先喪失信心，害怕被人否定。要是有顧熠稍微指導一下，她可能會更有自信。

她不敢把這些想法告訴顧熠，顧熠在工作上一向脾氣很差，她不敢捋虎鬚，只能自己先硬撐。

節目組已經在和他們溝通進組的事了，出發之前，顧熠沒有和蘇漾交代任何事，蘇漾就是這樣不知者無畏地跟著顧熠去了。

上次去皎月村，皎月村還是原始狀態，但是這次，節目組的人和機器把整個皎月村自給自足的靜好狀態完全破壞，蘇漾看在眼裡，不由得皺了眉頭。

顧熠發現蘇漾表情的異樣，淡淡瞥了她一眼，說道：「是不是覺得現代的一切，破壞了這裡原本的美好？」

蘇漾明明什麼都沒說，顧熠卻發現了她的心思。蘇漾頓了頓，「周教授說，現在是建築師最好的時代，也是最壞的時代。到處都在拆除、改建、重建，專案多到做不完，錢越賺越多，所以很多建築師在物欲的驅使下失去了本心。」蘇漾抬起頭，有些困惑地看著顧熠，「但是我忍不住想，作為建築師，到底是城市的造夢師，還是毀掉了城市原本夢境的人？」

顧熠聽完蘇漾的話，許久沒有出聲，只是目不轉睛地看著蘇漾。

現代人被這個社會推著走，越走越快，只想著如何在職場上嶄露頭角，很少有人會去思考，這麼做到底對不對，反正大家都這麼做，別人沒想，自己何必要杞人憂天。

林鋮鈞問顧熠，蘇漾到底哪裡特別？

顧熠想，大概就是像此刻吧。

她皺著清秀的眉頭，真正拿出建築師的關懷之心，去感知這個世界，去思考建築與人類、與自然的關係。這一點打動了他。

沉默許久之後，顧熠終於開口，對蘇漾說：「想得太多，就會自我懷疑。如果我們毀掉了城市的夢，那就再由我們來重建。」

節目的主要內容就是改建皎月村。這個由廣告商贊助和政府支持的公益專案，除了顧熠和曹子崢，還有別的建築師參與。眾人圍繞著這個村莊進行改建設計，一人改建一個部分。蘇漾只知道顧熠分配到改建學校，對其他建築師的任務一概不知。

節目組要求所有建築師必須使用一些共同元素，來保持村莊改建的整體性，而這些元素將透過事前開會決定。如此一來，可以說是有些競賽的意味了，這讓蘇漾嚴陣以待。

明星的部分都有腳本，錄完以後，便是建築師們的會議。這是節目中真正沒有腳本的部分。建築師確定了基本概念之後才讓明星參與，直接錄製節目中需要的片段。

沒有了攝影機，大家都自在許多。各組的建築師和助理建築師紛紛就位，塞滿了村裡臨時併起的長桌。

顧熠去接電話，所以蘇漾先進組，在場大部分人蘇漾都是第一次見，唯一認識的只有廖杉杉和曾有一面之緣的曹子崢。

沒有顧熠在場，蘇漾小心翼翼地找了個空位坐下，對面就是廖杉杉和曹子崢。

蘇漾不由得有些緊張，下意識地用手不斷按壓圓珠筆的筆芯，發出喀喀喀的聲音。

曹子崢還是那副吊兒郎當的模樣，看起來玩世不恭，很難想像他曾經設計過那麼多美好的建築，和他本人的氣質一點都不符合。

見蘇漾坐下，曹子崢淡淡瞥了一眼，並對她一笑。這一笑完全出乎蘇漾意料，整個人有些怔忡，手一鬆，圓珠筆就彈了出去，直直彈向曹子崢，打到他的手。

曹子崢沒動，是廖杉杉眼疾手快地撿起那枝圓珠筆遞給蘇漾。

蘇漾一臉尷尬。

曹子崢輕輕摩挲了一下手，下巴點了點蘇漾，低聲問廖杉杉：「顧熠的？」

蘇漾耳朵尖，聽見這三個字，立刻慌了，趕緊解釋：「不不不，我不是故意的，我是無意的。我手一滑……」

曹子崢被她的反應逗得噗嗤一笑。

廖杉杉溫和地說：「是顧工組的人。」既回答了曹子崢，也替蘇漾解釋了一下。

蘇漾這才發現自己誤會了，尷尬地低下頭，再不敢玩圓珠筆。

顧熠電話打完，進來開會。

氣氛倏然嚴肅起來，蘇漾也不自覺坐直了身體。

很顯然，所有的建築師都做過功課，說是隨便聊聊，但是每個人都帶來了概念方案。

蘇漾有些緊張，感覺就像考試之前，一堆學霸都說「沒準備」、「裸考」，讓她放鬆警惕，結果每個人都準備萬全，只有她毫無準備。這讓蘇漾很不安。

蘇漾一邊聽別人的方案，一邊時不時抬起頭看看顧熠。

他微微蹙起的眉頭，看起來有些凌厲。緊抿的薄唇，深邃的眸子，讓人不知道他到底在想什麼。

他一直專注聽別人發言，始終不插話，等所有人都說完了，最後輪到顧熠。

被叫到名字，顧熠的表情也沒什麼變化，只是微微往後靠，手臂放在蘇漾的椅背上，完全閒適的姿勢。

他用下巴點了點，低聲對蘇漾說：「妳來吧。」

蘇漾忽然被點名，整個人一驚。

平時在Gamma，她胡說八道一下，作為實習生，大家都會包容，此刻在座全是經驗豐富的建築師，蘇漾還沒說話，大家都皺起了眉頭，這讓她忍不住膽怯。

她微微往顧熠的方向靠了靠，小聲說：「顧工，別鬧了。」

「妳不是和我說想試試看？」

蘇漾一臉尷尬：「我是想等我更厲害一些，再……」

顧熠打斷蘇漾，環顧四周，最後看向她，認真地說：「妳不想試，那就我來，確定嗎？」

顧熠的臉上甚至帶著幾分挑釁，但很奇怪，蘇漾卻從中看到了鼓勵。

「我想試。」

蘇漾深吸一口氣，拿出自己思考幾天的成果——她對於皎月村改建的概念想法。

說起來，她的設計想法，還是源於顧熠。

他們第一次來皎月村那天，兩人走在原生態的小徑上，顧熠向蘇漾說起他的童年。

他說：「我小時候住在N城的老城區，和你們家一樣。那時候老城還保留著戰後的一些建築和設施，防空洞、地道、屋頂、狹縫、大樹、院落和小朋友。當時覺得那裡就好像天堂一樣。」

他的語氣充滿懷念，說著說著，眸中不由帶了幾分遺憾：「後來老城不斷拆遷，如果有古厝就圍起來，供人參觀。老城人的生活環境並沒有得到改善。新的城市規劃和建築設計不斷建造高牆，在城市裡製造隔閡。很遺憾，這就是我們生活的世界。」

他寥寥幾句話，卻狠狠戳中蘇漾的內心。

蘇漾逛完皎月村、聽完皎月村的故事以後，唯一的想法，就是保留這裡最初的純真和美好。現代的建築，最終也是為了服務人們的生活。這才是亙古不變的。

蘇漾將她的方案放到電腦螢幕上，開始說明，「皎月村小學的校長和我們說，皎月村小學是一九八三年建成的，準確地說，是重建。在一九八三年重建之前，有五年的時間，這個村莊裡沒有學校，因為地震導致山體滑坡，最初的小學是建在山洞裡的，後來整個被掩埋。」

蘇漾講述完這段過去，抬起頭，看向所有人，「我的方案，是挖掘部分山體，將學校的一部分建在山中，完全融入山體，好像一種時間與空間的相遇，過去的小學和全新的小學在陽光下融合，山體和建築也自然融合，成為山的一部分。象徵了最初的小學，從山中重現，是全新的希望。」

蘇漾以平靜的口吻說完方案，她努力模仿顧熠每次講述方案時的鎮定自若，但她激烈的心跳，還是暴露了她此刻的緊張。

她講述完畢之後有好幾分鐘，整個會議室裡沒有一個人說話。

許久，一個蘇漾叫不出名字的設計師終於打破寂靜。

他以有些輕蔑的口吻問蘇漾：「聽說，妳還是學生，在 Gamma 實習？」

蘇漾的手緊握成拳，不卑不亢地說：「是。」

他笑了笑，說的話充滿包容，口氣卻十分刺耳：「那妳能做成這樣，確實已經不錯了。

學生總是天馬行空，比較不切實際。這種意識流的東西，老土且沒有意義。」

他的話說完，其餘人也跟著小聲議論起來。

蘇漾有些尷尬地握緊了她的概念方案圖。

就在她最尷尬、不知如何自處的時候，她對面坐著的男人，突然拍了拍桌子。不輕不重，卻充滿不怒自威的氣勢。

曹子崢還是那副滿不在乎的表情，眸光淡淡掃了那個人一眼，靜靜講述，「一九八〇年，年僅二十一歲的耶魯學生林瓔，因為設計越戰紀念碑一舉成名。她將大地劃了一道裂口，讓參觀的人一步步走進地下，身影完全投射到黑色鏡面大理石的牆上，和逝者的名字重疊在一起，她設計的是一種情境，讓逝去的人和現實的人，在陽光下的同一個時空相遇。這是一種情懷。」曹子崢的嘴角帶著一絲笑意，眸光中卻帶著幾分嚴肅，「當時林瓔第一次報名參加全國性的比賽，她的同學和教授都對她作品的色彩和線條提出許多批評，教授甚至為她的作品打了『B』。有趣的是，這位教授也參賽了，最後名落孫山，而林瓔卻嶄露頭角。」

那位建築師似乎也聽出曹子崢話中的揶揄，皺著眉頭質問：「你是什麼意思？你諷刺我不如一個學生？」

曹子崢笑笑，完全沒有被他的激動影響，淡淡說道：「從你們的作品來看，確實如此。」

那位建築師忍不住拍桌而起，正要發作，就被顧熠的一聲低喝震住。

「夠了。」

一直懶散靠坐的顧熠沒有動，只是冷冷睥睨著那個瞧不起蘇漾的建築師。

他一句話都沒有說，就自帶幾分輾壓眾人的王者氣度。

彷彿所有的一切都不在他眼裡。

他淡淡斂眉，最後視線緊盯著那個人，一動不動。

語氣冷漠又震懾。

「我沒有他那麼多例子舉證，我只想告訴你，」他一字一頓地說，「她是我的人，只有我能評判她。」

顧熠話音落下，所有人都安靜下來。

現場的氣氛就像緊繃的弦，只要稍微刺激就會斷掉。

節目組的人見情勢不對，趕緊出來打圓場。

「大家今天都累了，先休息休息，明天再開會吧。」

眾人坐回自己的位置，臉色各有不同，心裡也有各式各樣的想法。那個被嗆的建築師明顯還有不滿，但是節目組都這麼說了，也不好發作。

顧熠環顧四周，最後視線落在蘇漾臉上，表情略微嚴肅。

他緊蹙著眉頭，抬手在她面前的桌上敲了敲，聲音低沉：「跟我出來。」

蘇漾也不知道顧熠要帶她去哪裡，兩人就這麼一前一後在村裡的小徑上走著，完全沒有停下來的意思。

從會議室出來，她就有些忐忑，顧熠的表情陰晴不定，她完全不知道他的用意。不過一想到會議上顧熠最後那句護短的話，蘇漾心裡就忍不住暖暖的。

從理智的角度來看，顧熠的方式並沒有多高明。說起來，這種設計方案會議本來就是集思廣益，腦力激盪，被人批評其實也是意料之事。

但是聽到別人話說得那麼重，而且一臉鄙夷，蘇漾還是感覺大腦有些發麻，整個人口乾舌燥，臉紅得像火燒一樣，難堪到了極點。

這種感覺很奇怪，就好比在外面遇到流氓，被人打了，明知還手不對，講道理才是正確選擇，但是情緒激動起來，就是想把流氓揍一頓，心裡才會痛快。不是為了表明自己有理，而是為了發洩。

這種想法確實幼稚，卻最大快人心。

蘇漾突然覺得，學生時代那些小混混反而最受女生歡迎，似乎很合理。畢竟不管他們的處事方式對不對，至少能給女孩很大的安全感。

想到這裡，蘇漾悄悄抬頭看了顧熠一眼。

顧熠走了一段路，最後在一群孩子面前停下。蘇漾不明所以，趕緊跟了上去。

他站在孩子堆裡，左手搭著一個孩子的肩膀，右手摸著一個小蘿蔔頭短短的頭髮。陽光下，他沉靜肅然的眉目變得溫柔許多，看著孩子們的眼神也耐心十足。

那是蘇漾從來沒有見過的顧熠。

村子裡自行車不多，哪個孩子有一輛，其餘的孩子就會一起過來玩。此刻一群孩子正圍著一輛自行車，一個孩子蹲在自行車旁邊弄了半天。蘇漾走近才發現，原來是自行車掉鍊了。

顧熠放開身邊的孩子，蹲下身子檢查了一下，眼神專注。他隨手從路邊撿了一根樹枝，挑著鍊條往自行車的轉軸一點點卡上去，慢慢一圈轉完，鍊條全數安裝完畢。顧熠轉了轉腳踏板，自行車又能正常騎了。

在孩子們的歡呼鼓掌聲中，顧熠古井無波的臉上，露出了和煦的笑意。

孩子們走後，蘇漾遞了一張面紙給顧熠。

「沒想到你還會修自行車。」

顧熠的語氣靜沉：「我小時候也騎車上學。」

他頓了頓，看了蘇漾一眼，靜靜說道：「妳的方案不可行。」

蘇漾沒想到他的話題會轉得這麼快，脫口問了一句：「為什麼？」

「不要簡單地去思考問題，做設計也需要考慮可行性。妳知道重新開鑿山道需要多久嗎？如果遇到山體內堅硬的岩石和暗流，會帶來多大的隱患？挖掘山體需要耗費的人力物力，妳想過嗎？」

蘇漾在發想的時候，確實思考過挖掘山體的成本，但是過往有先例，她覺得應該可行。

「我在做方案設計的時候，想到的是錢學森先生提出的『山水城市』的概念。他希望建築能和自然結合，讓人們有重返自然的感覺。我喜歡這個概念。」

顧熠擦了半天的手，鍊條上髒兮兮的機油還是不能完全清乾淨。

「我小時候騎自行車上學，覺得比起走路，那已經是像飛一樣快了，如今公用自行車如此普及，但是稍遠的距離，我還是會優先選擇開車和捷運，因為那是更快的方式。」顧熠說，「現代社會競爭大，講求效率，很難理解中式古典山水的意境。山水城市這個概念確實很棒，但是不代表要把建築做成自然山水的樣子。為了滿足妳融入山水的理念，建很多年，破壞自然，耗費大量人力物力，這其實已經和妳的理念背道而馳了。」

蘇漾聽完，整個人陷入沉默。

不得不說，顧熠的一番話讓她受益匪淺。她做這個設計的初心，是一個美好的想法，並沒有考慮太多後續實施的問題，這是她的短處。

「顧工……」

顧熠的表情嚴肅了幾分，轉過頭來看著蘇漾，那種對工作一絲不苟的態度又出現了。

「我希望妳不會再犯這樣的錯誤。」

「我……」

「不要狡辯，不要解釋，我希望妳快速成長。」顧熠的視線如火，落在她身上都有種燒灼感，「真實的世界裡，沒有人會不斷提醒妳，妳不考慮周全，專案就會越做越少，到時候不用妳選擇，妳也必須轉行。」

他頓了頓，不等蘇漾說話，就微微皺眉問她：「明白嗎？」

蘇漾看著他，臉色也嚴肅了幾分，整個人緊繃起來。

她輕吸了一口氣：「明白。」

顧熠眉間的溝壑放緩：「去吃飯吧。」

中午吃過飯，顧熠被節目組的人叫住，說有事要和他商談。

蘇漾聽了顧熠一席話，決定把方案整個砍掉重練。

一個人又去了一趟皎月村小學，裡裡外外重新看了一次，在孩子們的陣陣讀書聲中，她完全放下自己內心那些繁複的想法，只是真實地去感受這山中小學的簡單、純粹。

從小學出來，正好碰到來考察的曹子崢。

沒有廖杉杉跟著，就他一個人。

山裡溫度稍低一些，他身上披著一件不知哪裡要來的綠色軍大衣，腳上穿著一雙很醜的棉鞋。要不是露出來的臉依舊英俊白皙，蘇漾都忍不住覺得他是從哪裡來討生活的移工。

曹子崢的不拘小節讓蘇漾對他比對旁人多了幾分好奇。兩人這麼「狹路相逢」，都站在原地，你看我、我看你，最後是曹子崢的笑聲打破了尷尬的對視。

「來考察？」曹子崢的聲音溫柔，語速不快不慢。

蘇漾點了點頭，想起上午在會議上，曹子崢挺身為她說話，便微笑著對他道謝：「上午的事，謝謝你。」

兩人藉此打開話匣子，一邊走一邊聊。

曹子崢淡淡瞄了蘇漾一眼：「我很喜歡妳的理念。」

「嗯？」蘇漾自嘲一笑，「可行性很低吧？」

「嗯。」曹子崢沒有過分恭維，很實在地分析蘇漾設計的問題，有理有據，條理分明，和顧熠的話相差無幾。

蘇漾看著曹子崢，內心感慨，怪不得他們在業界名氣差不多，可以說是勢均力敵，看來確實能力不分軒輊。

曹子崢說：「我去年去松山，一路爬著曲折的小徑登上山峰，彷彿置身雲端。我在『賞松亭』和一個老頭飲茶，看著山下的徽派民居，山中有屋，屋中有山，覺得天人合一，其實也是可以實現的。」

蘇漾對徽派建築也十分欣賞，曾去寫生，對那裡印象深刻。

「徽派建築確實很美。」

「工業革命以後，全世界都快速都市化。不過四百年的時間，曼哈頓從『樹木叢林』變成了『水泥叢林』。紐約除了中央公園那幾顆僅存的百年老樹，原生態已經所剩無幾。而這樣的紐約卻是全世界領頭的城市之一。比起這淳樸的山村，城市代表著人類的貪婪和盲目的自我崇拜。人類不斷掠奪自然環境，瘋狂占有資源。」曹子崢漫不經心的眸光中帶著幾分擔憂，「誰也不知道未來的結局，我也不知道。」

蘇漾聽了，有些慚愧：「其實我的想法沒有那麼偉大，我只是喜歡自然的建築風格。」

「這樣就很好。」

和曹子崢聊著聊著，不知不覺就走回了村裡建築師團隊安排的住宿地點。

曹子崢裹緊軍大衣，笑瞇瞇地對蘇漾說：「為了錢做建築師，這目的倒是挺純粹。不過做建築師發不了財，也許我們可以合夥買彩券。」

「彩券更不賺錢。」蘇漾鄙夷說道，「中五百萬，還要交一百萬的稅金，四百萬在N城買個房子還得貸款，這算什麼賺錢。」

「有那種累積彩金很高的吧。」

「那運氣要非常好才行吧？不如腳踏實地賺錢，」蘇漾想了想說，「努力做直銷，發財比較快。」

「哈哈哈！」曹子崢看著她，「妳真有趣。」

曹子崢抿唇笑了笑，最後盯著蘇漾，話鋒一轉：「我準備離開百戈，去X城的建大任教，專注研究園林建築。妳有沒有興趣，來我這裡讀研究所？」

「蛤？」

「我聽說妳大學還沒畢業，在Gamma實習。」曹子崢娓娓說道，「不知道妳對未來的規劃是什麼。繼續在Gamma也能有所發展，我不否認。我只是覺得，我們的理念很合，希望吸收妳到我的團隊裡。」

「這個……」

不等蘇漾拒絕，曹子崢抬手在她嘴前一擋。

「妳不用急著拒絕我，好好考慮。」他瀟灑轉身，在空中揮了揮手，「走了，拜。」

蘇漾留在原地，眉頭緊蹙。原本平靜的心緒，又因為曹子崢毫無徵兆拋來的橄欖枝而亂了。在拿到實習分數之前，她根本沒有考慮過未來要怎麼安排，說實話，她很迷茫。

低頭看著自己的腳尖，腦子裡滿滿都是曹子崢和顧熠說過的話。

因為太過專注思考，身後有人都沒發現，一轉身就一頭撞上來人。

「對不起，對不起……」蘇漾手忙腳亂地道歉，手還下意識地按在來人的胸口。這只是出於直覺反應，畢竟她用頭撞到別人胸口，理當替人揉一揉。

然而蘇漾的手還沒用力，就已經被那人捉住。

蘇漾抬起頭，正巧和他明銳的目光相遇。

又是顧熠。

蘇漾趕緊抽回被顧熠捉住的手，小心地後退了一步。

他低著頭以極近的距離打量蘇漾，蘇漾甚至能從他墨黑的瞳孔裡看到自己的倒影。

顧熠此刻的表情緊繃，眼中帶著幾分嚴肅，臉色有些黑。

「去哪裡了？」儘管他極力克制，語氣中還是帶著幾分不爽。

「去學校裡看了看。」蘇漾說，「碰到曹工，聊了幾句。」

顧熠的表情生硬：「聊了什麼？」

蘇漾想到曹工明顯挖人的意圖，不免有幾分心虛：「也沒聊什麼，就是他上午開會幫了我，說了聲謝謝。」

顧熠聽到這裡，眉頭皺了皺：「我也幫了妳，妳怎麼沒有謝謝我。」

「這……」沒想到顧熠這麼斤斤計較，蘇漾有些無奈，像哄孩子一樣說，「謝謝你。」

「就這樣？」顧熠明顯有些不滿。

蘇漾試探地問：「不然，回城裡之後我請你吃飯？」

「我不缺錢吃飯。」

「那你要怎麼樣？」蘇漾也有些不耐了。

「和那個姓曹的保持距離。」

蘇漾皺眉：「為什麼？」

顧熠定定看了蘇漾一眼，很認真地說：「因為我看他不爽。」

第十三章　隔熱工程

兩人站在村莊吊腳樓下方，落日緩緩降到地平線以下，夕陽餘暉灑在屋頂上，籠罩著山中最後的靜謐，將一切融入天然的背景，畫面磅礡卻又柔和。

顧熠雙手插在褲子口袋裡，整個人看起來格外修長挺拔。他的目光清凜冷冽，帶著幾分霸道的占有欲，凝視著蘇漾，讓她覺得自己無所遁形。

蘇漾的臉上微紅，表情有些尷尬，想到顧熠說的那些「亂七八糟的話」，沒好氣地說：「我看曹工挺好的，你這個人，看誰都不爽。」

顧熠嘴角輕輕揚起，漆黑的眸子依舊定定望著她：「妳知道我為什麼看他不爽。」

蘇漾不想與他的目光相對，匆匆撇開頭，又陷入對牛彈琴的苦惱：「顧工，我想我上次已經說得很明白了。」

顧熠點頭：「嗯，我也聽得很明白。」

蘇漾對他這種沒頭沒腦的執著實在很束手無措：「不然這樣，我們可以試著先做朋友，好嗎？」

「我不需要朋友。」

「……」應付顧熠這種軟硬不吃的人，真是讓蘇漾一個頭兩個大，她無語問蒼天，「顧工，說真的，你這種職場性騷擾一樣的方式，是追不到女孩的。」

顧熠的黑眸中閃過一絲笑意，完全沒有尷尬的表情，只是很誠懇地看了蘇漾一眼，認真且鄭重地說：「我也是第一次追女孩。什麼樣的方式妳可以接受？告訴我，我會改進。」

「……」

蘇漾的太陽穴突突跳了兩下，頭都跟著痛了。

要怎麼說他才會明白？

不是方式的問題，而是人不對好嗎！

蘇漾漸漸意識到自己接了一個很不該接的案子，一想到接下來的一週都要和顧熠困在這個小村莊裡，就覺得腦袋有點痛。

好在建築師團隊的人也不少，每天工作的時間，蘇漾都當作放風。

皎月村的村長對於這次的改建非常用心，上午開過會，下午就帶著大家去見皎月村德高望重的老族長，請他為大家講述皎月村的族譜故事。

老族長帶著大家去皎月村的祠堂，那裡是村裡祭祀的地方，只有過年和清明才開放，讓普通村民進去祈願，為了這次改建案，算是破了例。

在開祠堂之前，老族長先請了香，三跪九叩拜了祖宗，才帶大家進祠堂。

族長說，這祠堂是村裡最古老的建築，迄今已有兩百多年的歷史，蘇漾抬起頭，一眼就看見木樑上被百年香火燻黑的痕跡。

同行的建築師想要拍照，被老族長拒絕，不同的民族有不同的忌諱和習俗，建築師們只能遵守。既然不能拍照，大家看到有興趣的元素，也只能靠腦子記下來。

唯獨蘇漾，因為經常速寫，隨身攜帶了素描本和拓印紙。大家跟著老族長走著，蘇漾一邊聽，一邊細心地將一些特殊的建築元素拓印下來，那些木雕上的圖案都是蘇漾很少見到的，帶著特殊的民族歷史感，每一個都讓她耳目一新。

蘇漾走在隊伍最後，等她做完一切，一抬頭，竟然還有兩個人在她前面。

是曹子崢和顧熠。

顧熠耐心地等待蘇漾，自己也沒閒著，視線落在一處浮雕上，觀察得很入神。曹子崢率先看到蘇漾拓印完畢，直接走到她身邊，自然地和她聊了起來：「妳平時有在寫生？」

蘇漾收好拓印的紙張，抱著素描本，和曹子崢並肩而行。

「只是隨便畫畫。」

她在走之前，不經意地回頭看了顧熠一眼，他已經跟了上來。

她和曹子崢走在前面，一直能感覺到身後有一道視線，不用問，自然是來自顧熠。這種芒刺在背的感覺，讓她身上隱隱冒出薄汗，頭也不敢回。眼角餘光能看見身後跟了個黑面羅剎，真是有些為難。

曹子崢對於顧熠跟在他們身後，似乎一點感覺也沒有。路過祠堂掛著的古畫，還很熱心地推了推蘇漾，指著牌匾說：「不順便許個願嗎？」

蘇漾一動不動，尷尬地扯了扯嘴角：「別人家的老祖宗，我求了也不會靈驗。」

「我以為大家都是見一個拜一個。」

「那您也沒拜啊。」

曹子崢笑：「我不信這個。」

蘇漾說：「要是求財很靈，我就拜一拜好了。」

蘇漾話一說完，兩人不約而同想起之前關於發財的話題，相視一笑。

曹子崢意有所指地對她揚了揚手指：「可以的，妳果然是個純粹的人。」

蘇漾爽朗地笑出聲。

曹子崢還想和蘇漾說什麼，剛一低頭，兩人中間突然擠過來一道高大的身影，就像一堵牆，直接隔在兩人中間，完全擋住曹子崢，讓蘇漾的視線裡只剩他一個人。

顧熠似乎完全不覺得自己的行為很唐突，自然地往蘇漾的方向靠近，把她嚇得往旁邊躲了躲，不自覺和曹子崢拉開距離。

顧熠低頭，看著蘇漾，問她：「有新方案嗎？」

蘇漾微微皺眉：「還沒什麼頭緒，才過一個晚上。」

「嗯。」顧熠的目光落在她的素描本上，「今天看到的元素，應該會有所啟發。」

蘇漾覺得他刻意找話聊的意圖太明顯，也不知道怎麼接，只能尷尬地說：「應該吧。」

視線往旁邊看了看，曹子崢對於顧熠突然插進來，沒有表達什麼不滿，反而挪出一些空間給顧熠，往旁邊走了走，風度不言而喻。

老族長介紹了一下午，太陽漸漸西斜，氣溫也慢慢降低。

一陣山風刮過，蘇漾忍不住打了個噴嚏。她穿得也不少，只是女人可能確實比較怕冷，一點風就容易著涼。

聽見她打噴嚏，曹子崢很快反應過來。只聽一陣窸窸窣窣的聲音，曹子崢已經把身上的綠色軍大衣脫了下來。

蘇漾看見曹子崢脫衣服，正準備婉言謝絕，就見他的手剛抬起，還沒將軍大衣遞給蘇漾，軍大衣已經被眼疾手快的某人拿走。

某人想也不想，直接把軍大衣穿在身上，得了便宜還賣乖道：「山裡確實挺冷。」

曹子崢微微一怔，大概是從未見過如此厚顏無恥的人，紳士風度的他不知道該怎麼接話，只能尷尬地說：「大家都冷，早知道我就多拿一件軍大衣。」

蘇漾面對此情此景，無語地看向顧熠，沒想到平時不苟言笑的人，居然能做出這等幼稚的事。她尷尬地與曹子崢交換眼神，生怕曹子崢看出他們的異樣。

「我沒事。」蘇漾說。

顧熠把蘇漾整個擋住，曹子崢也找不到什麼機會和蘇漾單獨說話，和他們一起走了一段路，最後意味深長地看了顧熠一眼，轉身跟上前面的隊伍。

看著曹子崢的背影越來越遠，蘇漾無奈地看了看顧熠，輕嘆一口氣。

「滿意了嗎？」說完，白了顧熠一眼。

蘇漾和顧熠走在隊伍最後，蘇漾一臉不高興，顧熠倒是笑逐顏開。

他微微側頭，湊近蘇漾，低聲說：「妳冷嗎？」

蘇漾抬頭白了他一眼，搓了搓手臂：「你說呢？」

顧熠低頭看著她，眉毛微微一挑，突然敞開軍大衣，很大方地對蘇漾說：「進來，我們一起穿。」

「……」

見蘇漾不接話，顧熠也覺得無趣，將曹子崢的軍大衣脫下，又脫下自己的呢絨大衣。然後完全不給蘇漾拒絕的機會，直接用他帶著體溫的呢絨大衣將蘇漾裹住。

語氣帶著不容置喙的霸道，定定看著蘇漾，說：「我不喜歡妳穿其他男人的衣服。」

蘇漾突然被他裹住，鼻端全是他的氣息，重重將她包圍，她的腦子開始有些懵。

他靠得很近，幾乎要把她擁進懷裡，這種曖昧的距離，讓她原本平穩的心跳不禁撲通撲通地亂跳起來。

羞赧之下，蘇漾忍不住不耐地瞪了顧熠一眼：「你能不能不要總是靠我這麼近說話？」

蘇漾紅紅的臉頰勾起顧熠惡作劇的欲望。他淡淡瞄了蘇漾一眼，突然低頭在她耳邊輕吐一口氣，用淡淡喑啞的聲音，低低說道：「我怕妳聽不見。」

「顧熠！！！」她忍無可忍，叫出顧熠的全名，「你瘋了吧？！」

顧熠噗嗤一聲笑出來，不僅沒有因為蘇漾罵他而生氣，臉上還帶著幾分得意。

蘇漾和他無法溝通，邁著氣憤的大步，去追趕前方的隊伍。

離開祠堂，在族長的允許下，大家可以自由參觀考察。

顧熠被人叫住，想討論風格的問題，幾個人很快將他圍住，原本跟在他身邊的蘇漾如獲大赦，趕緊把他的衣服還給他，趁亂開溜了。

等顧熠和人聊完，蘇漾已經不見人影。

穿好自己的外套，手裡還拿著曹子崢那件軍大衣，又厚又重，完全是個累贅。當時他看見那姓曹的要把衣服披在蘇漾身上，身體就先於理智行動了。

想到自己的所作所為，顧熠自己都忍不住發笑。

拿出手機打電話給蘇漾，也不知道她在哪裡，訊號時斷時續，和他說話也沒什麼耐心，沒說幾句就假裝訊號中斷掛了。

顧熠想起她惱羞成怒的樣子，嘴角不自覺帶了幾分笑意。握著掛斷的電話，剛一轉身，就看見一言不發站在他身後的廖杉杉。

她的突然出現，讓顧熠的眉頭不自覺蹙緊了。

廖杉杉身上穿著保暖的衝鋒衣，頭髮綁成俐落的馬尾，腳上穿著登山鞋，整個人全副武裝。比起蘇漾，她真的任何時候都不會出錯。

「你在找小蘇？」

顧熠看了她一眼，沉聲道：「妳怎麼還在這裡？」

廖杉杉眼眸中帶著淡淡的笑意：「她跟曹工去考察了。」

顧熠的表情明顯帶了幾分不爽。

「這衣服，妳還給曹子崢。」把軍大衣遞給廖杉杉，也不和她多說，抬腿就要離開。

「曹工和小蘇還挺合得來，這兩天走得很近。」廖杉杉在他身後說。

「妳什麼意思？」顧熠的眼中帶著幾分克制的慍怒。

廖杉杉目不轉睛地看著他，不放過他臉上任何一絲的表情變化。半晌，她淡淡一笑，帶著幾分失落：「我只是想試探你。」

「什麼？」

「你喜歡小蘇。」她用肯定句，聲音竟然還隱隱有些晦澀。

「妳這種行為很無聊，也和妳無關。」

廖杉杉微微抬眸，柔美的臉上帶著幾分複雜的情緒。

「顧熠，你難道從來沒有想過，我為什麼會離開嗎？」

一起工作那麼多年，她的離開曾經對顧熠造成打擊，甚至他至今都對曹子崢懷有幾分敵意，也是緣於廖杉杉的離去。

但是這一切已悄然改變，因為蘇漾的出現。比起耿耿於懷廖杉杉離開的理由，顧熠更在乎的，是如何把蘇漾留在身邊。

他微微沉吟，淡淡說道：「想不想又有什麼差別？現在這樣挺好的。」

廖杉杉沒想到他會如此輕描淡寫地說出這些話，眸中帶著幾分悲傷和不甘。

「你是不是從來沒有想過，我喜歡你，這種可能性？」

「為什麼？」

「我等了你很久，你沒有任何表示。」廖杉杉說，「我想知道，你是不是連我離開，都毫不在意。」

聽到廖杉杉的告白，顧熠的眸中閃過一絲異樣。不得不承認，他心中有幾分波瀾。顧熠想過許多可能性，唯獨沒有想過這一種。

一起工作的幾年裡，她從來沒有過任何那方面的表現。他一直把和她的關係，看作單純的老闆和助理。卻沒想到，她用這種欲擒故縱的方式試探他。

看來林鋮鈞說得對，他從來都不懂女人。

許久許久，顧熠才說：「這麼看來，妳的離開很正確，長久下去，妳也無法與我共事。」

「她就可以嗎？」

聽她提起蘇漾，顧熠眸光一暗，語氣冷了幾分。

「廖杉杉，這與妳無關。」

蘇漾一個人拿著素描本在村莊裡走著，一整天開會和參觀，帶給她很多全新的衝擊。

看著古舊的吊腳樓、夯土樓，與穿著民族服飾的老幼擦身而過，現代和原始的結合與碰撞，讓她腦中浮現全新的想法。

靈感迸發，讓蘇漾的心情一下子飛揚起來。

她找了塊石頭坐下，打開素描本，開始簡單粗暴地畫起自己剛剛想到的設計，以簡單的線條大致勾勒，粗獷地打著框架。

她畫得太入神，沒注意到顧熠的到來。

他低著頭看蘇漾畫畫，不等她創作完成，已經出言打斷：「這種形狀的建築，美觀是美觀，但是每個區塊的使用率不高，很浪費。」

一句話如同一盆冷水，直接把蘇漾的熱情澆滅了。

蘇漾停筆，抬起頭看著顧熠：「你都不等我畫完，就要開始打槍了？」

顧熠對此倒是十分坦蕩：「我只是不希望妳浪費時間。」

「……」

蘇漾掃興地收起素描本，往村莊外走去。

「妳去哪裡？」顧熠問。

「就在山裡轉轉，找找靈感。」蘇漾回頭看了顧熠一眼，「呼吸一下沒有某人的空氣。」

顧熠挑眉：「妳就這樣對我？」

「我怎麼對你了？」

他眸光沉沉：「我為了妳，剛剛拒絕了一個女人。」

蘇漾聽他這麼說，原本已經走遠的腳步頓了頓，脫口而出：「廖杉杉？」

「妳知道？」顧熠有些意外，他想了想，嘴角突然噙著一絲笑意，轉為一臉順心的表情，「看來妳很在意？」

蘇漾有點後悔自己太八卦，她自己都有點想不通，為什麼會問這麼一句？

「你別想太多。」

顧熠意味深長地看了她一眼，無奈喟嘆：

「為什麼同樣是欲擒故縱，換成妳，我就這麼受用？」

蘇漾無語看著顧熠，甚至連吐嘈他都懶。

她在心裡告訴自己，let it go。對於顧熠這種自戀瘋牛病，蘇漾已經習以為常，聽他一本正經地胡說八道，也不像最初那麼激動。

就讓他一個人在他意淫的世界裡自生自滅吧。

「你不當編劇，真是可惜了。」

蘇漾認真感慨一句，然後抱著素描本，順著山間小徑往前走，不再理會顧熠。

顧熠對蘇漾的不理不睬，既不生氣也不氣餒，真的是軟硬不吃。

蘇漾在前面走著，顧熠不遠不近地跟在她身後，耳中聽到他輕緩的腳步聲，蘇漾忍不住煩悶地回頭：「你一直跟著我幹什麼？」

顧熠抿唇輕笑，表情理所當然：「天越來越黑了，妳一個女孩子在山裡走，要是遇到有歹心的男人怎麼辦？」

蘇漾鄙夷地看著他：「我怎麼覺得，你才是歹心最大的那一個？」

顧熠聽她這麼說，立刻紳士地舉起雙手：「妳放心，我只喜歡心甘情願的。」

「……」

蘇漾知道趕不走顧熠，就乾脆放任他跟著，反正天色漸暗，她自己一個人也確實有點怕。白天的山，即便是冬天，依然黃綠交接，天藍水清，美得不可方物，可是晚上的山，沒有任何路燈和照明，到處都是暗影綽綽，時不時傳來不明叫聲，哪怕是一陣風吹過，都有恐怖片的效果。

有顧熠這麼個大塊頭跟著，倒是真的比較有安全感。

顧熠跟在她身後，見她一路向前，問道：「妳要去哪裡？」

蘇漾走的不是村裡的主要道路，因為走得人少，路況比較差。山裡天色稍暗，寒氣漸露，樹木花草上都可以看見冰涼的露水，原本就窄小的山路變得有些溼滑。

蘇漾走得很慢，邊走邊回答：「聽村裡的人說，山裡有一座古老的涼亭，想去看看。」

「天就要黑了，看得清楚嗎？」

蘇漾看了一眼朦朧的夕陽，算了算時間：「距離好像滿近的，應該來得及。明後天的安排很多，沒時間了。」

蘇漾認真工作的態度，正合顧熠的意，所以他沒有責怪蘇漾亂來，而是走到蘇漾身邊，對她伸出手。

不帶一絲揶揄戲弄，很認真地對蘇漾說，「路不好走，妳牽著我。」怕蘇漾拒絕，他又加了一句，「保證沒有歹心。」

蘇漾沒想到顧熠會這樣說，瞪大了眼睛：「別鬧了，你以為是小學生嗎？」

越往山上路越難走，天色漸暗，蘇漾拿出手機看了一眼：「是不是走錯路了，怎麼完全沒見到涼亭的影子？」

蘇漾體力不算好，走著走著已有些喘。

運動鞋上沾滿了泥土，鞋子的重量增加，每一步都好像黏在地上一樣，抬腳都覺得吃力。

顧熠站在高處四處望了望，很俐落地總結陳詞：「應該是走錯路了。」

「天啊……」蘇漾不甘心地環顧四周，最後嘆了一口氣，聲音也顯得有氣無力，「太晚了，我們還是回去吧。」

顧熠聽著蘇漾的聲音，覺得有些不對，馬上低頭察看，見蘇漾嘴唇有些發白，眉頭皺了皺，「我背妳吧。」

他的聲音在幽靜的山中顯得格外清晰，他就站在蘇漾身邊，微微低頭，溫熱的氣息拂在蘇漾耳邊，蘇漾的耳朵馬上就紅了。

「不用。」她急忙擺手。

顧熠對蘇漾的倔強有些不滿，眉頭皺得更深，像教訓孩子一樣：「聽話。」

說完，直接蹲在蘇漾身前。

蘇漾頂著紅紅的耳朵，不好意思地推了推他：「別鬧了，趕快走，還沒吃飯呢。」

「我背妳。」

「不要！」

蘇漾用素描本輕輕搧了顧熠的後背一下，本來是要顧熠起來，誰知道手一滑，素描本就這麼飛了出去，掉在路邊的斜坡上。

「都怪你。」蘇漾一邊埋怨一邊彎腰去撿素描本。

誰知蘇漾腳下一滑，身體一歪，毫無預警地摔下了山坡。

他們走的是未經開發的原始山路，只是前人走多了，踏出一條窄道，沒有任何防護措施。

「小心！」

就在她滑下去的那一刻，顧熠眼疾手快地抓住蘇漾的手臂，但事發突然，他不僅沒能抓住她，還被蘇漾一起帶了下去。

千鈞一髮之際，顧熠將蘇漾擁進懷裡，兩人就這麼抱著滾下山坡，顧熠的手一直緊緊地圈在她背後，整個人弓著身子，將她牢牢護住，用自己的身體為她抵擋山上尖銳的樹枝和小石子。

滾落的速度極快，蘇漾甚至感覺不到痛。

好在這只是一段緩坡，不是陡峭的懸崖，且植被眾多，緩和了滾落的速度。兩人最後停在一處山坎，掉進冰涼的山澗小溪裡。

夜寒露重，冰涼的溪水涓涓流動，一下子就浸透蘇漾身上的衣服。

顧熠已經從溪水裡爬起來，蹚水過來扶起蘇漾。

「還好嗎？」他的聲音帶著幾分劫後餘生的沙啞。

蘇漾整個人還有些懵，再加上滿身是水，凍得瑟瑟發抖。

她無助地看著顧熠：「我們滾到哪裡了？怎麼上去？」

顧熠比她鎮定得多，抬頭看了一眼山腰，又看了看地勢，很冷靜地分析道：「我們掉進山坎裡了，沒有別的路，只能原路爬上去。」

蘇漾抬頭看了看那不短的距離，愁眉不展。她身上都溼了，山風一吹，立刻凍得整個人都有些站不住。

她咬著牙往溪岸走去，剛一動腳，腳踝就傳來椎心的疼痛，讓她忍不住倒抽了幾口氣。

聽她痛得嘶嘶抽氣，顧熠回過頭來看著她：「怎麼樣？還好嗎？」

蘇漾很想假裝堅強說沒事，但她真的像是在小溪裡扎了根一樣，腳痛得動都不能動。最後不得不忍著劇痛求助於顧熠：「腳踝好像扭到了，可能爬不上去。」

顧熠走回蘇漾身邊，低頭看了看蘇漾的腳踝。

她的腳踝有點腫，很明顯是扭到了。

「先到岸邊去，打電話找人吧。」

顧熠過來扶蘇漾，蘇漾身上還有些傷口，再加上腳踝的劇痛，整個人不禁冒起冷汗。顧熠低頭看了她一眼，也沒耐心等蘇漾龜速爬出小溪，直接一把將她抱了起來。

顧熠有力的手臂，一隻圈在她的後背，一隻勾在她的腿彎。

蘇漾忽然被他抱起，整個人有些慌亂，只是本能地勾住顧熠的脖子。

兩人的臉靠得極近，顧熠的呼吸盡數落在蘇漾額頭上。

蘇漾的臉靠在他胸前，可以聽見他鼓譟而有力的心跳。

撲通、撲通、撲通。

曖昧的姿勢，蘇漾的臉也紅了起來，她在心裡說服自己。

事急從權，事急從權，事急從權。

重要的事要說三遍。

顧熠把蘇漾放在溪邊一處平緩的草地上，他擔憂地蹲在她面前，低頭檢查她的傷勢。

蘇漾的腳踝腫得更大了，顧熠用手一壓，她就忍不住痛得哇哇叫。

「輕一點……」

顧熠微微皺眉，拿出手機，手機上還掛著幾滴水，顧熠用還算乾的衣角擦了擦，隨便按了按，觸控螢幕的鍵盤有點故障，但是還能打電話。

山裡訊號很差，顧熠用電話和簡訊分別通知了節目組的人，得到回覆後，他坐下來，安撫蘇漾：「別怕，他們馬上來救我們。」

山中刮著北風，兩人並肩坐著，顧熠坐在風口，以寬厚的身軀替蘇漾抵擋部分寒風。

兩人都受了不同程度的傷，顧熠臉上有兩三道小傷口，一路滾下來，衣服好多地方都刮破了，層層疊疊的，也看不清究竟有多少傷。

蘇漾想想自己目前的處境，再看看顧熠，忍不住感慨，「真倒楣。」她抱著自己的手臂，上下搓了搓，不安地四處看了看，「會不會有蛇啊？」

蘇漾最怕蛇了。

「現在蛇都冬眠了。」

蘇漾聽顧熠這麼一說，才突然想起，現在都快十二月了，蛇都在冬眠，瞬間放心許多。

她身上大半都是溼的，又冷又冰，只能縮成一團，手臂抱著自己的膝蓋，一動不動。

「我覺得我們倆八字有點不合，只要在一起就沒好事，上次被人打，這次又滾下山。」

「是嗎？」對蘇漾的話，顧熠並不贊同，他輕輕動了動嘴唇，眼神中竟然帶著幾分溫暖笑意，「我倒覺得，這是老天替我們製造獨處的機會。」

看著顧熠隨遇而安的表情，蘇漾忍不住睨了他一眼，「該不會是你故意把我推下來的吧？」蘇漾越想越陰謀論，「我就覺得剛才有一陣陰風，本來好好的，怎麼就腳滑了？」

顧熠鄙夷地瞥了蘇漾一眼，「沒有什麼陰風，妳腳滑，純粹是因為妳小腦不發達，無法保持平衡。」顧熠倨傲地冷哼一聲，「直接把妳關到我房裡，不僅獨處，還能做點別的。」

蘇漾：「……顧工，強摘的瓜不甜。」

顧熠淡淡道：「不摘，瓜就要沒了。」

雖然顧熠還是一樣自說自話，完全不在乎蘇漾的意思，蘇漾卻覺得此刻的他沒有那麼討人厭。

又是一陣北風，粗魯地刮動山樹，沙沙作響。萬籟俱寂之下，連呼吸的聲音彷彿都被放大。兩人坐得很近，幾乎是肩膀靠著肩膀。

這一刻，蘇漾很感激還有顧熠陪著，至少，她不會感到那麼害怕。

顧熠微微側頭，深邃的眸子看著蘇漾，半晌問她：「妳一直說不喜歡我，那妳到底喜歡什麼樣的男人？」

蘇漾沒想到顧熠會突然這麼推心置腹，想了想回答：「古裝劇裡的俠士，眉長入鬢、仗劍臨風的那種。」

原本以為她會說出高富帥之類的話，卻不想她的理想型竟然是這款。

顧熠抿唇笑了笑：「果然是個小女孩。」

蘇漾對此倒是爽快承認：「我本來就是。」

蘇漾眨了眨眼睛，也問了顧熠一句：「那你呢？是為了想整我才故意追求我嗎？」

「我沒那麼無聊。」

「那為什麼？」蘇漾實在難以想像高冷人設、目中無人、狂妄自大，之前一萬個瞧不上她的顧熠，會突然喜歡上她，「我總覺得不合邏輯，你為什麼會看上我？」

「如果我能理智地分析出原因，就會選個更適合我的對象。」顧熠的目光落在前方，沒有看蘇漾，「就像妳說的，那只是一種感覺。」

顧熠的聲音沉穩肅清，即便是現在這副狼狽的模樣，他也依舊鎮定從容。

濃眉大眼，鼻梁高聳，下頷線條冷硬。蘇漾不知不覺間一直盯著他的臉，直到他轉過頭來，才匆忙移開視線。

冷風撩起蘇漾的頭髮，拂在她臉上，癢癢的。

「我才不相信。」蘇漾含糊地越說越小聲，「你別以為你能追到我。」

「沒關係。」顧熠笑，「你追我也可以。」

「……」

兩人就這麼在冷風中等了近半個小時，蘇漾的腳痛得要命，稍稍一動就像神經被輾過一樣，難以忍受。

冷風刮過，溼衣服貼在皮膚上，蘇漾冷得全身起雞皮疙瘩，牙齒都忍不住頻頻打架。

顧熠見她發抖，沉聲問她：「很冷嗎？」

蘇漾也顧不上矜持了，很誠實地回答：「衣服溼了，確實有點冷。」

顧熠眉間帶著幾分思慮：「要是有木頭，倒是可以生火。」

蘇漾聽到「火」字，就忍不住開始想像，這種時候要是能生一堆火，那該有多暖和。

「鑽木取火？」蘇漾有些訝異地看著顧熠，「你還會這麼原始的方法？」

顧熠傾身，倏然接近蘇漾。

「鑽木取火，我倒是不會，但我會另一種更原始的取暖方式。」

說著，不等蘇漾揶揄他，他已經轉過身體，一把將蘇漾摟進懷裡。

長臂如鎖，胸膛如牆，緊緊將蘇漾困在他的方寸之間。

身體觸碰帶來的暖意迅速蔓延蘇漾全身，血液從腳底直衝頭頂，讓她屏住了呼吸。

顧熠的呼吸平緩而有力，微微含著笑意的聲音帶著幾分蠱惑。

他說：「現在不冷了吧。」

山澗小溪潺潺，自山石中穿過，在林木疏朗之處閃過一泓清涼，擊打著形狀不一的卵石。清脆的聲音好似有個陶醉的樂者，演奏著柔曼輕緩的曲調。

冷風掠過，被顧熠緊緊抱在懷中的蘇漾一動不動。

前胸後背好似冰火二重天，前胸是顧熠身上如火的體溫，背後是北風呼嘯的冷空氣。

她的手還抵在顧熠胸口，從原先的抵抗慢慢變成彼此依存的親暱。

兩人都能聽見對方的心跳聲，一步一步，從平靜變成鼓譟。

這真是最原始的取暖方式。

蘇漾的臉憋得有些紅，半晌，悶聲說了一句：「不冷才怪。」

不知道過了多久，蘇漾覺得身體都有些發麻了，才總算聽見有人呼喚他們的名字。

顧熠聽見動靜，抱著蘇漾站起來，他的聲音冷靜而渾厚：「我們在這裡。」

蘇漾的腳又痛又麻，只能靠著顧熠站立。

終於，視線裡出現一群拿著手電筒、四處揮舞的人，那一刻，蘇漾只覺得那些手電筒的光，在黑暗之中，好似天上閃爍的星星，交織成光束的海洋，讓她看到了希望，她忍不住情緒有些激動。

「我們在這裡！」

夜寒露重，山路溼滑，為了把受傷的蘇漾弄上去，眾人耗費了一番功夫，最後是借助繩子才終於搞定。

蘇漾的腳踝已經腫成了饅頭，這番折騰讓她痛得一身冷汗，但她還是堅強地咬著牙，不發出聲音。

幾個人圍著顧熠詢問事發狀況，他一時也抽不開身照顧蘇漾。

蘇漾上來了，發現曹子崢也在。平時裹得密不透風的他，此刻倒是穿得很少，一件普通的針織衫，隨意搭了件大衣，看起來十分單薄。

蘇漾本來是在找顧熠，一抬頭看見曹子崢，表情有些不自然。

「你怎麼也來了？」畢竟才認識沒多久，不是那麼熟。

曹子崢的表情淡淡的：「怕出什麼事，跟過來看看。」

蘇漾抿脣笑了笑，有些不好意思：「福大命大，還好沒事。」

「嗯。」

人終於救到了，眾人鬆了一口氣，收好繩子準備回村裡，蘇漾試圖動了動腳，腳踝又是一陣劇痛。

見蘇漾在原處不動，曹子崢敏銳地發現她的不對。

「腳扭傷了？」

顧熠本來在回答問題，一聽到曹子崢的聲音，立刻轉頭走了過來，也不管其他人，直接蹲下檢查蘇漾的傷勢。

蘇漾的褲腳原本還有些鬆，但因為腳踝腫得很大而完全卡在傷處，讓她更為難受。顧熠怕之後會腫得更嚴重，果斷地撕破緊緊勒住傷處的褲腳，蘇漾腫成麵團的腳踝終於得到釋放。

見她的扭傷在一番折騰後更加嚴重，眉頭一皺：「就叫妳不要亂動。」

不等蘇漾說什麼，曹子崢已經明白狀況。他往前走了一步，移到蘇漾面前，眼中透露出關心：「要不要緊？我背妳回去？」

他話音剛落，顧熠已經先他一步，背對著蘇漾蹲了下去。他不耐地對蘇漾揮了揮手，示意她上去，很明顯，是要背她回去的意思。

蘇漾跛著一隻腳，為難地看著面前的兩個男人，一時有些尷尬。

顧熠是那種少說多做的個性，什麼都不說，只是蹲在那裡等著她，而曹子崢也是一瞬不瞬地盯著她，似乎在等她的答案。

曹子崢是很溫柔風趣沒錯，對蘇漾也很好，但是麻煩他總讓她有些過意不去，比起來，蘇漾反而寧願應付龜毛難搞的顧熠。

蘇漾來回掃了兩眼，一番斟酌之後，目光從曹子崢身上移開，用有些粗魯的語氣說，「蹲那麼遠，我怎麼搆得著？」她的視線落在顧熠的方向，以惡狠狠的語氣隱藏內心的緊張，「還不過來？」

等待的時間其實不長，但是蘇漾話才說出口，就能明顯感覺到顧熠緊繃的神經放鬆下來，甚至輕吐了一口氣。

他嘴角帶著淺笑，刻意隱藏的情緒不易察覺。他很快往後退了一步，停在蘇漾面前。

蘇漾不是很俐落地爬上他的背，還不等她趴穩，他就迅速背著她起身，嚇得她趕緊抱住他的脖子。他的手自然地勾住她的腿，往前走了兩步。

蘇漾的手裡還抓著溼掉的素描本，整個人雖然狼狽不堪，可是很奇怪，她並不覺得慌亂。依靠在顧熠身上，竟覺得惶恐不安的情緒都漸漸消散。

顧熠微微往後瞥了一眼，蘇漾從他一閃而過的眸光中，看到點點溫柔。

兩人對這種親暱姿勢都有些彆扭。

下一刻，蘇漾就聽見顧熠嘲弄的話語，一如平時的毒舌。

「看起來輕，實際上還挺重。」

旁邊的人聽見顧熠的話，紛紛掩嘴一笑。

女人的體重和年齡就像貓的尾巴，絕對不能踩。原本還有幾分微妙的氣氛，被顧熠的話瞬間吹散。蘇漾氣急敗壞地敲他的腦袋，沒好氣地說：「你不說話，沒人當你是啞巴。」

蘇漾在大家的笑聲中小心翼翼地看向曹子崢，只見他若有所思地打量自己，又心虛地轉開目光。

好像有什麼被他看穿了，蘇漾一臉尷尬。

大家走在前面，顧熠背著蘇漾走在最後。顧熠的腳步緩慢而沉穩，跟著眾人一起往村子的方向走去。

夜風陣陣，蘇漾抱著顧熠的脖子，手上的素描本時不時碰到顧熠的前胸。

兩人一路上都沒有說話。

蘇漾能聽見他規律的呼吸聲，讓她有種奇異的安全感。

她安靜地趴在他背上，前方手電筒的光和月光輝映，在微弱的亮光中顧熠耳朵上的擦傷隱約可見，暗色的紅，是已經乾涸的血痂。

從那麼高的地方滾下去，她的身上都不免有幾處擦傷，而他一直用身體護著她，身上的傷一定更多。但他從頭到尾沒喊痛，完全不提自己的傷勢，讓蘇漾都有些忽略他也受傷了。

蘇漾心裡忽然湧出強烈的自責感，要不是她想搶時間去看涼亭，兩人也不會掉下山坡，這麼一想，她更內疚了。

顧熠背著蘇漾，走得不快，漸漸的和其他人隔了一段距離。蘇漾見旁邊沒人，便抱緊了顧熠，用細弱蚊蚋的聲音，湊到他耳邊說。

「對不起，是我害了你。」她的手輕觸顧熠的傷口，「身上的傷多嗎？」

顧熠大概是沒想到一向嘴硬的蘇漾會突然道歉，後背一僵，微愣了一下，半晌，他輕聲回覆：「沒什麼。」

「今天謝謝你。」平常總是和顧熠互嗆，這樣好好說話反而有點不習慣，蘇漾覺得彆扭到極點，「謝謝你沒有丟下我。」

許久，耳邊突然傳來顧熠的輕笑。夾在北風中，蘇漾都有些懷疑，他是不是真的笑了。

「要是真的想道謝，我倒是希望能拿到一點實質的謝禮。」顧熠的語調帶著幾分調侃。

「嗯？」

顧熠清了清喉嚨，又一本正經地胡說八道。

「以身相許，這個主意不錯。」

蘇漾：「……又來了，早知道就不謝你了。」

「呵。」

顧熠的一個小玩笑讓兩人之間的氣氛輕鬆了幾分。耳畔傳來樹木搖動發出的沙沙聲響，蘇漾想了想，說道：「我曾聽過一句話：中年男人突然墜入愛河，就像老房子著了火。我覺得這句話形容你挺貼切的。」

顧熠的聲音冷了冷：「中年男人……」

「不要在意細節。」蘇漾換了一隻手拿素描本，思忖片刻，又問，「被我拒絕了，為什麼不放棄？」

顧熠聽到蘇漾的問題，倒是沒有什麼不自在，只是淡定地反問：「那妳呢？為什麼一直拒絕我？」

「你那種死纏爛打的方式，完全零分好嗎？哪有女孩會答應啊？」

顧熠想想近來兩人奇怪的相處模式，也忍不住笑了笑。

許久，蘇漾聽見他溫柔而篤定的聲音，一字一頓地說：「那我就再努力努力，從零分慢慢上升，很快就能滿分了。」

就像平靜的湖面被人投入一顆石頭，蘇漾感覺自己的心泛起陣陣漣漪。

輕撓酥癢的奇怪感覺，讓蘇漾忍不住皺了皺眉。

她緊咬下唇，半晌，以平時的語氣說道：「及格都難，就別想滿分了，不切實際。」

「……」

蘇漾的腳扭傷以後，在山村裡生活其實有諸多不便。例如山裡沒有自來水，得從山澗和村中唯一的井中取水。雖然之前有過不愉快，但是現在同在山村裡，蘇漾依然得到許多人的幫助，像是順便幫她帶個飯，進出活動也都有人幫忙扶一下。

蘇漾突然覺得，能成為建築師，第一要有好的人品，這句話可能是真的。

她本來被安排住在吊腳樓上，如今腳不方便，節目組便找上住在舊夯土樓一樓的廖杉杉，希望她和蘇漾換個房間。廖杉杉人也不錯，很爽快地答應了。

大家都只是短期住一下，沒什麼行李要收拾，蘇漾的東西都是廖杉杉幫忙搬的。看著她手腳俐落地提著她的包包，蘇漾覺得怪異極了。

明明也沒有什麼事，但就是有一股淡淡的尷尬彌漫在兩人之間。

換完房間，廖杉杉又扶著蘇漾出來。她用木桶汲了一小桶水，兩人就著小桶子洗手。冰涼的山澗水滑過手心，嘩嘩的水聲緩解著兩人之間的尷尬。

「謝謝妳。」蘇漾鼓起勇氣說道，「我太沒用了。」

天氣冷了，廖杉杉鬆開高束的馬尾，中長髮披散而下，遮擋住她清秀的臉龐，也遮擋住她此刻有些黯然的神色。

見廖杉杉沒有回應，蘇漾也有些尷尬，本來還想說什麼，最後還是閉上了嘴。

許久，廖杉杉洗乾淨雙手，握了握拳。

「我喜歡他。」

天外飛來一句話，把蘇漾嚇了一跳。她腦袋有些懵，半天才反應過來廖杉杉在說什麼，錯愕地看著她。

「什麼？」

「離開這麼多年，再見到他，還是一樣的心情。」廖杉杉的聲音微低，帶著幾分不甘和不捨。

「這……」

「如果妳對他沒有那個意思，就請妳不要吊他胃口。」

「我沒有……」

廖杉杉驟然起身，蘇漾看她的視線，一下子從平視變為仰視。這種感覺很彆扭。

廖杉杉低著頭，直直盯著她，用極其執著的語氣說：「六年，我相信，不是毫無重量。」

「……」

廖杉杉走後，蘇漾腦中不斷重播著她說過的話。

也不知道為什麼，突然想起剛到Gamma沒多久，顧熠帶她去參加高峰論壇的情景。那天顧熠又是帶她買衣服，又是隨口草率地任命她當助理。當時蘇漾不明白他們之間的恩怨情仇，後來明白了，自然也知道，顧熠做得一切，都是為了利用她去氣廖杉杉。那分明就是很在意，不然哪個男人會去做這麼莫名其妙的事？很奇怪，當時被利用了，明明只覺得顧熠很可惡，沒有其他感覺，而如今再回想，為什麼就覺得多了幾分鬱悶？

蘇漾想得太入神，旁邊有人靠近都沒發現。

節目組的編導過來汲水，見蘇漾還在洗手，不由打趣道：「蘇工，妳怎麼還在這裡洗手？五分鐘前我就看妳在這裡了，小心把手洗到脫皮啊。」

蘇漾看著自己微微有些起皺的手，尷尬地收了回來。

「沾了點難洗的東西。」她解釋道。

話音剛落，就見顧熠從住處過來，手上拿著大包小包的藥。

蘇漾看看顧熠那張稜角分明的臉，再看看他黑白分明的眼睛，怎麼看怎麼不順眼。

顧熠聽見編導和她的對話，語氣自然地問她：「又去摸了什麼？怎麼和小孩子一樣，靜不下來？」

蘇漾咬著唇，皺著眉頭看他。

顧熠覺得有些莫名：「妳這是什麼表情？」

蘇漾眨了眨眼睛，說道：「不知道為什麼，突然想給你負一萬分。」

第十四章　木作工法

就像林鋮鈞說的，顧熠實在不懂女人，不管是有著一顆七巧玲瓏心的廖杉杉，還是被調侃成新手小妹妹的蘇漾。他不知道自己做錯了什麼，總之，蘇漾又開始對他不理不睬，冷眼以對。

實在讓人摸不著頭腦。

上午在會議上，蘇漾雖然坐在顧熠身邊，但是全程幾乎沒有說話，甚至沒有抬頭看他一眼，全身上下都透露著不對勁。

會後，蘇漾和不是同一組的曹子崢倒是聊得很投契。所有人都走了，他們還在激烈討論。顧熠和節目組的人交代完事情，一回到會議室，就看見蘇漾拿了幾張圖紙，認真地和曹子崢討論想法。

顧熠一直站在門口，聽著他們的對話。

他們討論得太專心，沒有發現他去而復返。

「木結構？」曹子崢翻著蘇漾的設計稿，眉頭皺了皺。

蘇漾點了點頭，「我查過資料，這樣的案例不是沒有。DeSo 建築事務所設計的法國 La Boiserie Mazan，木結構，周圍被普羅旺斯的植被景觀包圍，位於馮杜山山腳下，以木板和草磚搭建，這種取材更接近周圍的環境。」她想了想又說，「相比混凝土建築，木結構建築其實沒有成本過高的問題。」

曹子崢看完蘇漾的設計草圖之後，沉默了兩秒，說道：「根據《木結構設計規範》規定，木結構建築不應超過三層，不同層建築最大允許面積，單層一千兩百平方公尺，雙層九百平方公尺，三層的話，六百平方公尺。十公尺的進深也就是小教室，只能做小班制教學。與你們設計皎月村小學，想要容納更多學生的初衷，並不符合。」

蘇漾對自己的設計還有堅持：「按規定，如果安裝自動灑水滅火系統，每層樓的面積可以再大一倍。」

「大眾的觀念也需要考慮。木頭會不會不防火？會不會爛，白蟻如何防範？會不會漏風漏雨？要砍多少樹，會不會不環保？」

蘇漾早就猜到會有這些質疑，很認真地回答：「木頭可以做防火處理，浸泡防火劑；做了防腐處理就可以不長蟲也不腐爛；避免漏風漏雨，交界處可以打密封膠，填聚氨酯之類的東西；至於砍樹，現代林業有培育專用樹種，不會破壞原有森林。」

「……」

顧熠一直靜靜佇立在門口，雙手插在口袋裡。聽到這裡，才開口打斷蘇漾。

「H工大的范教授，被稱為我國木結構的『末代皇帝』。為什麼是末代？因為我國缺乏木材，政府早就不鼓勵建木結構的房屋，如果要建，要經過非常嚴格的審查。在大學，由於沒有案例支持，已經很少有教授從事木結構研究，大多向鋼結構方向發展。」

顧熠的說話聲引得蘇漾和曹子崢一起抬頭看向他。

他沒有什麼尷尬的表情，走近會議桌。坐在蘇漾身邊，也不管蘇漾同不同意，直接拿起蘇漾的草圖翻閱，三兩下就翻完了。

「我們的土建工程師都是做混凝土、鋼結構的，他們習慣且擅長做這種，要找到做得好木結構的，不容易。」說完，顧熠放下蘇漾的設計稿，鄭重地說，「不要忽略土建工程師，他們才是真正實現妳設計的人。他們建不出來，妳再有靈氣的設計，也只是天馬行空。」

比起曹子崢溫柔委婉的說法，顧熠直接的批評，已經讓蘇漾明白，面前的兩個男人都反對她的想法。

見蘇漾陷入沉默，曹子崢開口了，語氣放軟很多：「用木芯玻璃鋼呢？張永和曾用玻璃鋼做結構和圍護構建，呈現出來的效果和妳的設計有類似之處。或者低合金高強度鋼，比如Q460，也就是鳥巢的材料。」

比起曹子崢的建議，顧熠的口氣要冷硬許多：「放棄吧。那種鬆散的組織，不可能。」

「……」

蘇漾聽了他們的話以後，也明白自己的設計問題很多。

她看了曹子崢一眼，感激地笑了笑：「我回去再考慮一下。」

然後轉過頭去，沒好氣地瞪了顧熠一眼，凶巴巴地從他手裡搶回自己的草圖，冷冰冰地說：「我有要給你看嗎？」

顧熠眸光深了幾分：「蘇漾，妳是我組裡的。」

蘇漾滿不在乎地頂嘴，「那又怎樣？這只是我的草圖，還沒有正式要交給你的意思。」她看了看曹子崢，「不過是先給朋友看看。」

這段時間以來，蘇漾的設計太常被打槍，她的小心臟已經堅強許多。

有顧熠在場，繼續討論也沒什麼意義。蘇漾和曹子崢說了聲謝謝，拿了自己的東西，就離開會議室。

蘇漾的木結構小學其實也是靈光一閃，作為設計稿，她是很興奮，但是顧熠和曹子崢提出的問題她也明白，他們思考得更全面。

一個人往外走，四處逛著，沒什麼目的，只是想讓腦子放空，再次從頭開始。

她跛著腳走了一小段，扭傷的腳踝開始有些痛，想回去休息。一轉身，就看見跟在她身後的顧熠，眉頭不自覺皺了起來。

「你怎麼跟過來了？」蘇漾說。

「妳腳受傷了，到處跑什麼？」

「我只是隨便走走。」蘇漾瞄了他一眼，「還不是為了這個案子。」

顧熠臉上陰晴不定，分明是帶著幾分不爽。

「有新方案，為什麼不先和我商量？」

蘇漾看著他清凜的面容和幽深的眼眸，腦中又想起廖杉杉的話，以及當初他利用她來氣廖杉杉的事。那股鬱悶的感覺又上來了。

「反正你也會打槍，我先給曹工看看，他覺得不行我就不給你看了，免得浪費時間。」

「曹子崢並不負責皎月村小學的專案。」

「無所謂，只是讓他看看設計本身和可行性。」

顧熠沉默了片刻，對蘇漾這種反覆無常的態度有些困惑。

「妳這兩天，是什麼意思？」

「什麼什麼意思？」蘇漾知道顧熠在說什麼，卻假裝不懂。

她拿著自己的東西往另一條路走去：「我去看樓，你要跟不跟，隨便。」

「站住。」

蘇漾回頭，顧熠的表情已經明顯帶了幾分怒氣，語氣也有明顯的責備，「腳傷成這樣，妳還要去哪裡？」本以為他會說出更多嚴厲的話，卻不想他話鋒一轉，乾脆認輸，「去哪裡？我背妳去。」

蘇漾瞄了顧熠一眼，嘴角帶著一絲揶揄：「可以啊。」

蘇漾熟練地爬上顧熠的背，完全是故意整人的意圖：「我要去四十八號樓。」號碼是他們專案組的人編的，四十八號是村裡地勢最高的一棟房子，分明就是不想讓顧熠好過。

其實蘇漾也不是非參觀不可，只是設計被否定以後，要從零開始，一時半刻也不可能有多好的想法，純粹就是想整一下顧熠。他背著她爬山上古老的階梯，本就比平地艱難，她還故意指揮他爬高走低，一下這裡一下那裡。即使顧熠體力不錯，也被她整得滿頭大汗。

聽見顧熠粗重的喘息聲，蘇漾心裡有一種報復得逞的快感。

而她這麼做的理由，連她自己都有些搞不清楚。

她不得不承認，她其實矯情得很。

顧熠被她整了一大圈，大致上也理解她在發洩不滿，以為她是為了他否定方案的事。一段時間後，他說：「建築師的個性，不等於任性。在做設計之前，先去了解使用建築的人，看看他們到底需要什麼？」

蘇漾的手微微握緊了一些，緊緊抓住顧熠的肩膀，把他的衣服都抓得有些皺了。

「方案被否決很正常，你現在在我手下這麼耍脾氣，我容忍，是因為我有私心。」顧熠說完這句話，頓了頓，「換一個地方，換一個團隊，妳早就失業了。」

許久，她才說：「我並不是因為這個。」她自己都不知道為什麼耍脾氣。

「那是為什麼？」

蘇漾手上鬆了鬆，半晌放開咬緊的嘴唇：「沒有為什麼。」

她拍了拍顧熠的肩膀：「放我下來，我要回去了。」

顧熠皺了皺眉，聲音緊了幾分：「上下臺階妳的腳傷會更重，我背妳下去。」

「不用。」蘇漾的倔脾氣又來了，「我自己能走。」

「蘇漾。」顧熠態度突然一百八十度大轉變，聲音瞬間就冷了下去，「妳現在是因為我在追妳，就盡情和我耍小孩子脾氣，是嗎？」

「我有讓你追我嗎？」蘇漾也是吃軟不吃硬的人，像彈簧一樣，壓得越低彈得越高，「我都搞不懂你為什麼要追我，我們一點都不合適！」

「所以？」顧熠突然冷笑兩聲，「我現在是負一萬分？」

顧熠驟然變化的態度，讓蘇漾更是一肚子火：「顧熠，我告訴你，你離當我男朋友的標準還遠著呢。再說了，我又不喜歡你！」

「聽妳的。」

毫無徵兆的，顧熠手一放，直接把蘇漾放到地上。

雖然要下來是蘇漾自己要求的，但忽然被放下，一時不備，腳滑了一下，腳踝痛上加痛。

她雖然痛，卻努力忍著，手下意識地放在自己腿上。倔強的脾氣，不允許她在顧熠面前露出一絲軟弱的表情。

「蘇漾，妳要是仗著我想追妳，就這麼沒底線地耍賴，妳就真的錯了。」顧熠的表情十分嚴肅，「妳年紀小，我大妳許多，讓著妳，忍著妳，但這不代表我沒有底線。

「蘇漾，我的耐心是有限的。」

顧熠頭也不回的背影，是蘇漾在這裡唯一看到的人影。

四十八號樓在村中地勢最高之處，那戶人家早已不住在那棟樓裡。

顧熠曾憂心忡忡地和蘇漾討論這些沒人居住的舊樓，說未來這些樓唯一的命運就是倒塌，他接下這個改建專案的目的，是想吸引更多年輕人回到家鄉，保護他們的民族文化。

蘇漾自己都沒想到，顧熠說過的每一句話，她都記得那樣清楚。

忍著劇烈的腳痛，蘇漾一步一步艱難地走下臺階。

沒多久，山裡下起了雨。

本來腳就不方便，這雨一下，山上的臺階就更為溼滑了。

蘇漾全身都被雨淋溼，狼狽地瑟瑟發抖。

那姓顧的，還好意思說在追她？看看他，這才追了幾天，負一百萬分都不為過？什麼狗屁耐心？什麼狗屁有限？他的耐心連一個月都不到，哪裡有什麼真心？

蘇漾一邊瘸著腿下臺階，一邊罵著顧熠：「顧熠臭王八蛋，死瘋牛病，神經病，有毛病，一點都不執著，裝什麼深情的死樣子，根本就不是真心的。」

雨淅瀝瀝地下著，蘇漾罵著罵著，眼前就一片模糊了。

這雨真大，都落到她眼睛裡去了。

狼狽地抬手擦了擦自己的眼睛，重重吸了吸鼻子。

再一睜眼，就看見臺階下，那個已經消失的臭王八蛋，又出現在她的視線裡。

山雨連綿，雨霧縹緲，蘇漾覺得眼前的一切，都有種如夢似幻的錯覺。

顧熠舉著一把很難看的藍格子雨傘，又破又舊，傘骨還斷了一截。

站在雨幕中，他的面容依舊清冷，眸中卻帶了幾分炙熱。

蘇漾恨恨地瞪著他，一瘸一拐地從他身邊擦過，被他一把拉住，扯到傘下，與他共撐。

蘇漾的眼眶紅紅的，委屈像是錢塘江的大潮，瞬間就把她淹沒。

「你還回來幹麼？」蘇漾的語氣冷冷的，「不是耐心有限嗎？」

說著，用力推了顧熠一把，想要掙脫他的箝制。

卻不想，顧熠借著蘇漾推他的力道，一個拉扯，直接將她擁入懷中。

左手舉著的雨傘被他隨手一拋，破舊的雨傘在朦朧雨霧中飄然落地。

顧熠以不容拒絕的力度緊緊擁著蘇漾。不等蘇漾反應，已經捧起她的臉龐，毫不猶豫地吻了下去。

雨水淅瀝，山霧潮溼。

冰涼的嘴脣相接，略微清甜的雨水因為嘴脣的接觸進入口腔，蘇漾本能地想要往外推，嘴巴剛剛微張，顧熠火熱的舌頭已經鑽了進去……

昏天黑地，天翻地覆。

那是蘇漾從來不曾經歷過的，比劫難更為激烈的衝擊。

蘇漾彷彿是靠著顧熠給予的空氣才得以呼吸，大腦好像被抽空了一樣，一片空白，手還傻傻地舉著，甚至忘記打他。

許久，雨水把兩人都淋成了落湯雞。

顧熠終於放開蘇漾，她整個人都有些懵。

耳邊只有顧熠似笑非笑的聲音。

他說：「剛才我的耐心確實耗盡了，但是現在，又補充回來了。」

在山上待了整整一週，終於回到城裡。

蘇漾的腳也消腫了，可以正常走路，就是走久了會有點痠痛。

節目的編導和別組的同事都在群組裡感慨，說在山裡待了一段時間，才感覺到城市的生活有多便利。山裡手機時不時沒有訊號，滑個手機都不順。

蘇漾躺在床上，看了一眼時間，把手機關了，準備睡覺。

床頭櫃上還放著她拿回家的那把傘，顧熠的傘。

藍色格子，又土又舊，傘骨還壞了兩根。

都不知道他在哪裡拿的。

蘇漾看了兩眼，忍不住心跳加速，蒙著被子，卻怎麼都無法入睡。

她也不知道自己為什麼對顧熠那麼苛刻，甚至可以說有些無理取鬧，也確實像他說的，有點故意吧。

可她就是想看看，他到底能為她忍耐到什麼地步。

回憶起那個意料之外的吻，蘇漾至今腦子還有些發懵。

顧熠放開她的時候，她腦子裡還在猶豫到底要不要打他巴掌，就那麼幾秒的時間，她就聽見他無賴地說：「妳是要乖乖地讓我背下去，還是要我強行把妳扛下去，妳選一個。」

蘇漾覺得顧熠是那種什麼事都做得出來的人，怕他真的當眾做出不莊重的事，所以想也不想就順著他的意爬上他的背。

等他走了一段路，她才意識到自己被坑了，自然也錯過賞他巴掌的最佳時機。

蘇漾趴在顧熠的背上，兩人的衣服都被雨淋溼，此時貼在一起，溼熱黏膩。她調整了一下姿勢，最後找了個最舒服的位置，不動了。

她還舉著那把舊傘，明明氣到極點，卻依舊為顧熠擋著雨，她自己都覺得有點莫名其妙。

顧熠走得很穩，朦朧細雨中，他一步步從山上走下去。

「妳從小就這麼任性嗎？」他突然說。

蘇漾沒好氣地回答：「也沒要你忍。」

他笑：「耐心充滿了，忍得住。」

「呿，你以為你是手機啊，充電五分鐘，通話兩小時。」

「不止兩小時。」顧熠說，「一輩子都行。」

蘇漾嘴上啐了一聲，心裡卻忍不住因為那句「一輩子都行」而悸動。

從來沒談過戀愛真是虧大了，直男癌瘋牛病都能把她撩動。

蘇漾的耳朵紅了紅。

蘇漾睡不著，翻了個身。黑暗的房間裡，只能看到屋內陳設的淺淺輪廓，一切都是靜謐又熟悉。

她眨了眨眼睛，又想起離開皎月村前的最後一夜。

第一階段的考察結束，專案組要離開皎月村回城裡，村長帶著村民們熱情地招待眾人。

大家吃著村民準備的食物，喝著村民自家釀的酒，在如畫的美景中澈底放鬆自己，完全遠離城市生活的壓力與工作的疲憊。

大家喝得很嗨，三三兩兩聚在一起喝酒划拳，聊著各種重口味的話題。

顧熠一直坐在蘇漾身邊，廖杉杉和曹子崢則坐在他們對面。

廖杉杉的目光一直若有似無地在蘇漾和顧熠之間來回，蘇漾想起她說的那些話，忍不住也打量了顧熠一眼，見他完全沒反應，竟然覺得稍微放心了一些。

四人就這麼面面相對，氣氛詭異。

蘇漾覺得有幾分尷尬，率先灌了幾口酒。

酒精迅速讓身體熱起來，也為她壯起膽子。

幸好同桌還有其他人，大家很快打成一片，酒讓人與人之間的距離迅速縮短，也不需要刻意和誰找話聊。

幾個小時過去，大家都已經醉成一片。

蘇漾去上廁所，回來的時候，顧熠也離開了酒桌，在外面等她。

「幹麼？」蘇漾挑釁地看了他一眼。

顧熠一手拿著小瓶酒，臉上帶著幾分醉態，眉目飛揚。

「帶妳去個好地方。」

「嗯？」

顧熠帶著蘇漾來到皎月村小學，夜晚的皎月村小學裡空無一人，說話都能聽見回音。

兩人一路爬到最高的一層，然後一起坐在臺階上。

皓月當空，雲層在夜空中輕輕流動，漫天的星星璀璨閃爍，風溫柔地掠過，讓人的心迅速寧靜下來。

在城裡很少能看見這般風景。

蘇漾抬起頭，認真地看著那一顆一顆的星星，心裡想著，不知道在那遙遠的星球上，會不會有生命，能不能看到他們生存的世界。

顧熠喝了一口酒，臉上帶著淡淡的笑意。

蘇漾環顧四周，最後視線落在顧熠身上，感慨地說，「這裡確實是個好地方。」想到整個改建工程，再想想村裡青壯年大量流失的現狀，擔憂地說，「這麼大的工程，做完以後，真的可以吸引城裡的年輕人歸鄉嗎？也許他們更渴望大城市的生活，並不想回到鄉村呢？」

「鄉村總需要有人建設。」

「我們做這些，真的可以造福他人的生活嗎？」

蘇漾的問題讓顧熠也陷入思考，沉默許久，顧熠喝了一口酒，淡淡回覆：「做點什麼，總比什麼都不做的好。」

看著顧熠認真的表情，蘇漾心中蕩起陣陣漣漪。

她抿了抿唇，壓低聲音，問道：「以你的條件，為什麼從來沒有談過戀愛？」

顧熠看了她一眼，笑，「因為我看得上的女人一直沒有出現。我對什麼事都追求完美，愛情也一樣。」說完，他揚了揚下巴，看向她，「那妳呢？」

「因為我喜歡的人都看不上我。」

聽到蘇漾這麼說，顧熠的眸中閃過一絲警惕：「妳喜歡過誰？」

「吳彥祖。」

「哼。」顧熠冷哼一聲，鄙夷地說，「難看死了。」

他那幼稚的語氣讓蘇漾忍不住笑了，過了不久，蘇漾又問：「你心中完美的戀愛，是什麼樣子？」

顧熠掃了她一眼，喉結輕動，聲音渾厚而有磁性，令人心動。

他說：「可以接納所有的不完美。」

顧熠最後的那個表情，好似電影畫面，定格在蘇漾的腦海裡，他的回答，讓蘇漾心動。

顧熠每次或認真或調侃，哪怕是嚴肅地批評她，她都忍不住分心。有時候哪怕他只是隨便掃她一眼，她都會忍不住有些緊張。

明明是不對盤的人，和她想像中的 Mr. Right 南轅北轍。

為什麼會覺得異樣呢？難不成真是烈女怕纏郎？

回到N城，生活又恢復從前的步調。

忙碌一整天，顧熠加完班，整個辦公室除了蘇漾，沒有別人。兩人一起下班，顧熠開車送蘇漾回家，在停車場碰到同樣才加完班的林鋮鈞。

林鋮鈞的眼中布滿血絲，本來疲憊至極，一看到他們，立刻活了過來。

「喲，一起下班？」林鋮鈞故意揶揄地看著顧熠，「得逞了？」

蘇漾聽他這麼說，趕緊否認：「只是剛好加完班碰到。」

林鋮鈞嘴角勾起一絲笑意：「顧熠事情多，一向都是忙到最後一個走，妳一個實習生，哪有那麼多事？應該是刻意等他吧？」

林鋮鈞話音剛落，蘇漾的臉就紅了。

見顧熠也側頭看她，立刻舉起手否認：「真的不是！」

「哈哈哈！」

始作俑者林鋮鈞調侃過後就走了，留下顧熠和蘇漾面面相覷。

顧熠開了車鎖，蘇漾上車繫好安全帶，還是忍不住欲蓋彌彰地解釋了一句。

「我真的是工作沒做完，不是刻意等你。」

顧熠意味深長地看了她一眼。

「噢。」

那眼神，彷彿洞察一切，讓蘇漾忍不住有些心虛。

送蘇漾回家後，顧熠才開車離去。

蘇漾背著包包往自家院門走去，一直在懊惱自己不該拖拖拉拉，等顧熠下班，他現在不知道有多自戀。

手剛碰到自家院門，門就開了。蘇漾想得太入神，都沒注意到蘇媽早就站在門口。

「媽。」蘇漾喊了一聲，就徑直踏入院內。

蘇媽走在她身後，還時不時往外看，見顧熠的車完全消失在視線範圍外，才問了一句：

「送妳回來的，還是妳那個老闆？」

蘇媽認得他的車。

「嗯。」蘇漾隨口回答。

「他是不是姓顧？」蘇媽微微皺了皺眉。

蘇漾走在蘇媽前面，沒注意到她的表情，以閒聊的口氣回答：「對啊。」

「他爸爸是不是恆洋集團的老闆？」

「哇，」蘇漾聽到這裡，忍不住回頭看著蘇媽，「妳連這個都知道？妳調查過啦？」說著笑了起來，「妳調查他幹麼？他只是順路送我回家。」

蘇媽一直反對她在學生時期談戀愛，希望她專注在建築設計上，她可不想給自己惹麻煩。

「少和他來往吧。」蘇媽說。

蘇漾有些詫異：「為什麼？」

「沒有為什麼。」蘇媽說，「看他不太順眼。」

蘇漾驚愕，最後忍不住豎起大拇指：「媽，這個理由，我給你滿分。」

晚上吃飯，蘇媽做了一大桌子蘇漾喜歡吃的菜。母女倆坐在餐桌上，沒有看電視。一般蘇漾許久沒有回家，母女倆都會坐在一起聊聊天。

蘇漾吃著飯，腦中還在想著顧熠說的話，做的事。她情竇初開，也是第一次和男人有這麼親密的接觸，那種前所未有的感覺，讓她不由忐忑又好奇。

真正的愛情，究竟是什麼樣子呢？

她咬著筷子，半晌問蘇媽：「媽，老爸當年是怎麼追妳的？」

蘇媽聽了重重嗆了一口，差點把飯噴出來，咳得眼淚都要流下來了，蘇漾趕緊幫蘇媽倒一杯水，站在蘇媽身後為她順氣。

蘇媽半天終於緩過氣來，頂著紅紅的眼眶，用沙啞無力的聲音問蘇漾：「妳剛說什麼？」

蘇漾有些莫名，「我問妳，老爸當年是怎麼追妳的。」她頓了頓，「妳這什麼反應，難道不是老爸追妳的？」

說著，她突然不懷好意地一笑，調侃蘇媽：「媽，妳老實交代，妳是不是倒追老爸？」

不等蘇媽回答，蘇漾一拍大腿，一副恍然大悟的樣子：「也對，我爸那麼一個清風霽月的人物，怎麼會主動追妳？肯定是妳死纏爛打把他拐回家的，對不對？」

蘇媽一隻手還捏著筷子，不自覺地收緊。

「小孩子，問這些幹什麼？」

「媽，我都二十二了好嗎？不是小孩子了。」

蘇媽低低垂眸：「在我眼裡，妳永遠都是孩子。」

蘇漾沒發現蘇媽的異樣，口無遮攔地繼續說著，「還好我遺傳我爸，長得不像妳，就算能力差，還能靠臉混一混。」她低頭摟著蘇媽的脖子，用開玩笑的語氣說，「要是像妳，我可完蛋了，哈哈。」

蘇媽的手緩緩勾住蘇漾圈著她的手臂，良久，才認真地說：「像妳爸好，妳爸長得帥，又聰明，和我完全不是一個世界的人。」

蘇漾突然想到顧熠，忍不住問了一句：「嫁給建築師到底是什麼感覺？」

蘇漾的問題讓蘇媽陷入沉思，蘇漾想到蘇爸走得早，這麼多年蘇媽辛苦帶著她，箇中艱辛也沒人可以說說。

蘇漾以為是戳中了蘇媽的痛處，趕緊轉移話題：「肯定不怎麼樣，他走得那麼早，留下我們孤兒寡母，不負責任。」

「不准妳這麼說。」

蘇媽突然回過頭來，表情嚴肅得讓蘇漾有些莫名。

她說：「感恩，這就是我嫁給他的心情。」

在Gamma實習的日子過得很快，一轉眼，一個學期就結束了。

教授在群組裡要大家交實習報告，蘇漾這才意識到，她已經在Gamma實習近半年，不知不覺已進入尾聲。

同學們在完成實習後，陸陸續續返校了。

石媛的實習報告已經提前完成，最近都窩在寢室裡。蘇漾因為還在跟進皎月村的案子，每天仍然上下班。

下班回到寢室，看到石媛正專注地瀏覽留學資訊，好奇地問了一句：「妳要出國啊？」

石媛頭也不回，隨口回答：「都看看啊，快畢業了，總要提前準備。」

蘇漾沒想到石媛這麼早就開始規劃：「六月才畢業，還早吧？」

石媛回過頭來，鄙夷地睨了蘇漾一眼：「妳是不是傻啊？實習馬上就要結束了，最後一個學期只有一個任務，就是完成畢業論文和答辯。現在我們班的同學都緊張得要命，保送研究所的忙保送，找工作的找工作。」

蘇漾沒想到大家都這麼上進，目標也明確。唯有她，還有些迷茫。

「我準備下學期再考慮。」

「服了妳了，大家都急得要死，妳還下學期再準備。」

蘇漾拉出自己的椅子，坐在石媛身邊，認真地問她：「妳覺得我是直接上班，還是繼續讀書好啊？」

石媛腦子一向比蘇漾清醒，學業成績好，消息又靈通，聽蘇漾這麼問，認真地為她解答起來：「建築學子畢業後一般就幾個方向，我大致歸為四類吧，第一類，是公認最好的去處，出國深造。出國也有分，基本上是美國最好，英國、德國、瑞士、澳大利亞、荷蘭、義大利次之；第二類國內考研究所，知名四校，慶大、T大、D大，還有我們N大。知名八校，除了前面那四所，還有H理工，C大、X建大和H工大，可以先和導師聯繫，部分有提供保研名額；第三類就是工作，兩個選擇，去房地產公司，也就是甲方，或者去建築設計院當個乙方加班狗；噢，還有第四類，轉行，現在特別多，尤其我們女生。」

石媛有條有理地說完，蘇漾陷入沉思。原來畢業之後還要面對這麼嚴峻的情況，她似乎都沒有想過。

「實習都要結束了，妳得好好想想未來了。」石媛拍了拍蘇漾的肩膀。

想到實習要結束，蘇漾第一個反應，居然是有些捨不得離開Gamma，或者說，是捨不得離開顧熠。

沉思片刻，蘇漾抬起頭，認真地看向石媛：「妳要出國的事，羅冬知道嗎？」

石媛實習結束後，還是偶爾能看到羅冬來學校找她，兩人似乎依然很甜蜜。

石媛還在瀏覽網頁，聽到羅冬的名字，握著滑鼠的手頓了頓。

「八字還沒一撇，都還沒申請呢，再說，隨便申請一下，又不一定能上。」說完，石媛又用肩膀推了推蘇漾的肩膀，「不然妳和我一起申請吧？」

「申請去哪裡？」

「美國啊。」

「我？」蘇漾難以置信地指著自己，「我去美國？別開玩笑了。」

「什麼開玩笑啊，上學期我們選修學分不夠，不是正好可以一起考個託福賺學分嗎？正好用得上。」石媛越想越激動，拉著蘇漾撒嬌道，「和我一起申請啦，好不好？我一個人去美國也很寂寞，我們一起去，還能一起租房子。」

「……」

渾渾噩噩，還沒什麼頭緒的蘇漾在石媛的攛掇下，也跟著一起寫了申請函。

國外的大學讀研究所和國內的大學完全不一樣，可以不參加專業考試，只需要提供語言成績、在校GPA、作品集和一封個人申請函，就可以向學校提出申請。

當時去考託福，是因為N大為了鼓勵學生學英語，把所有的英語考試都標了學分，蘇漾不過是為了學分才去考的，分數也沒多高，比不上石媛。

她的申請函是石媛幫忙修改的，她只需整理自己的作品集。

打開電腦，看看近期她的作品，每一個都和以前的水準天差地別，顧熠的指導讓她突飛猛進。

忙了幾天，石媛把她們兩人的申請函一起寄給美國建築學院排名不錯的學校。兩人都是玩票性質，畢竟是門檻極高的學府，蘇漾沒多久就忘了這件事。

在皎月村的那一週，蘇漾深入觀察皎月村人們的生活習慣，和一些特殊的民族特性。對於皎月村小學的設計，她有了全新的想法。

如顧熠所說，設計真正被人需要的建築，才是作為建築師的使命。

一早上班，蘇漾改了一上午的平面圖。工作一段時間後，蘇漾最大的變化是學會不再和甲方硬碰硬，對他們一些不專業的意見，蘇漾學會了用比較委婉的方式商量。

修完了圖，蘇漾存進USB，敲響了顧熠辦公室的門，準備把圖交給他檢查。

很難得，居然有一天蘇漾進顧熠的辦公室，顧熠沒有埋頭在辦公桌前，而是坐在魚缸前，安靜地觀察著魚缸裡那些金魚游來游去。

林鉞鈞也在顧熠的辦公室裡，他過來拿東西，一見蘇漾進來，立刻對顧熠使眼色，用很曖昧的語氣說：「那我就先走了，不打擾你們。」

蘇漾見他又胡思亂想，趕緊攔住林鉞鈞：「我是來彙報工作的，不信你就在這裡等著。」

「噢？」林鉞鈞意味深長地看了顧熠一眼，聳了聳肩，真的就大剌剌地坐了下來，「那我就聽一聽吧。」

顧熠的視線始終落在金魚缸上，這時候才幽幽抬眸，瞪了林鋮鈞一眼：「還不滾？」

顧熠的反應成功逗樂林鋮鈞，他哈哈大笑，拿著資料離開顧熠的辦公室。

「……」

顧熠這麼做，誤會不是更大了嗎？以後她在林鋮鈞面前，都沒辦法抬起頭說話了。

林鋮鈞走後，蘇漾想著也不能耽誤時間，便拿著ＵＳＢ走向顧熠：「圖我改好了，顧工你看看，沒問題我就出去了。」

她的手拿著ＵＳＢ，遞到顧熠眼前，顧熠好似沒有看見一樣，視線始終沒有轉過來。

蘇漾皺了皺眉，正要收回ＵＳＢ，顧熠卻突然抓住蘇漾握著ＵＳＢ的手，輕輕一扯，就將蘇漾拉進懷裡。

他以極近的距離，扶著蘇漾的腰，強迫她靠近自己。

蘇漾用手臂死死抵著顧熠，畢竟在辦公室，她可不想因為他亂來，傳出什麼流言蜚語。

「幹麼？」她警惕地看著顧熠，「在辦公室，別亂來。」

顧熠的手扶在蘇漾腰間，溫熱的呼吸正好落在她頭頂，語氣淡定而閒適：「只是想看看妳有多高。」

蘇漾往後仰了仰，不想靠他太近，趕緊回答：「一六三。」

顧熠拉近蘇漾，下巴剛好放在蘇漾頭頂，哪裡是為了知道她多高，分明就是想抱著她。

蘇漾的手握成拳頭，在他胸口捶了一下，羞赧不已：「不要老是動手動腳，你再這樣我生氣了！」

見蘇漾真的要生氣了，顧熠一臉不饜足的表情，心不甘情不願地放開她。

蘇漾得了自由，趕緊往後退一步，遠離顧熠，且立刻跟他約法三章：「從現在起，在我離開這個辦公室之前，你不准再動了，再動我就不理你了。」

「恐怕沒辦法。」顧熠臉上帶著淺淺的笑。

「為什麼？」

「我已經動了。」

蘇漾見他靜靜佇立的姿勢，詫異不已：「明明沒動啊。」

顧熠笑，語氣溫柔得令人沉溺：「我心動了。」

「……」

這個男人，他是偷偷上了情話進修班嗎？怎麼突然這麼信手拈來？難不成，男人都有說花言巧語的天賦？

為了避免上次的情況發生，蘇漾很快完成工作，準時下班。結果很不巧，顧熠也準時下班。在他的無賴攻勢之下，她又被半哄半騙地上了他的車。

車門緊閉的ＳＵＶ，廣播調到音樂頻道，播放著很老的歌，鄭秀文的〈捨得〉，是蘇漾會唱的歌，她不自覺跟著輕哼。

顧熠開著車，很隨意地和蘇漾聊天：「妳會唱這麼老的歌？」

「我小學的時候聽過。」

顧熠笑：「我青春期的時候，鄭秀文很紅。」

顧熠這話引起蘇漾的興趣，畢竟她一直以為，顧熠是那種完全不知道明星誰是誰的老古板，沒想到他曾經有追星的時期。

「你們那個年代，是不是都用錄音帶？」蘇漾好奇地問。

「我經歷了錄音帶到ＣＤ，再到ＭＰ３、ＭＰ４。」顧熠想想自己的學生時代，「我記得那個年代，大家都用ＳＯＮＹ的隨身聽。」

蘇漾點了點頭：「怪不得我們代溝那麼大。」

顧熠看她一本正經的樣子，一點都不覺得荒唐，反而覺得她的表情帶著幾分少女的可愛。

蘇漾眨著眼睛，側過頭問顧熠，「話說，男人是不是到了一定年紀，功成名就之後，就只想找年輕女人，來證明自己還很吃得開？」說完，又頓了頓，「就像你現在追求我一樣？」

「追求妳，沒辦法證明我吃得開，只顯得我品味很差。」

蘇漾被嗆了，一臉不爽：「那你幹麼還要追我？」

顧熠笑著調侃：「因為我的品味確實不怎麼樣。」

「……」

蘇漾回到學校，因為氣憤，用力甩上顧熠的車門。

顧熠看著她氣呼呼離開的背影，嘴角忍不住帶著一絲笑意。

他今天之所以準時下班，是因為顧父有事找他談。顧宅比較遠，開車也比較花時間。

回到郊區的顧宅，顧熠停好車，才發現副駕駛座上掉落了一條藍寶石項鍊，八成是蘇漾掉的。

顧熠撿起項鍊，忍不住搖了搖頭。

這小丫頭，真是個小糊塗蟲。

顧熠走進家門，發現顧父還沒有回來。

顧夫人張泳羲倒是在，她正和家裡的傭人一起做飯。

這麼多年來，每頓飯她都堅持親自參與，在續弦的貴夫人裡，她算是演技超群的了。

顧熠一直對父親放棄尋找顧母，轉而迎娶張泳羲的行為很不諒解，甚至可以說是怨恨。

也因此，他不喜歡張泳羲。

沒有聽從父親的安排，顧熠早早就自立門戶，叛逆得令顧父頭痛。創業前幾年，顧父為了逼顧熠回家，也試過在事業上打壓他，但他憑著實力和毅力堅持至今。

看著張泳義在一樓忙前忙後的樣子，顧熠皺了皺眉，直接上樓回房。隨手將蘇漾的項鍊放在桌上，顧熠轉身脫下大衣，隨手掛在衣架上。他剛走到桌前，還沒拿起之前沒看完的書，就聽見「叩叩叩」的敲門聲。

「進來。」

門緩緩打開，張泳義還穿著圍裙，有些拘謹地說：「你爸回來了，找你有事。」

「知道了。」

顧熠對張泳義的態度一貫如此，這麼多年，她也算識趣，不會過多干涉他的生活。

「那我下去了。」

顧熠頭也沒抬，但預料之中的關門聲久久沒有響起，再抬頭，發現張泳義不僅沒有出去，還走進他的房間。眉頭瞬間皺了起來，語氣也冷硬許多。

「妳要幹什麼？」

張泳義的目光落在顧熠的桌子上，上面放著蘇漾掉落的項鍊。

「你怎麼會有這條項鍊？」她的表情十分驚訝，幾秒後，她眸中閃過擔憂，「蘇漾的？」

顧熠沒有回答，只是冷冷看著她。

張泳義第一次這麼不識趣，明知顧熠會生氣，還是不住追問：「你和蘇漾在交往？」

聽到這裡，顧熠終於忍無可忍。

「和妳無關，請妳出去。」

張泳義眼中滿是複雜的神色，雖然還有很多話想問，但最終還是退出了顧熠的房間。

關上門，顧熠的注意力也落在桌上的項鍊。

刀鋒一般的濃眉斂得緊緊的，腦海中閃過一絲狐疑。

張泳義為什麼知道這是蘇漾的項鍊？她又為什麼這麼在意？

拿起那條銀質的藍寶石項鍊，顧熠仔仔細細地打量起來。

翻過藍寶石吊墜，精緻的托座內側，刻著兩個歪歪斜斜的字母——ＹＸ。

第十五章　未來之路

蘇漾除了工作，生活中只有申請各種帳號的時候才會用到郵件信箱，所以她收到conditional offer 的那一天，完全沒有意識到她居然會被美國一所排名還不錯的建築大學預錄取了。除了託福的分數還稍微差一些外，其餘的條件都達標了。如果她想讀這所大學，可以選擇再考一次託福，考到要求的分數再向學校申請一次，或者直接去美國，先讀語言學校。

除了預錄取的官方郵件以外，學校的一名教授還特地發了一封郵件給她，表示喜歡她投去的作品集。蘇漾作品集裡的作品幾乎都是在顧熠指導下完成的，那些作品打動了教授，教授希望她在他手下繼續學習建築設計。

蘇漾原本是被石媛攛掇才隨便申請一下，根本沒想到會真的收到 offer，一時也有些懵。

石媛成績比她好很多，早她幾天就陸陸續續收到 offer，其中甚至有一所常春藤名校，是石媛的夢想學府。

石媛收到 offer，卻沒有想像中那麼高興。簡單地瀏覽完 offer 以後，石媛就關掉了電腦，一言不發地繼續看著電視劇。

蘇漾問石媛：「羅冬知道妳拿到 offer 了嗎？」

石媛的眼中閃過一絲猶豫：「先不說吧。」

「妳還沒決定要不要去美國？」

石媛沉默了片刻：「我肯定會去美國。」

「那羅冬怎麼辦？妳要和他分手。」

提及羅冬，石媛臉上也流露出幾分難過的情緒：「不知道怎麼和他說，我想先走，等相隔遠了，自然會結束，異國戀沒有幾個能堅持下來的，我知道。」

此時的蘇漾不過二十二歲，感情經歷為零，她不能理解石媛的想法和作法，甚至可以說有幾分以愛情為上。

她忍不住指責石媛：「石媛，妳這麼想實在太自私了。」

「那我能怎麼辦呢？蘇漾，」石媛眼眶瞬間紅了，「前途和愛情，妳告訴我該怎麼選？」

蘇漾無言以對。

蘇漾必須承認，收到offer後，有一瞬間她很心動，畢竟能去美國學習，是許多建築學子的心之所向。尤其在Gamma實習之後，她更是發現建築業裡藏龍臥虎，人才濟濟，她的履歷根本不夠用，需要繼續深造。

但是她如果去了美國，就得澈底離開顧熠，不知道為什麼，想到這一點，她就對美國沒那麼嚮往了。

心煩意亂地關掉郵件信箱，蘇漾揉了揉太陽穴，爬到床上躺下。

晚上七點多，蘇漾接到顧熠的電話。

「我剛談完事，沒參加聚餐。」顧熠的聲音自聽筒傳來，有一種神奇的安撫力量，讓蘇漾因為收到 offer 的慌亂全數消散。

「那你早點回家。」

「嗯，」顧熠頓了頓，「我是說，蘇漾，要不要去看電影？」

「蛤？」蘇漾沒想到顧熠這個鋼鐵直男還知道約女孩子看電影，心中不由得湧起一絲甜蜜，抿了抿唇，「好啊。」

「我去接妳。」

蘇漾換了一身衣服。天氣越來越冷，她用帽子圍巾手套將自己裹得密不透風。

結果還沒等到顧熠，就被石媛的電話搶先。

石媛在電話那頭哭得聲嘶力竭：『蘇漾……我和羅冬分手了……』

說實話，這麼多年，蘇漾從來沒有看過石媛喝這麼多酒。

雖然平時說話腥羶不忌，但是本質上，她們都是乖乖女。

看著她一瓶一瓶喝著啤酒，蘇漾心裡也跟著有些疼痛。

她看得出來，石媛很喜歡羅冬，畢竟是初戀，誰不是付出真心？

石媛平時不太喝酒，酒量也不是多大，才喝了兩三瓶，整張臉已經紅得像發燒了一樣。兩人坐在熱炒店裡，桌上的菜一口都沒動，空酒瓶卻越來越多。

石媛也不和蘇漾說什麼，只是一口一口地喝著酒，喝得又急，完全是要把自己灌醉的架勢。蘇漾擔心她的身體，伸手去攔：「別喝了，好歹先告訴我，是怎麼回事。」

石媛雙眼通紅，帶著沖天的酒氣，無助地看著蘇漾：「我告訴他我要出國了。」

「然後呢？」

「他很生氣，說我申請之前沒有和他商量。」石媛說著說著，聲音開始顫抖，眼角的淚已經滑了下來，「我怎麼說？誰不知道異國戀艱難？誰想要遠距離戀愛？可是前途呢？前途不要了嗎？」

「他可能只是氣妳不和他商量。」蘇漾斟酌用詞，「我看網路上也有異國戀十年八年還修成正果的，每次都轉發好幾萬呢。」

「有多少呢？不是因為難得，才會被轉發好幾萬嗎？」

石媛雖然喝了好幾瓶酒，腦子卻還是很清醒。

蘇漾說不出太多安慰的話，她心裡也明白，異國戀，太難了。

石媛又喝了半瓶酒，「砰」一聲將酒瓶放在桌上，眼淚直往下掉：「我名校畢業，學習用心，能去美國，我為什麼不去？我要他跟我一起去，他不願意，為什麼只怪我？他現在還只是個小小的助理建築師，能給我什麼？按照他說的，考一級註冊建築師，要考到幾歲，才能給我一個我想要的未來？」

「蘇漾，不是我現實，是這個世界，原本就是這麼現實。」

「他說我自私，不愛他。我把所有的第一次都給他了。」石媛抬起頭，眼中滿是眼淚，定定看著蘇漾，「妳說，我能不愛他嗎？」

蘇漾看著石媛痛苦的表情，忍不住皺了皺眉頭。

她很鄭重地問她：「石媛，妳會後悔嗎？」

「不會，我清楚知道我想要的生活。」石媛看了蘇漾一眼，苦笑著問她，「如果妳是我，就知道這種感覺有多痛苦了。」

看著石媛痛苦又堅定的表情，蘇漾才意識到，她和石媛完全不一樣。

直到這一刻，蘇漾終於明白，為什麼她收到 offer 沒有那麼高興，甚至不想去美國。

這一切的原因，都是因為她愛上了顧熠。

她確實不理解石媛，她年輕單純，愛情至上，她只想和喜歡的人待在一起。

「我沒有多大理想，我想和我愛的人在一起。」蘇漾說，「在國內也能學建築，N大、T大、H工大都很不錯，不是一定要去美國。如果是我，我不會去。」

石媛看著蘇漾，許久許久，她問她：「妳是不是愛上顧熠了？」

蘇漾也喝了一口啤酒，最後篤定地點頭。

「是。」

顧熠來的時候，石媛已經澈底醉倒，她不勝酒力，喝得又太急，吐了好幾次。扶她上車，還不小心沾了點嘔吐物在顧熠車上。

顧熠開車送她們回學校，石媛枕在蘇漾的腿上睡著了。距離其實不遠，只是拖著個醉鬼，開車會方便一些。

原本他們要去看電影，卻被這突發狀況打亂了。

「怎麼回事？」顧熠從後照鏡看著後座混亂的狀況，微微皺眉。

「失戀了。」

顧熠想起石媛的男朋友，那個年輕的助建：「幾個月前看他們感情還很好。」

「嗯。」蘇漾沒有解釋太多，只是簡潔地回答，「感情的事說不準。」

顧熠和蘇漾都各懷心事。

顧熠對石媛的八卦沒有太在意。蘇漾的項鍊還在顧熠手裡，想到她和張泳羲，顧熠問了一句：「妳父親，是N大的，對嗎？」

蘇漾沒想到他會突然問起她爸爸，忍不住一怔：「怎麼突然問起我爸？」

「噢。」顧熠的表情還是很自然，「今天去了市立圖書館，正好聽人談起。」

蘇漾心思單純，沒有想太多，只是笑笑回答：「我爸九四年從N大碩士畢業，師從劉康院士。」

「九四年嗎？」顧熠若有所思。

「對啊。」蘇漾說，「他畢業一年我就出生了，上學結婚生孩子都沒耽誤。我爸就是這麼有效率。」

「妳爸沒離過婚嗎？」

蘇漾聽到這裡，皺了皺眉，「怎麼會這麼問？」蘇漾忍不住有些不爽，「我爸媽感情很好，原配夫妻。不然我媽能在我爸去世後，一二十年都不改嫁嗎？」

「嗯。」顧熠見蘇漾對這個話題有些反感，就沒有再說下去。

正好開到蘇漾寢室樓下，他停下車。

「我送妳們上去。」

「不用了，舍監阿姨不會讓你上去的，你先回去吧。」

顧熠托著石媛的手臂，蘇漾從他手裡扶過石媛，站在一旁，半晌沒說話。

蘇漾原本要走，想想又抬起頭看了顧熠一眼，眸中帶著幾分忸怩。

「那電影……下次再看吧。」

顧熠看著蘇漾，微微一怔，過了一下才明白她的意思，嘴角勾起一絲笑意。

「好。」心情也愉悅了幾分。

蘇漾喝酒從來不會臉紅，此刻被顧熠看了兩眼，臉上倒是漲紅了幾分。

嗯，這啤酒，後勁還是有點大。

蘇漾扶著石媛，飛快地跑了……

週末，照例回家。

飯後，蘇漾去洗澡，蘇媽在外面滑手機。

過了不久，蘇媽敲了敲浴室的門：「女兒，我打麻將的帳號，是不是妳幫我申請的？」

蘇漾在洗澡，水聲嘩啦啦的很吵，只能大聲回答：「對啊！」

「我的帳號被人盜了，裡面有一兩萬分呢，怎麼找回來啊？」

蘇漾搓著身上的泡沫：「好像是用我的郵件信箱申請的，妳用信箱找回。我的信箱是xxxxxx@xxx.com，密碼 xxxxxxxx……」

蘇漾洗完澡出來，一邊拿浴巾擦頭髮，一邊尋找電視遙控器。

剛坐上沙發，見蘇媽的表情有些嚴肅，問道：「怎麼了？帳號找不回來了？」

蘇媽拿起手機，螢幕上赫然是蘇漾的 offer 郵件。

「這是什麼？」蘇媽問。

蘇漾申請學校包括拿到 offer 都沒有告訴蘇媽，很鎮定地回答：「垃圾廣告。」

蘇媽當著蘇漾的面，把郵件的名字複製到搜尋引擎裡，然後很快翻譯出來。看著那幾個中文字，蘇漾倒是沒有太慌亂。

「我不準備去美國。」

蘇媽聽到蘇漾這麼說，忍不住情緒有些激動。

「為什麼？」

蘇漾的眼睛沒有看著蘇媽，握著遙控器的手緊了緊：「去美國要花太多錢，我的成績又拿不到獎學金，不想去。」

週日早上，蘇漾睡到自然醒。

時間已近中午，蘇媽隨便煮了個麵條。母女倆坐在餐桌上吃飯，蘇媽夾了點鹹菜給蘇漾，囑咐她道：「我們要打包家裡的東西了，妳最近就住在家裡吧，整理妳自己的東西，省得我把妳的東西弄亂了。」

蘇漾聽了蘇媽的話，眉頭皺了皺：「為什麼要打包家裡的東西？」

「拆遷協議，我準備簽了。」蘇媽笑了笑，「妳不是不喜歡我當釘子戶嗎？我不當了。」

蘇漾的表情變了，放下筷子，嚴肅地盯著蘇媽：「為什麼？妳不是說，這房子是爸爸的心血，給再多錢也不能拆嗎？」

蘇媽的眼中閃過一絲內疚，但更多的，是堅定。

她低眸看了一眼桌上的菜，半晌回答蘇漾：「我想送妳去美國。」

「……」蘇漾沒想到蘇媽會做出這個決定，甚至都不和她商量，一時情緒也有些激動，「為什麼妳總是要這樣？為什麼都不問問我到底想要什麼？我本來根本不想學建築，我討厭做這一行，討厭妳逼我學習，討厭壓力，討厭責任，討厭加班，討厭忙碌。當初妳因為我喜歡畫畫，就覺得我有天分，真的太草率了。」

蘇媽沒想到蘇漾有這麼多不滿，表情有些錯愕，甚至內疚：「我以為妳喜歡。」

看著蘇媽內疚的表情，蘇漾立刻心軟了，說道：「我現在是喜歡，可是……」

蘇媽的表情又活了過來，立刻打斷蘇漾：「既然喜歡，那就該繼續深造，我知道你們學建築的，都是要一直往上讀的。」

「我不去美國。」

「為什麼？」

「不准拆我爸爸設計的房子。」蘇漾說，「我也不想去美國。」

母女兩人鮮少會這樣衝突，氣氛不由得有些劍拔弩張。

平日強勢的蘇媽這一刻卻安靜不說話，臉上也沒有一絲生氣的表情。

她抬眸看著蘇漾，許久許久，她問蘇漾：「妳覺得，應該用什麼設計建築？」

蘇漾看了蘇媽一眼，不懂她的意思，直覺地回答：「才華？」

「是良心。」蘇媽說，「這是妳爸爸告訴我的。」

「蘇漾，妳爸爸是一個很厲害的建築師，一個很好的人，是我這一生遇到最有魅力的男人。他走的時候只對我說了一句話，那就是希望我能代替他，把妳培養成人。」蘇媽眼眶微微紅了，「我知道，妳每次趁我不在，都會偷偷去看妳爸爸留下的書，妳畫畫，也總是喜歡畫房子。不管妳願不願意承認，妳確實是跟著妳爸爸的腳步。

「我知道，這麼多年我的私心給了妳很多壓力。」蘇媽的聲音有些顫抖，「但我真的希望，妳能成為一個真正的建築師，繼承妳父親的衣缽。」

蘇漾陷入了沉默，內心糾結如麻。

許久，她的聲音軟了下來，緩緩說道：「媽，我想留在N城，我想跟著顧熠學習，他也是很厲害的建築師，不是非要去美國。」

蘇媽聽到顧熠的名字，眉頭皺了皺：「蘇漾，妳是不是在和那個姓顧的交往？」

蘇漾的手握成了拳，思忖許久，想到石媛和羅冬，她鼓起勇氣回答：「美國太遠，我不想和他分開。」

蘇漾從小到大不算是多叛逆的小孩，但也曾因為生活瑣事，和蘇媽鬧過很多次脾氣，可是以前不管爭執得多厲害，都是當下和好，這是她們母女間的默契。

像這次這樣，爭執過後，各自回房，還是第一次。

以往都是不論對錯，蘇漾先低頭認錯，但是這次，她也前所未有地堅持。

蘇漾睡不著，在床上翻來覆去，家裡隔音效果太好，雖然她很擔心，但是完全聽不見蘇媽房裡的聲音。

不知道她是不是很失望、很生氣，不知道她是不是也睡不著？

這麼一想，蘇漾就覺得內疚到極點。

蘇媽這麼多年含辛茹苦把她養大，她真的捨不得她傷心。

這一刻，理智和情感在打架。

和蘇漾一樣，蘇媽也全無睡意。

很晚很晚，蘇媽在經過深思熟慮之後，還是撥通了那個電話。

蘇漾長大後，這是她第二次打電話給那個人；第一次，是為了幫蘇漾找一個最好的實習單位。

電話很快接通，兩個人都很冷靜，說話聲音也不大。

蘇媽深吸一口氣，無助地說：「也許真的有遺傳吧，他們都是愛情至上的人，蘇漾真是他的親生女兒，她要放棄去美國，和顧熠那個孩子在一起。」

『……我不知道事情會發展成這樣，對不起……』

蘇媽的聲音有些哽咽：「她是那麼有天分的孩子，我希望她能去美國。」

『我盡力。』

顧熠和父親的關係一直不太好，顧父平時沒什麼事不會叫顧熠回家，兩個人一見面就吵架，不是必要，基本上不會打照面。

早上張泳羲打電話給他，說顧父要他回家，他不由皺了眉，這個月顧父的召喚實在有些過於頻繁。

顧熠晚上有應酬，擠出下午的時間。回到家，偌大的別墅裡，卻只有張泳羲一個人，這讓顧熠意識到事情有些不同尋常。

「他呢？」顧熠一進來，就問起父親。

張泳義為顧熠倒了一杯水，放在桌上：「他不在，其實是我叫你回來的。」

「為什麼？」

張泳義保養得宜，扮演貴夫人的角色稱職盡責，從來不會逼迫顧熠接受她，也不會刻意討好，這一點顧熠倒是認可。所以他很不理解，從來不會行差踏錯的女人，今天為什麼要做讓顧熠反感的事。

「我有點事，想和你聊聊。」

顧熠皺眉：「可是我沒有什麼要和妳聊。」說著，轉身就要離開。

「關於蘇漾。」

顧熠聽到蘇漾的名字，腳步頓了頓，想到那條項鍊，想到蘇漾的實習安排，想到所有的疑點，他又轉過身來，坐在張泳義對面。

她倒的那杯水，被他推到很遠的地方。

張泳義的表情很複雜，似乎不知從何說起。顧熠看了她一眼，直捷了當地問：「妳是不是嫁給他之前，就已經和他在一起了？蘇漾，是不是你們的私生女？」

張泳義沒想到顧熠會這麼想，表情有些驚訝，趕緊澄清，「不是不是。」她咬了咬嘴唇，半晌才說道，「想必你也猜到了，蘇漾確實是我的女兒，但是，是我和蘇之軒的女兒。」

雖然顧熠心裡有猜疑，但是忽然獲得證實，內心還是十分震盪。

看蘇漾每天嘻嘻哈哈的樣子，分明是毫不知情。

如果蘇漾真是張泳羲的女兒，那他和蘇漾的關係，就變得很尷尬了。

張泳羲說起往事，表情還是有些難以釋懷，「我和蘇漾的父親是同學，在學校裡就在一起，但是蘇漾的奶奶是N城本地人，看不上我，始終不能接納我，不讓我們結婚。當時我很生氣，就和蘇漾的父親分手了。分手沒多久，我發現自己懷了蘇漾。因為賭氣，我決定自己生下孩子，讓他後悔。可是蘇漾出生後，拮据的生活讓我不得不回去找蘇漾的父親。結果從蘇漾奶奶的嘴裡得知，蘇漾的父親得到去美國的機會，整個人都崩潰了。」張泳羲頓了頓，又道，「在最困難的時候，我遇到了你父親。當時他還只能算是個比較有錢的承包商，別人給了他一塊地抵工錢，他得到造住宅的批文，找上我，希望我低價為他做設計。別人都不接，他覺得我一個單身母親，有錢就不錯了，不會挑剔價格。」

顧熠聽到這裡，表情不明：「後來呢？」

說起顧父，張泳羲的表情溫和許多，「案子做完，你父親提議要我跟他一起生活，他願意照顧我們母女。」張泳羲說到這裡，看向顧熠，「當時你很小，又因為你母親的事，和你父親鬧得很厲害。而蘇漾的父親找到我，原來他放棄了出國的機會，是蘇漾的奶奶騙了我。

「你父親是個很好的男人。他知道這些以後，讓我自己選擇。」張泳羲的聲音溫柔而平緩，「我最後選擇了你父親，考慮到你當時的情況，我放棄了蘇漾，把她給了蘇家。」說起這件往事，張泳羲充滿自責，「這麼多年，我對不起蘇漾。」

顧熠聽完上一代的糾葛，聲音略帶沙啞：「蘇漾知道嗎？」

張泳羲搖頭：「她什麼都不知道。」她的表情很痛苦。

「泳羲，各拆一半，就是『漾』。」

你的名字，我的姓氏。

他們在最甜蜜的時候，曾經這樣商量過。

可惜命運弄人。

他們最終天涯兩分，各自組建了家庭。

融合他們血脈的女兒，懵懂地成長在陽光下，不帶一絲傷痕。

「是我求你爸爸，幫蘇漾安排實習工作。」張泳羲看著顧熠，幾乎帶著祈求的眼神，「我希望你能勸勸她。顧熠，她喜歡你，為了你，她甚至放棄去美國。」

「美國？」顧熠完全不知道蘇漾申請去美國，更不知道原來她已經獲得去美國的機會。

「她得到了去美國學習的機會，但是她不肯去。她是那麼有天分的孩子，我不想她被折了翅膀。你去過美國，你最知道美國的學習環境和國內的差別。她是個小女孩，想問題不周全，但你是大人了，你應該明白。現在你也很清楚，你們不適合在一起，如果你們在一起，你是無所謂，可是她，這身分，太尷尬了，以後會被人指指點點。」

「顧熠，我求你，求你放手，讓她有一個更好的前程。她是你親自帶的，你應該明白，再繼續深造，她會成為很棒的建築師。」

蘇漾是第二次到顧熠家。

兩人明明約好了看電影，他卻臨時變卦，電話裡他口氣冷淡，聽聲音就有些不對勁。

到了那棟國際公寓，在大廳又遇到那個老外管理員，他記性實在太好，一見到蘇漾就笑呵呵地喊她：「蘇小姐，來找顧先生？」

蘇漾不好意思地點了點頭。

「他回家了。」

「嗯。」

蘇漾按了門鈴，許久顧熠才放行。

蘇漾不知道發生了什麼事，直接上樓。

敲了門，過了好一陣子，蘇漾才聽見裡面傳來踉蹌的腳步聲，顧熠終於開了門。

他身上的酒氣沖得蘇漾簡直要暈過去，蘇漾見他一副爛醉的樣子，忍不住嫌棄地皺眉：「怎麼喝成這個樣子？」

顧熠頭也沒抬，看都不看她，就直接往屋內走去。

酒勁太大，顧熠躺在沙發上一動不動。

蘇漾看著滿地的空酒瓶，紅酒、啤酒、白酒，他簡直像在舉辦品酒大會，不同的是，人家是小口品嚐，他是要喝死自己的架勢。

「你瘋了嗎，怎麼喝這麼多？」蘇漾一邊埋怨，一邊往廚房走去，想在網路上搜一搜食譜，替顧熠煮個醒酒湯什麼的。

她剛走幾步，就聽見顧熠的聲音在她身後響起：「去哪裡？」

「廚房。」蘇漾回過頭看著顧熠，「煮個湯，幫你醒酒。」

顧熠也不回應，只是沉默地看著她，視線一刻不移，那眼神像兩團火，彷彿要把她燒成灰燼。

「妳來做什麼？」

蘇漾也不知道為什麼要來，不過是聽他聲音有些不對，就各種腦補他生病的場景，她自己都不知道，不知不覺間她已經陷得這麼深。

「怎麼？不歡迎我來？」蘇漾提高聲音來掩飾她此刻的羞澀。

顧熠直勾勾地看著她，半晌，一字一頓地說：「妳不該來。」

蘇漾沒想到一直追著她、捧著她的顧熠，會以冷冷的口吻說出這句話，一時也有些不爽，故意做出不高興要走的樣子：「你不歡迎啊？那我走了。」

說著，作勢就往門外走去。

腳下剛踏出兩步，身後已經傳來急促的腳步聲。

蘇漾本來也沒打算要走，不過是逗逗顧熠，一聽見他起身留她，立刻得意洋洋地回過頭。

「我就知道……」

蘇漾話還沒說完，已經猝不及防地被撲上來的顧熠推倒在牆上。

沖天的酒氣撲面襲來。

他的雙手扣著蘇漾的雙手，高舉在頭兩側。

不等蘇漾反應，鋪天蓋地的吻已經落了下來。

這一刻，顧熠不溫柔，不內斂，更沒有紳士風度。他像一頭橫衝直撞的猛獸，以冰冷的嘴唇壓著蘇漾，舌頭在蘇漾嘴裡翻攪，勾起驚濤駭浪。

蘇漾驟然被他奪去呼吸，整個人都有些懵，只是本能地踮起腳尖，任他予取予求，甚至是生澀地回應他。

得到她的回應，顧熠的進攻變得更激烈。

他雙手把蘇漾猛地一抱，蘇漾的雙腳離地，只能纏上顧熠腰間。

後背緊貼著牆面，顧熠的吻從嘴唇漸漸下移至脖頸。

他用力地在她脖頸處吸吮，一股痛感襲來，她整個人清醒了幾分。

「顧熠……」她叫著他的名字，繾綣又無助。

顧熠抱著她直接踢開臥室的門，完全沒有給她任何拒絕的機會，就直接放倒在臥室那張大床上。

他單膝微曲，半跪在蘇漾雙腿間，雙手撐在她身體兩側，布滿血絲的眼睛死死地看著蘇漾，彌散的酒氣讓兩人都有些恍惚。

顧熠滿面通紅，呼吸帶著幾分忍耐的喘息，他用有力的手按著蘇漾的肩膀，另一隻則有些粗魯地拉扯著蘇漾的衣服。

蘇漾也不知道事情是怎麼發展到這一步的。

她只覺得今天的顧熠實在很奇怪。

直到顧熠開始拉扯她的衣服，她才意識到事態有些不妙。

顧熠很重，壓在蘇漾身上，讓她有些喘不過氣，他的眼神有些凶狠，像是要發洩什麼一樣，不管蘇漾是否抗拒，他的手已經自她衣服下襬探了進來。

冰涼的大掌附在蘇漾溫暖的皮膚上，引得蘇漾一陣顫慄。

「顧熠，放手。」蘇漾抓住想要繼續在她身上作惡的手，眼中充滿祈求，「你喝醉了。」

蘇漾害怕的眼神終於讓顧熠恢復幾分理智。

他抽回手，一言不發地又幫蘇漾把扯開的衣服一件一件穿回去。

看著她脖子上，他粗魯留下的痕跡，顧熠眸中充滿內疚。

「對不起。」他的聲音沙啞。

蘇漾不理解為什麼會發生這一切，只是擔心地看著顧熠：「你怎麼了？」

顧熠看了她一眼，最後一個翻身，將她死死抱進懷裡。

帶著鬍碴的下巴在她頭頂摩挲，每一下都帶著不捨。

蘇漾被他抱得有些透不過氣，不安地扭了扭，頭頂便傳來顧熠的聲音。

「別動，讓我抱一下。」

這一抱，就是整整一個晚上。

第二天早上，蘇漾醒來的時候，顧熠已經走了。

家裡那些空酒瓶，也不知道他是什麼時候收拾的，竟然沒有把蘇漾吵醒。

昨夜混亂的痕跡都被顧熠一掃而空，若不是脖子上的吻痕，蘇漾還以為是做了一場夢。

想到顧熠昨夜的反常，以及那個激烈的吻，蘇漾的臉就忍不住開始泛紅。

離開顧熠家，蘇漾想了許久，還是打了個電話給顧熠。

明明是宿醉，顧熠的聲音聽起來卻十分冷靜，完全沒有受到影響。

「你在哪裡？」蘇漾拿著電話，和顧熠說話的聲音都不由溫柔了幾分。

總是像個男人婆一樣的蘇漾，自己都不知道，原來陷入愛情，會是這麼一種患得患失的心情。

『在事務所。』

「嗯。」顧熠是工作狂，蘇漾已經習慣了，她一隻手握著手機，另一隻手緊張地摳著手指甲，半晌，她鼓起勇氣問顧熠，「我們……現在，算是在一起了嗎？」

蘇漾知道自己這樣有點不害臊，但她就是想確認一下他們的關係。

二十二歲的她對愛情有著最美好的幻想，她想光明正大地和所愛的人站在一起。什麼未來，什麼前程，那都是排在愛情之後。

說句庸俗的話，那是一種捨我其誰，甚至可以放棄一切的孤勇。

就算全世界與你為敵，我也要站在你身邊的衝動。

聽筒裡有風聲以及電波的雜音，顧熠的沉默讓蘇漾的心情七上八下。

許久，蘇漾終於聽見顧熠的回答。

『對不起，昨天我喝醉了，什麼都不記得。』

北風掠過整座城市，最後的枯葉隨風飄零，溼寒的空氣讓一切都帶著幾分憔悴，隱隱潺潺地輕吟著冬季的悲歌。

蘇漾站在熙來攘往的街上，像蠟像一樣一動不動。眼前彷彿漸漸失焦，變得模糊，只有過往路人影影綽綽的身影。

「顧熠，」蘇漾的聲音哽了哽，「你知道你在說什麼嗎？」

聽筒裡傳來顧熠冷靜的聲音。

『我知道。』

一片落葉在風的撩動下，潸然而墜，落在蘇漾頭頂，漸漸滑落到地上，蹤跡蕭索，踽躚而岑寂。

蘇漾沒有再多問什麼，二十二歲的她沒有那麼聰明冷靜，受傷的疼痛極為強烈。她只想逃，為自己保留最後的自尊。

「好。」蘇漾甚至掩飾不了聲音裡明顯的哽咽，「不打擾你了。」

不知道發生了什麼，不懂顧熠為什麼會這麼反反覆覆。蘇漾不明白，是她太嫩，還是顧熠太狠？

一個人在街上走著，好像只是一瞬間而已，原本靜好的歲月都荒蕪了，蘇漾倔強地把眼中的水氣一點一點逼回去。

吸了吸鼻子，正準備去坐車，就接到石媛的電話，說起了辦理赴美簽證的事。

上一次石媛問起，蘇漾斬釘截鐵地拒絕了，這一次，蘇漾想了想：「我考慮一下。」

蘇漾回到家，蘇媽不在。

心裡很亂，蘇漾想找點事做，就把石媛發來的簽證準備資料清單拿出來，按照上面的條列開始整理。

蘇媽收納習慣很好，把家裡的重要證件都放在一起，蘇漾熟門熟路，很快就找到那個小抽屜。

一樣樣拿出自己需要的東西，抽屜沒多久就被蘇漾翻亂了，好幾本原本放在最下面的舊本子掉到地上。

蘇漾一本一本撿起來。

最後撿起來的，是一張泛黃的單據，不知道從哪本冊子裡掉出來的。

蘇漾打開折了四折的單據，那是一張體檢單，是蘇漾去世父親的。

她原本已經準備折回去，眼睛一晃，又趕緊把體檢單展開。

姓名：蘇之軒

性別：男。

血型：B型。

蘇漾的眼睛死死地盯著血型，腦袋嗡嗚。

怎麼會這樣？爸爸是B型，媽媽也是B型，可她是AB型？

蘇漾又驚訝又害怕，半晌一動不動，只覺得後背好像被人放了一塊冰，整個人都有些僵硬麻木。

這比被顧熠耍更讓她感到天翻地覆，孤立無援。

蘇漾緊張地拿出手機，好幾次都握不穩，顫抖著手指撥通了蘇媽的電話，她連聲音都在顫抖：「媽……妳在哪裡？我有點事想問妳……」

蘇媽一時回不了家，蘇漾卻是等不下去了，直接把體檢單塞進包包裡就出門了。

一路上用手機搜尋著B型夫妻生出AB型小孩的可能性，網路上那些篤定的答覆讓她更加害怕。

腦中突然想起上次看到的結婚證書，爸媽是在她出生後結婚的。往事一幕幕湧上腦海，像零星的碎片，最後拼成一張完整的圖。那張圖像天羅地網將她縛綁，她掙扎著不肯相信。

她可能不是爸爸的女兒？這怎麼可以？

蘇漾覺得心裡好像有什麼轟然倒塌。

她急於知道這是怎麼回事，剛從公車上下來，也沒看看左右，就直接衝了下去。

腦中一片空白，耳邊一陣嘈雜。

公車上眾人的驚呼聲，電動車急煞的尖銳摩擦聲，以及劇烈的撞擊聲。

蘇漾眼前最後的風景，是各式各樣的鞋子，越聚越多，越靠越近……

蘇漾再次醒來，只覺得右邊的身子疼痛難當。

白色和淺藍色為主色調的急診室裡只有蘇漾一個人，過分安靜。冰涼的藥水自高高掛起的點滴袋裡，往蘇漾的血管輸送。

模模糊糊的視線裡，蘇漾第一眼就看見蘇媽哭得搖搖欲墜的身影。

「媽……」蘇漾虛弱地叫她。

蘇媽不想吵到別人，一直隱忍又克制，聽見蘇漾的聲音，趕緊擦乾眼淚，激動地起身：「終於醒了，我去叫醫生。」

「別……」蘇漾拉住她的手，「我有話想問妳。」

「等等再問，醫生說妳有點腦震盪，我得讓他好好幫妳檢查檢查，我這麼聰明的女兒，可不能有什麼事。」

比起蘇媽的慌亂，蘇漾倒是鎮定許多。

雖然剛出了一場小車禍，但是蘇漾此刻更關心的，是她的身世。

「我……不是爸爸的孩子？對嗎？」

蘇媽微微一怔，隨後摸了摸蘇漾的額頭：「是不是撞傻了，我還是去叫醫生吧。」

「我看到了爸爸的體檢單。」蘇漾咬了咬下脣，「你們都是B型，可我是AB型。我不是爸爸的孩子……是嗎？」

蘇漾的眼眶迅速蓄滿淚水，一個接一個的打擊，讓年輕的她無力承受。

雖然爸爸去世得早，但她一直以身為他的女兒為榮，每次路過市立圖書館，她的內心就有一股驕傲油然而生。

這麼多年，每次她想放棄，心裡就有一個聲音告訴她，她是蘇之軒的女兒，她不能放棄。

她從來沒有想過，她不是蘇之軒的女兒。

見蘇漾臉上露出無助又驚恐的表情，蘇媽眼中滿是心疼。

她一把抓住蘇漾的手，篤定地說：「妳是妳爸的女兒。」

「怎麼可能？妳不要騙我，我是AB型。」

蘇媽緊緊握著蘇漾的手，沉默了許久，最後終於鼓起勇氣。

「我不是妳的媽媽。」

「什麼？」

蘇媽剛說完，一陣急切的腳步聲就打斷了兩人的對話。急診室的簾子刷地被人拉開，護士帶著一臉焦急的顧夫人走了進來。

顧夫人眼眶泛紅，頭髮也有些凌亂，完全沒有平日恬淡的貴婦模樣。她焦急地走到蘇漾床邊，上下打量，又不敢下手，完全不知所措。

護士看了他們一眼，最後囑咐道：「看一下就出去，這裡是急診室不是病房，她沒有什麼大礙，不用太擔心。」

「……」

護士拉攏簾子，關上急診室的大鐵門。急診室裡又恢復寧靜。

蘇媽看了顧夫人一眼，輕吸了一口氣，用不大的聲音對蘇漾說。

「我不是妳的媽媽，顧夫人才是。」蘇媽的聲音帶著幾分顫抖，即便努力克制，蘇漾還是看見她眼眶泛紅。

似乎一直在等待這一刻，顧夫人聽到蘇媽說出真相後，眼淚倏然就落了下來，她掩著嘴，不讓自己發出任何聲音，只是心疼地看著蘇漾。

蘇漾腦子裡亂到極點，也覺得痛到極點。感覺好像有人拿一把斧頭對著她的後腦杓砍了幾下。她怎麼也想不到，電視劇裡的情節居然發生在她身上。

「假的吧？」她的眼睛死死盯著蘇媽，希望她只是在開玩笑。

顧夫人已經泣不成聲：「蘇漾……」

她固執地看著蘇媽，等她解釋。

「就像妳說的，當年是我瘋狂追求妳爸，他年輕，學歷高，性格也溫柔，他一個人帶著妳，直接拒絕了我。是我死皮賴臉要跟著他，每天找他，他拗不過我。」當著顧夫人和蘇漾的面，蘇媽說起當年的往事，「妳和我投緣，當時誰抱妳都哭，妳爸拿妳完全沒辦法，只有到我懷裡妳才肯睡覺。因為妳，我才能嫁給妳爸。」

蘇媽看了顧夫人一眼，眼神複雜：「我們搬到大院以後，沒有告訴妳媽新地址，妳爸當時是覺得不要打擾她的新生活。」

蘇媽說著說著，哽咽起來，「只是沒想到，妳爸身體熬不住，沒幾年就生病了。他病重的時候，要我把妳送回妳媽身邊。我知道，他是放心不下妳，怕他走了，我不能好好照顧妳。」蘇媽頓了頓，「是我私心，我要把妳留下，他還是拗不過我。」

顧夫人看著蘇媽，眼神也帶著幾分複雜，「當時他們都說妳們離開了N城，我以為再也見不到她了。」她摀著眼睛，聲音激動得顫抖，「我對不起蘇漾，一切都是我的錯，當年的一切都是我的錯。」

「蘇漾是個好孩子，很乖很孝順，聰明有天分，長得也漂亮，完全遺傳了你們兩個的優點。」蘇媽的眼淚一顆一顆落下來，對著顧夫人愧疚地說，「是我太自私，當時我什麼都沒有了，只有蘇漾，我捨不得把她還給妳。」

「……」

蘇漾躺在病床上，整個人還很虛弱。

看著泣不成聲的兩個女人，蘇漾內心感覺五味雜陳。

一個是養了她二十幾年，朝夕相處的媽媽；一個是血脈相連，卻十分陌生的生母。

蘇漾的手微微握了握，抬起頭看著她們。

「我想休息了，讓我靜一靜好嗎？」

蘇漾此話一出，兩個媽媽對視一眼，眸中都有難掩的失望神色。

她們沒有多說什麼，只是無聲地把蘇漾的床鋪整理了一下，轉身準備離開。

「媽。」

蘇漾沒有多大的力氣說話，一聲輕喚，兩個女人都轉過身來。

蘇漾的視線落在蘇媽身上，沒有絲毫猶疑。

「妳叫我？」蘇媽的聲音有些緊張，雙手下意識抓緊了褲縫線。

蘇漾一個白眼，「我只有妳一個媽，不叫妳叫誰啊？妳老糊塗了？對了，妳出去順便送送顧夫人吧，她大老遠過來，辛苦了。」蘇漾用一貫沒大沒小的撒嬌語氣說，「回來的時候幫我帶點吃的，我餓了，要吃于衡記的牛肉粉。」

「……」

蘇漾用稀鬆平常的語氣說出這些話，但大家都明白，她已經做出選擇。

顧夫人的眼淚簌簌落下，轉身離開的那一刻，腳下甚至有些不穩。

蘇漾出車禍，她第一時間趕過來，那是一種母親的本能。

在那個年代，她一個未婚女人懷著孩子，受盡了白眼，被人在背後指指點點。好幾次她都想要打掉蘇漾，但是蘇漾特別好動，在她肚子裡揮舞拳腳，她真的捨不得。

孩子出生後，她為她取名蘇漾。這個名字是當年熱戀的時候決定的，以後不論男女都可以用。這是她對那段過去最後的留戀。

蘇母的決絕，蘇之軒的「離開」，讓她澈底絕望，她也有她的骨氣。

單親媽媽的生活遠比她想像得要艱難，她連飯都快沒得吃的時候，要不是遇見顧世年，她也許就帶著蘇漾一起去跳河了。

人心是肉做的，顧世年的付出，她都看在眼裡，所以，最後她選擇了顧世年。

顧世年的兒子正處於漸漸懂事的年紀，對她的存在十分抗拒，她怕帶著蘇漾他會更偏激，為了顧世年，她放棄了蘇漾。

這是她這麼多年，唯一後悔的事。

兩人從急診室走出來，都沒有說話。

「謝謝妳。」顧夫人抬頭看了蘇媽一眼，「妳把她教得很好。」

「對不起。」

「該說對不起的是我。」顧夫人眼眶溼熱，「這個結果，我也猜到了。」

蘇媽的眼眶酸澀：「是我自私，是我不想把她還給妳。這麼多年，我和她相依為命，她雖然不是我生的，但就是我的血肉，我挖不下來。」

顧夫人擦了擦眼角，轉移話題：「去美國的事，我已經和老顧商量過了。所有的費用我們來出，我會為她買棟公寓，讓她不用在那裡打工，可以專心學習。」

「她不肯去。」蘇媽說起這件事，眉頭皺了皺，「她說要和顧熠在一起。」

「我已經和顧熠談過了，他懂事，知道該怎麼做。」

「……」

顧夫人和蘇媽在走廊上低聲說話。

走廊的兩頭分別站著兩個人，他們都聽到了她們的對話。

左邊，蘇漾扶著點滴架，背靠著牆，許久都沒有說話，也沒有追上去把蘇媽忘記的錢包給她。

右邊，是匆匆趕來、滿頭大汗的顧熠，他聽著她們低低啜泣的聲音，最後握了握拳頭，狠下心腸，轉身離開醫院……

這場小車禍讓蘇漾在醫院裡住了整整一個星期。

蘇媽太緊張了，要不是檢查太多，輻射對身體也有害，她大概恨不得讓蘇漾連腳趾甲都一起檢查檢查。

出院後，蘇漾打了一個電話給顧熠，約他見面。一週完全沒有任何消息，甚至沒有問問她為什麼不去上班，這也足以讓她從不切實際的少女戀愛夢中清醒。

蘇漾約在兩人曾經一起坐過的公車站見面。

她很早就到了，獨自坐在金屬座椅上，數著來往的公車，看著匆匆的路人，內心平靜。

過了許久，身邊的位置有人坐下。

熟悉的高度，熟悉的氣息，熟悉的沉默。

蘇漾沒有偏過頭看他，只是靜靜注視著前方。

「今天約你來，是要辭職。」蘇漾的聲音很平靜，甚至帶著幾分與她年齡不符的老成。

人總是在受傷後才會迅速成長。近幾天，她經歷的已經超過她的負荷。

顧熠對她的決定並不意外，只是默默遞上蘇漾的實習評估表。

原來他也早有預料。

蘇漾握著那份打著一百分的實習評估表，嘴角流露出苦澀的笑容。

她該笑嗎？他們居然這樣有默契。

「我見過顧夫人了，一切我都知道了。」蘇漾鼓起勇氣，終於將視線轉向顧熠，看著他緊皺的眉頭，那種身不由己的表情，讓蘇漾的心也跟著痛了起來。

「是因為這樣嗎？」蘇漾盯著顧熠，不給他任何逃避的機會。

顧熠過了半晌，才緊抿著雙唇，轉過來看向她。

她的表情依舊倔強。

熱血、衝動、絕不放棄，是她身上最鮮明的標誌，也是最吸引顧熠的特質。

她對建築設計的獨特理解，對底層居民的關注，對自然環境的敬畏，以及不管怎麼汙染，始終純粹的初心。他想，未來，她一定會成為很好的建築師。

像她父親一樣。

而國內，沒有能讓她完全發揮潛能的環境，業界普遍不尊重設計，比起來，美國那個自由的國度更適合她成長。

張泳義和蘇母的想法是正確的。

林鋮鈞說他是榆木腦袋，根本不懂愛是什麼。

他說愛是天崩地裂也要在一起，哪怕被全世界背棄。

但是現在，顧熠想要告訴他。

愛，是不管對錯，我只想給妳最好的。

看著蘇漾期待的眼神，明知她誤會了，顧熠還是順著她的話點了點頭，嘴上說著違心之論：「張泳羲是我父親的合法妻子，是妳的親生母親。這關係，太尷尬了。」

像等待宣判的犯人，被顧熠判下死刑後，蘇漾終於收起最後一絲期待。

她點了點頭，聲音低落許多：「我知道了。」

「你說得對，我想繼續我爸爸的夢想，我會繼續深造。等我成為很厲害的建築師，也開個事務所，專門回來搶你生意，讓你後悔。」她故意用很輕鬆的語氣說這些話，即便內心痛到呼吸都有些困難。

蘇漾從包包裡拿出一個資料夾和ＵＳＢ，一起遞給顧熠。

「皎月村小學的案子，我重新做了方案。」

顧熠接過她的方案，一頁一頁翻閱著。

那是一份最簡單的設計方案，在緩坡上大量種樹，抵抗山體滑坡。剪力牆耐震結構，火磚為主要材料之一，完全的懷舊風格，沒有致敬任何建築大師，沒有用到任何文化元素，和一九七〇年代的建築差不多，純粹就是為了居住。

可以說，這是一份侮辱團隊知名建築設計師的設計。因為對他們來說，這真的毫無設計可言。

但她用了很多心思做園林設計，尤其是一整面牆的爬山虎，那是充滿記憶的元素。她將皎月村小學和皎月山的自然植被完全結合，好像不是重建，而是幾十年前就在那裡的建築，完全的人文情懷。

她說：「植被由村民自己種，火磚收集舊的，再加上村民新燒的，讓他們參與村莊的重建。我想，這應該更有意義吧？」

顧熠看了她一眼，沒有說話。

蘇漾嘴角勾起一抹苦澀的笑意，「記得你告訴過我，我們要在建築設計中適當地突出個性。」頓了頓，她說，「我想了很久，我覺得建築設計中，最重要的不是突出個性，而是表達我們作為建築師，對建築的熱愛。」

「……」

天空陰雲密布，冬雨絲絲縷縷地下了起來。

煙雨氤氳，清掃塵埃。

蘇漾和顧熠都分別收起紙張。

兩人的對話，可以到此為止了。

看著顧熠，蘇漾花了很長時間，才說服自己離開。

從包包裡拿出雨傘。

那是顧熠去接蘇漾的時候用過的舊傘。

藍色的格子，斷了兩根傘骨。

蘇漾因為這把傘心動，如今，她終究要把這把傘還給顧熠。

顧熠低頭看著那把傘，眼眸中閃過一絲複雜。

大概是和蘇漾一樣，回憶起當時的點點滴滴。

顧熠看著蘇漾，聲音喑啞：「我背妳吧。」

沒有前言後語，就這麼突如其來的一句話，可是彼此都懂。

蘇漾再一次趴到他背上，他輕輕起身，動作溫柔，步伐平穩。

蘇漾撐開那把破舊的傘，兩人走在人字拼磚路上，身邊是沒有帶傘匆匆奔跑的人們。

紅燈攔住了兩個人的去路。

「放我下來吧。」蘇漾拍了拍顧熠的肩膀。

「就這麼背著吧。」顧熠說，「擋風。」

蘇漾圈著顧熠的脖子，忍無可忍，無聲的眼淚終於落在他的後頸。

顧熠身體一僵。

「其實我真的不喜歡美國，英語又爛。」

「那裡有最先進的技術，和最開放的思考方式。不會待很久，幾年就結束了。」顧熠的手臂緊了緊，許久，他用沙啞的聲音說，「我等妳回來」

蘇漾撐著顧熠的肩膀，臉上還掛著眼淚，嘴角卻勾起淺淺的弧度。

「顧熠，你知道嗎？我到這一刻，才終於覺得，我好像有點恨你了。」

城市的公車平穩駛離，蘇漾沒有從窗口看顧熠有沒有站在原地。她知道這一次的離開代表什麼。

蘇漾轉身的最後一刻，顧熠說：「建築師小姐，未來的路很難走，堅持下去。」

蘇漾沒有回頭，只在心裡回答：建築師先生，未來的路不管多難，她都不會回頭。

第十六章　交心斗

X城從古至今，都是文人墨客嚮往的水鄉。

整座城市到處都是橋，五步一登，十步一跨。佇立在橋頭，看著綠樹掩映的倚水人家，腦中想像著巷弄臺階上，有秀美的女子在河邊浣衣，那畫面，美得讓人覺得歲時錯位，撲面而來中式古典的風姿。

X城並沒有很好的大學，X城建大只是二級，但是建築系是歷史悠久的王牌。蘇漾以N大的履歷，得到了碩博連讀的保送。

四年半過去，蘇漾已經完全融入這座城市，比起N城的快節奏，X城毫無浮躁之氣，清幽雅致。

X城的琇園她不知道來過多少次，每次都會有新發現，但她手下帶的本科生對此卻怨聲載道。

「蘇老師，聽曹教授說，妳都來幾百次了，難道看不膩嗎？」

蘇漾笑：「園子看我都不膩，我怎麼會膩？」

天氣越來越熱，X城的天氣有如火爐，還沒立夏，太陽已經烈得好像萬物都要融化一般。

蘇漾的學生個個熱得汗流浹背，幾個愛漂亮的女生都把頭髮綁了起來。他們以筆記本為扇，心浮氣躁的，完全無心觀看，只是為了學分，很敷衍地拍著照。

蘇漾看了一眼時間，在宣布下課之前，對大家說：「今天的參觀到此結束。大家看完應該會發現，琇園的翠錦繡，樓塌園毀，多年來一直沒有重建，所以這堂課的作業就是翠錦繡的重建方案，要求我會發到學校網站後臺，大家可以用學號登錄。平面圖、立面圖、剖面圖、總平面圖以及說明，缺一不可。」

大家本來抱著隨便參觀一下的態度，誰知道還有作業，年輕的學生立刻抱怨起來：「蘇老師，還有這樣的啊……我們本來都打算離開了，現在又得回去。」

另有熱到快揮發的女生懵懂問了一句：「翠錦繡在哪裡？我們有參觀過嗎？」

「蘇老師……妳這一招，完全令人窒息啊！」

蘇漾一臉腹黑的表情，冷哼一聲：「誰讓你們不好好參觀。」

從琇園回到學校，曹子崢還在辦公室沒走，見蘇漾回來，態度依舊如平時一樣溫和。

曹子崢面前是一套茶具，不知道他又是從哪裡弄來的。天熱氣躁，他沒有為蘇漾泡茶，只是把玩著小小的茶杯。

「又去琇園了？」

「嗯。」

在這個喧囂浮躁的年代，總要有人去做些安靜的事。

當初決定在曹子崢手下繼續進修，是因為他說了一段話很觸動她。

他說：「以國內的現狀，不繼承是一種摧毀，但以繼承之名卻沒有學養的恣意興造，更是一種破壞。」

曹子崢從百戈辭職，他是崇尚自由的人，對建築的研究可以說到了如痴如醉的地步，是他發起了山水建築的研究。X建大研究經費不足，他毅然帶著蘇漾和幾個志同道合的年輕學生，成立了「無用工作室」，參與各種競標賺經費，用了近四年的時間，才得以將山水建築的研究推廣到全國，成為國內這一領域最一流的團隊。

作為幕後的人員之一，蘇漾對此也深感驕傲。

這幾年曹子崢變了許多，世故了許多，卻依舊與世無爭。

他倒了一杯已經涼掉的清茶給蘇漾，語氣平常：「我這個週末要回N城，妳要跟著一起去嗎？」

提到N城，蘇漾微微一怔，隨後用很自然的表情說：「不去了，我大學的室友這週末要來X城，來參加我們以前一個同學的婚禮。」

「妳那同學是X城的？」

「不是，她老公是X城的。」

「難怪。」

曹子崢探究地看了蘇漾一眼，那目光充滿洞察，讓蘇漾有種無所遁形的感覺。

「說起來，妳快五年沒有回過N城了。」

蘇漾笑：「我和我媽把家都搬來X城了，N城現在對我來說不是『回』的概念了。」

當初蘇媽簽下拆遷協議，拿了賠償款，跟著蘇漾到X城生活。

一晃眼，這麼多年過去。

「其實我一直很好奇，你們到底發生了什麼事，妳後來不說一聲就退出了節目。」

曹子崢沒有點明，但蘇漾知道他在說誰。

他最後說的那一句「我等妳回來」，蘇漾是懂的。

正因為她懂，才更加失望。

小時候讀《聖誕禮物》(*The Gift of the Magi*)，書中的丈夫和妻子各自擁有一件極為珍貴的東西，丈夫的祖傳金錶和妻子美麗如瀑的長髮。丈夫為了買聖誕禮物給妻子，賣掉了金錶，為妻子買了一套純玳瑁製成，鑲著珠寶的髮梳，而妻子卻賣掉了長髮，為丈夫買了一條白金錶鍊。

故事的寓意是主人翁善良的心地和純真的愛情。

蘇漾對此卻非常不以為然。

他們不溝通，自以為是地付出，造成彼此都失去最珍貴的東西，然後為對方換來毫無用處的禮物。

就像他的決定，即便她不想去美國。

隨著年歲增長，當年的不能釋懷，如今只是一笑置之。

提起那段衝動的往事，蘇漾只是笑笑。

「當時快畢業了，事情很多，就退出節目了。」

「聽說妳還拿到美國的offer。」

蘇漾抿唇，「我從來就不喜歡美國，英語也很爛。」她抬起頭看向曹子崢，眉目飛揚，「再說，有些東西，在美國是絕對學不到的，比如傳統中華文化。你看，我現在研究的是美國人絕對學不到的，我比他們專業多了，對吧？」

「那妳為什麼不肯走到臺前，連周教授都不見？」曹子崢直直看著蘇漾，不給她任何逃避的機會，「妳真的不是在逃避？」

蘇漾對此的回應倒是淡定，聳了聳肩，一副滿不在乎的樣子：「我怕太出名呀。你也知道，偶像派建築師，哪有我這樣的閒雲野鶴那麼自在？」

「我覺得這幾年，妳好像越來越伶牙俐齒了。」

「是您教的好啊。」

「……」

顧熠這幾年經常出差，對於空中飛人的生活已經很習慣了。

X城和N城距離不算太遠，之前X城的專案一直是林鉞鈞負責的，因為林鉞鈞是X城人，溝通起來更方便。這次亞博會專案，是政府合作案，幾乎動用了國內所有知名的建築師，還外聘了國外團隊。顧熠自是十分重視，親自前往。

顧熠真的很不喜歡和林鉞鈞一起出差，這麼多年過去，他的個性還是一樣討厭。

下了飛機，X城的專案組派車來接，接待他們的是專案經理，一個禿頭挺著啤酒肚的中年男人。

他操著一口方言，很熱情地和顧熠聊天。先是介紹X城的風土人情，後來說到自己的妻子開了間旅行社，可以找她安排，然後話匣子一開就關不起來，從妻子說到女兒。

顧熠對他的話題跳躍很是無奈，林鉞鈞倒是聽得津津有味。

說完自己的情況，專案經理的話題又轉到顧熠身上：「顧工結婚了嗎？」

不等顧熠說話，林鉞鈞已經代為回答：「別說結婚了，他連個女朋友都沒有。」

那個早婚早生的專案經理一臉震驚，立刻說道：「顧工，你的動作可得快點啊，你這個年紀還不結婚，再過幾年生孩子，就算是老來得子了。」

專案經理語重心長的話把林鋮鈞徹底逗笑了，他笑得前仰後合。

顧熠黑著臉看向林鋮鈞，冷冷地道：「你似乎也沒有結婚？」

林鋮鈞對此倒是坦然，「我本來就不打算結婚。」說著，他立刻向那個專案經理爆顧熠的料，一臉揶揄的笑意，「顧工和我不一樣，他是想結婚，就是在等人呢。這幾年他國內的案子都不怎麼接了，總是往美國跑，因為心儀的女人到美國讀書了。結果去了那麼多次，根本碰不著人，對方把電話住址都換了，擺明了要和他決裂。」

聽到這裡，顧熠終於忍無可忍：「林鋮鈞，你很閒嗎？」

林鋮鈞哈哈大笑，一臉認真地說：「我不鹹，也不淡，剛剛好。」

顧熠：「……」

笑完顧熠的個人問題，那個專案經理又說回這次的專案。

一番玩笑之後，原本陌生的隔閡也消除了。

專案經理大致和顧熠說了一下情況，顧熠也給了一些回饋。三人聊得很順暢。

正事談完，專案經理問起了顧熠的專案：「聽說N城的東城改造，那個拆遷非常難的案子，要正式開始了？你準備做園林派風格？」

東城的拆遷拖了這麼多年，終於全部簽約。

顧熠的父親也參與了這個專案的投資開發，東城老城改造對顧熠來說是一個很特殊的案子，因為蘇漾的家也在其中。

雖然她們簽了拆遷協議，早就不住在那裡，但顧熠做主，沒有拆除那個徽派院落，每次回N城，都會去坐一坐。

顧熠點了點頭：「裡面有些老房子很有特色，我想保留下來。」

專案經理很熱情，立刻推薦道：「那你要不要去X建大的『無用工作室』坐坐？」

聽到「無用工作室」，顧熠脫口問了一句：「曹子崢？」

「對對。」專案經理說，「他是這方面的專家，山水園林建築學派，他團隊裡雖然都是年輕人，但都是專門研究這個領域的，國內首屈一指，也做了好多案子。我之前開會和他們見過面，一個個穿衣風格都和我們不一樣，看著就很文藝。」專案經理顯然對曹子崢的印象很好，說起他就滔滔不絕，「他們團隊一般都是曹教授出面，不過我上次見到他們團隊裡的一個女建築師，長得好漂亮，和曹教授很有默契，一看就是一對。我們主管還說，他們是建築界的神雕俠侶。他們一直主張修復和保護中式園林建築，就是現代版的梁思成和林徽因。」

一山不容二虎，因為和曹子崢年紀相仿，成就相當，再加上廖杉杉和蘇漾的緣故，提到曹子崢，顧熠就忍不住皺眉，對他的事更是不感興趣。

這麼多年，顧熠也盡量避免和他在同一個場合出現，不想成為任何人茶餘飯後的話題。

對於專案經理的好意，顧熠敬謝不敏：「不用了。」

X城的週末人潮總是多得嚇人，和平日完全是兩個樣子。機場擠到不行，很多人趁週末過來玩，所以蘇漾連接個人都要排隊。

石媛剛從美國回來沒多久，對國內這種人擠人的狀況也有些不適應。從出口出來，看著眼前沙丁魚罐頭一樣的場景，忍不住感慨：「這裡人可真多啊！」

站在人來人往的空港，兩個人以一個擁抱，安慰了這許多年分開的日子。

比起學生時代，石媛變了很多。從前一頭亂糟糟的自然鬈長髮，剪成俐落的短髮，原本是化妝天殘手的她，如今穿著質感高級、簡潔精緻的套裝，化著自然又得體的妝容，舉手投足都透露著洋風。

比起她，蘇漾則是完全變成另一個模樣。

大概是因為她們一直保持聯繫，經常視訊、語音聊天，倒是沒有什麼陌生感。

石媛一見到蘇漾，就揶揄她：「妳穿的是什麼衣服？T恤牛仔褲？怎麼不乾脆穿睡衣出門算了？」

「穿睡衣不雅觀啊，不然我倒是想呢。」

「妳變了很多。」

蘇漾看著石媛，拍了拍她的肩膀：「妳也是。」

石媛摸著下巴，繞著蘇漾轉了一圈，最後停在她面前：「怎麼說呢，妳整個氣質都變了。」

蘇漾笑：「妳是不是想說變土了？」

「也有吧。」石媛想了想說，「是不是跟的男人不一樣，氣質就會改變？妳現在的樣子和跟在顧熠身邊太不一樣了。完全不修邊幅，差點認不出來，怪不得一直沒有男朋友。」

蘇漾不想繼續這個話題，粗魯地推了推石媛：「趕快走吧，半小時以內停車免費，之後要收錢。」

石媛瞪她：「蘇博士，妳這麼摳門，真的好嗎？」

蘇漾對她晃了晃車鑰匙：「動作快。」

兩人找到蘇漾的車，石媛才想起來：「我怎麼記得，妳剛拿到駕照沒多久？」

蘇漾咧嘴：「對啊。」

石媛一臉驚恐：「那妳開車靠不靠得住啊？」

「放心，今天我就帶妳去兜風。」

「去哪裡兜風？」

「西天。」

「……」

看著石媛害怕的表情，蘇漾笑到不行。

路上很塞，蘇漾開著開著，就有些後悔開車出來。

她拿到駕照沒多久，車速很慢，這種速度在車流擁擠的情況下，反而很危險。一路上不停有人超蘇漾的車，經常開著開著，前面就衝出來一輛，把蘇漾和石媛都嚇得半死。

蘇漾身後不停有人按喇叭，讓她也有些急了。天氣熱，又很塞，旁邊不停有人想超車，蘇漾避無可避，心煩氣躁之下，一腳油門踩了下去。

「砰！」

蘇漾的車一個不防，直接追尾撞上前面一輛突然煞車的轎車。

蘇漾和石媛都因為巨大的衝力差點撞上擋風玻璃，幸好繫了安全帶，兩人才免於受傷。

「妳這果然是要把我帶去西天啊！」石媛大口喘氣，撫著胸口，心有餘悸地說，「想想妳騎個自行車都能刮別人的車，開車絕對更可怕，幸好我福大命大。」

蘇漾皺了皺眉頭，看著眼前的情況，解開了安全帶：「我下去看看。」

蘇漾下車看了看追尾的損傷，前車的司機也來到身邊。

那個司機脾氣比她還差，一開口就喋喋不休地指責蘇漾：「妳怎麼開車的？這是什麼路況，妳還加速？瞎了啊！女司機就是嚇人，不會開車就別上路，馬路殺手啊！」

蘇漾原本還有些理虧，被他這麼劈頭蓋臉地大罵，也忍不住有些不耐。

「大哥，有話好好說。」

那男的聽她這麼說，聲音更大了：「我的車被妳撞了，妳還要我怎麼好好說？這麼寬的路，妳他媽會不會開車？要不是看妳是個女的，我都要揍妳了。」

蘇漾見和他道理講不通，皺了皺眉：「您說吧，要報警還是私下解決？」

那個男司機聽蘇漾這麼說，也沒有直接回答：「我去問問主管。」

他剛一轉身，那輛車的車門就開了。

後座下來一個高大的身影。

那人一步一步走近蘇漾，最後停在蘇漾面前。

蘇漾一直低頭看著汽車的保險桿，聽見腳步聲才回頭。

入眼是一雙乾淨的皮鞋，再往上，得體的西裝，清雋的面容，以及，意味深長的表情。

耳邊是因為塞車，駕駛們失去耐心按響的喇叭聲，此起彼伏。

寬闊的路面，兩旁都是如蝸牛一般緩緩挪動的汽車。

眼前有一瞬間的模糊。

近五年沒見，他似乎一點都沒變。

濃眉，銳目，脣角淺淺的弧度。

他皺著眉，居高臨下地看著蘇漾，那視線，壓迫感十足。

許久，他動了動嘴脣，回答了蘇漾的問題，聲音低沉如鐘，語速緩慢而清晰。

「私下解決。」

四個字，竟帶了幾分一語雙關的味道。

蘇漾皺眉看著他，沉默許久，半晌，她移開視線，用很冷淡的語氣，對站在顧熠身後的司機說：「報警吧。」

高架橋上沒有任何遮蔽物，太陽毒辣，車道塞成停車場，喇叭聲不絕於耳，車禍必須快速處理。

一切處理完畢，重新坐回副駕駛座，石媛忍不住感慨：「我怎麼覺得我這是水土不服呢？一來就發生車禍？」

蘇漾正在扣安全帶，白了她一眼：「是妳在剋我。」

石媛偷偷看了蘇漾一眼，咳咳兩聲：「當年妳不是也刮過他的車嗎？這次又追尾，說不定真是千里姻緣，一線牽。」

蘇漾皺眉看了一眼前面剛剛牽走的車，臉色一沉：「妳要是想感受一下死亡飆車的話，說下去。」

石媛立刻求饒：「大爺饒命，小的這就閉嘴。」

雖然車已經駛離高架橋，那輛白色的小轎車也已經沒了影子，大家的話題卻還停留在剛才突如其來的車禍上。

那個專案經理被撞了車，卻還是笑呵呵的。

「真是說曹操，曹操就到。」他激動地和顧熠、林鉞鈞介紹，「我認識蘇博士，都是朋友。局裡好幾個案子和他們合作。不好弄得太見外，這賠償的錢不能拿，以後抬頭不見低頭見的。」

「……」

顧熠完全不在意索賠的事，腦子裡只想到專案經理說不需要賠償以後，她看都不看他一眼，轉身就走的情景。

近五年沒見，這個女人，眼睛裡竟然沒有一絲留戀。

最後是他忍不住，一把抓住她，不讓她走。

她有些尷尬，甩了甩手，掙扎了幾下，沒有掙脫。

「還要做什麼？」她皺了皺眉，低聲問。

「妳的手機號碼。」

「做什麼？」

「要是修車太貴，還是得找妳。」他故意重提舊事，「畢竟妳有刮車『逃逸』的前科。」

顧熠的本意是想要提醒她那段過去，他實在覺得她這副「和你不熟」的模樣有些刺眼。

誰知她依舊是那副滿不在乎的表情，沒有一絲尷尬，只是淡淡看他一眼，語氣調侃道：「這位先生，你這種搭訕方式，真的很老土，你以為我們年輕妹妹的電話，這麼好要嗎？」

奇怪了，幾年不見，她模樣沒怎麼變，氣質卻改了很多，明明只是穿著普通的衣服，卻比以前精心打扮的時候氣場更強了。

他都有種壓制不住她的感覺了。

她瀟灑轉身，回到她那輛麻雀雖小的小車上。

顧熠還站在她車前，眼眸微微一瞇，透過擋風玻璃，目不轉睛地看著她，她也不躲，眼眸中盡是坦然。

幾秒後，顧熠聽見她按了喇叭，兩下刺耳的聲音，讓他微怔。

半晌，他幽幽後退，而她，毫不留情地一腳踩下油門，走了……

說起蘇漾，專案經理始終一臉興奮，話匣子又打開了：「說來也巧，居然在這裡碰到蘇博士。」

林鋮鈞意味深長地看了顧熠一眼，調侃道：「對啊，確實想不到。」

專案經理沒注意到林鋮鈞話中有話，只是自顧自地說著：「我剛和你們說的，建築界的梁思成和林徽因，就是她。」

聽到這裡，顧熠的表情暗了幾分，深邃的眸子裡帶著幾分不悅：「和曹子崢？」

林鋮鈞的笑意更深，火上澆油：「神雕俠侶？」

「對啊，蘇博士和曹教授一起做研究，學術建築派，這麼多年和政府合作比較多。郎才女貌啊，我第一次見到這麼漂亮的女博士。」

顧熠黑著臉不說話，林鋮鈞微微湊近：「人家離楊過就差一條手臂，要去卸掉嗎？」

顧熠瞪了他一眼：「你不說話，會死嗎？」

林鋮鈞根本不怕顧熠，又小聲說：「沒想到她根本沒有出國，居然在X城，白去美國那麼多次了。」

專案經理沒聽到林鋮鈞的話，看了一眼時間說道：「今天晚上沒有安排，需要我介紹你們一些活動嗎？」

「不用。」林鋮鈞笑，「我表哥今晚辦婚禮，我等等帶顧工去混吃混喝。」

專案經理笑：「那好，你們玩得愉快。」

林鋮鈞嘴角帶著揶揄的笑意，睨著顧熠說道：「我看某人今晚是愉快不起來囉。」

石媛這次來X城，一是來看蘇漾，二是來參加劉小雨的婚禮。

劉小雨以前是建築系一班的，當年一二三班男女比例完全正常。四班，也就是蘇漾和石媛的班，本來有七個女生，結果一開學，轉系轉走了五個，所以導致男女比例失調。至於五班，也就是要挖角石媛的班，則完全是那一年N大擴招的結果，出現了一個光棍班。她們畢業後聽說，五班的班長很飢渴，只要有機會和建築系的女生私下吃飯，就要挖角一下，石媛不過是其中之一而已。

劉小雨當年在建院也算是女神一枚，連蘇漾這種成天宅在家的也對女神十分熟悉，後來因為都在X城，劉小雨偶爾會約蘇漾出去吃飯。她知道石媛要來X城，就一起發了請帖。

石媛訂票訂晚了，蘇漾接到石媛，兩人立刻馬不停蹄趕往劉小雨的婚禮會場，好在新人還在迎賓，典禮尚未正式開始。

送上紅包，和劉小雨夫婦合影後，蘇漾和石媛找到位置坐下。

看著裝扮豪華的婚禮會場，石媛忍不住感慨：「劉小雨真是嫁得好啊。」

蘇漾還在想事情，喝了口水，有些心不在焉。

「還在想顧熠啊？」石媛見蘇漾反應有些遲鈍，壞笑道。

「怎麼可能？」蘇漾皺眉。

「撞了他們的車以後，妳就一直發呆，和妳說話要叫妳兩三次。」

蘇漾倒是不覺得尷尬，只是疑惑：「只是很詫異，他為什麼會來X城。」

「地球是圓的，有緣的，繞地球兩圈也能碰到。」

「聽妳鬼扯。」蘇漾噘了噘嘴，「妳肖想吳彥祖那麼多年，都追去美國了，也沒見妳碰到他啊。」

「……這能相提並論嗎……」

石媛細長的眸子瞥向蘇漾，小聲問：「說起來，你們是不是有什麼誤會啊？當初我還以為你們要在一起了呢，怎麼最後一點下文都沒有了？」

蘇漾笑：「和他能有什麼誤會，根本不是同一個世界的人。」

婚禮還沒正式開席，服務員卻很周到，每人的酒杯裡已經倒上了紅酒，按照婚俗，這是等一下要為新人乾杯的酒，石媛這個女酒鬼，早早就喝光了。

她把酒杯放在桌上，一臉感慨：「我當年真的很羨慕妳，能去Gamma。當時我還暗暗揣測，妳是不是私下送禮給周教授。但是後來看妳被折磨得那麼慘，又很慶幸自己沒進Gamma。」

說起那段過去，蘇漾微微垂眸，那種沉靜的情緒只持續了兩秒：「要是沒他們那樣折磨，也沒有今天的我，當年的吊車尾已經是女博士了，是不是很神奇？」

石媛見她又開始得意，立刻打壓：「女博士有什麼用？還不是找不到對象？」

「別提了，我媽都幫我在公園相親角掛牌上市了，真是丟死人了。」蘇漾想起蘇媽就哭笑不得，「我本來還擔心會有一堆人騷擾我，很麻煩，結果相親角掛牌那麼久，居然沒有一個加我的。」

石媛被逗笑了：「誰要和女博士相親，妳沒聽過一句話嗎？世界上有三種人，男人、女人、女博士。」

蘇漾嘆息：「要是找男人和讀博士一樣容易就好了。」

石媛被蘇漾逗笑，哈哈笑了兩聲：「我好想打死妳。」

迎賓結束，會場燈光調暗，婚禮即將開始。

司儀和現場的工作人員各就各位。石媛回頭一掃，正好看見曳著裙襬走出場的劉小雨，挺著胸一步一步往前走，在夢幻而奢華的背景裝飾下，美得像公主一樣。石媛不由感喟：「我現在終於理解，為什麼很多女人把找老公放在第一位，事業發展倒是不那麼重要了。」

蘇漾疑惑地看向她：「怎麼突然說這個？」

她壓低聲音說：「妳看看劉小雨，當年我們學院裡的女神，學業成績也好，後來直接退出建築這行，嫁給房地產商，這日子過得多好，我們和人家豪門太太相比，完全是魯蛇啊。」

「可是我記得她有工作啊，上次約吃飯，她還是下班之後過來的。」

「現在她那個工作不是超涼嗎？朝九晚五，純粹是打發時間。」石媛撇了撇嘴，「女人大部分都是這麼選的。」

「每個人想法不一樣。」蘇漾說，「但我覺得這樣放棄自己的人生價值，比較可惜。」

「其實這件事沒妳想得那麼簡單，也不是每個女人都能在職場上有所建樹。大部分女人只是碌碌無為幾十年，混口飯吃而已。既然不能在工作上超過那些男人，不上不下的，那麼累要做什麼呢？」

蘇漾一直覺得石媛是她的人生導師，她不管說什麼都頭頭是道，也很有趣：「那妳呢？妳也這麼想？」

石媛聽蘇漾這麼問，立刻撇嘴，「我當然不一樣，我可是準備在建築業登峰造極，我要成為女版顧熠。」說完，她得意地揚眉，「我拿到最心儀的 offer 了。」

說完，她又問蘇漾：「妳呢？馬上就要博士畢業了吧？準備繼續任教嗎？」

「還沒想好，反正，做對得起自己的建築吧。」

「文縐縐的，什麼鬼。」

蘇漾笑，這幾年，她和許多工匠成為朋友，親眼看到每一顆釘子是怎麼釘進去的，每一塊木頭是怎麼成形的；她在工地住，看著磚瓦來去，看著萬丈高樓平地起的過程，相當震撼。

「我不想成名，只想做那種樸實的、純真的、真正被需要的建築。」

石媛看著她，許久，最後鄭重說道：「我發現我錯了，妳完全沒變，還是一樣理想主義，真神奇，我以為這麼多年，妳應該被現實主義打死了才對。」

「哈哈哈……」

閒聊之間，婚禮已然進行到半途。

雖然耗費鉅資，布置奢華，但是流程還是很制式。新娘挽著爸爸的手臂上臺，交到新郎手上，然後是幾個固定的環節，心裡話啊、交換戒指什麼的。

新郎長相普通，年紀稍長，但很淡定穩重，劉小雨也沒有哭，全程美得像個仙女。

禮成後，司儀接著炒熱氣氛，要未婚的女生都舉手上臺，準備扔捧花。

蘇漾和石媛都不想去湊熱鬧，剛才嘰喳說不停，現在倒是靜悄悄。但劉小雨卻不放過她們，側著身子對著司儀的麥克風說：「蘇漾，石媛，妳們兩個沒結婚的，趕快過來啊！」

蘇漾、石媛尷尬地上臺，在司儀指揮下站成三排，蘇漾怕被扔中，故意站得很邊邊。

司儀高昂地指揮著劉小雨：「一、二、三！」

「砰！」

捧花直直朝蘇漾砸過來，她幾乎是下意識地接住。

「恭喜妳！」司儀的聲音自擴音器傳來，振聾發聵。

沒有得到捧花的都失望不已地下臺，極其不想成為主角的蘇漾，卻不得不留在臺上。

司儀大概也看出她並不想得到捧花，倒是沒有誇張地作秀，只是簡單地讓她說幾句。

好不容易擠出幾個字，蘇漾本來以為終於可以下臺了，主持人卻攔住她：「麻煩美女為我們下個遊戲開個場。」

「嗯？」

「手機帶上來了嗎？」

蘇漾的手機都是隨身攜帶的，點了點頭。

「那等一下我把麥克風給妳，妳大聲報出妳的電話號碼，只報一遍，誰第一個打進來，第一份禮物就送給誰。好了，開始。」他也不問蘇漾願不願意，直接把麥克風塞了過來。

蘇漾愣在那裡，呼吸透過麥克風傳遍整個宴會廳，她咬了咬牙，開始報自己的號碼。

蘇漾念得非常快，卻不想賓客們玩心這麼大，她話音剛落，手機已經開始震動。

司儀笑呵呵的：「好了，準備接了，讓我們看看，是哪位幸運兒？」

蘇漾在臺上有些懵，在司儀的指揮下，滑動螢幕，也沒注意號碼。

電話接通，她放在耳邊，還沒說話，就聽見電話那頭傳來一個男人語帶輕笑的聲音。

「看來，年輕妹妹的號碼也不是多難要。」

司儀很會炒熱氣氛，高亢的聲音說著：「誰的電話接通了！請站起來讓我們看看！」

蘇漾舉著手機，還沒反應過來，下一秒，她已經看到一個男人從新郎賓客區站了起來。

還是白天的打扮，淺色襯衫，黑色褲子，短短的頭髮。

蘇漾的視線掃過去，顧熠晃了晃手裡的手機，對蘇漾淡淡一笑。

那一笑，充滿挑釁。

終於重獲自由，蘇漾重新坐回石媛身邊。石媛已經鎮不住八卦之魂，湊在蘇漾耳邊說：

「我的天啊，顧熠和林鉞鈞居然都在，我們怎麼沒發現？」

蘇漾皺眉，沒說話。

「顧熠真是神啊，居然搶第一個打通。他這分明就是還對妳有意思好嗎？」石媛說著都有些激動，「這情節，可以寫小說了！」

蘇漾任由石媛在一旁嘰嘰喳喳，沒有任何回應。

她沒有動，也沒有回頭，只是始終感覺到若有似無的視線。

想起顧熠那個挑釁的笑容，蘇漾就忍不住皺眉。

舉起面前的柳橙汁，冰冰涼涼的，她一口氣喝光。

半晌，瞪了石媛一眼：「我對他沒意思。」

蘇漾早該知道，顧熠不會那麼輕言放棄。

畢竟他的腦迴路和一般人完全不一樣。

從以前的經驗就應該能想到的。

走上熟悉的講臺，剛放下筆記電腦，蘇漾就看見了教室裡的不速之客。

一身商務打扮，坐在教室的最後方，與年僅十八九歲的大一學生格格不入，引起同學們竊竊私語。尤其幾個比較用功的學生，大概是認出了來人，還偷偷拿出手機拍照。

這情景讓蘇漾不由一愣，隨即忍不住皺緊眉頭。

打開筆記電腦，蘇漾的視線專注在教學設備上，聲音冷冷地透過麥克風傳遍整個教室。

「不是本班的，該幹什麼幹什麼去。」

蘇漾此話一出，大家的視線一起落在教室最後的顧熠身上。

被所有人這麼盯著，顧熠倒是沒有什麼尷尬的表情，他微微往後一靠，一臉閒適，把教室當成自己家似的。

他雙手自然地交叉，放在膝蓋上，勾著嘴角，坦然與蘇漾對視，用所有人都能聽見的聲音說：「怎麼，蘇老師不歡迎旁聽？」

蘇漾不想被學生看笑話，冷冷回答：「請便。」

坐得離蘇漾最近的一個女學生伸長脖子，用低低的聲音問蘇漾。

「蘇老師，後面坐的，是不是顧熠，顧大師？」

蘇漾沒有回答，只是輕輕拍了拍桌子：「上課了。」

蘇漾這節課以理論為主，主要介紹中式園林建築的發展史。中式風格對現在的年輕學生來說，並不是那麼有吸引力。蘇漾講著講著，大家也不再議論在場的顧熠，紛紛打起瞌睡。

這樣的情景，蘇漾已經習慣。

想想當年她在學校，不也跟這些學生一樣嗎？

就像曹子崢說的，師父領進門，修行在個人。

「……建築師也是在建造一個世界，而這個世界將建造成什麼樣子，首先取決於建築師對這個世界的態度。」蘇漾看著臺下的學生，「童寯先生說過一句話，『今天的建築師不堪勝任園林這一詩意的建造，因為與情趣相比，建造技術要次要得多』。童寯先生為現代建築奠定了一定的基礎，一生都在做學問的他，晚年面對浮躁的年代，毅然不再做建築設計。這是他當年的態度。

「建築設計中，比建築更重要的，是人和自然的關係，園林建築最推崇的，就是讓人們的居住環境，重新返回自然……」

聽著蘇漾在講臺上大方地侃侃而談，哪怕只是簡單的話語，也充滿智慧。

顧熠坐在臺下，仰望著她，心裡竟生出幾分奇怪的感覺。

她的選擇是對是錯，顧熠也無從得知，如果當年去了美國，她如今會是什麼樣子。

他唯一確定的，是不管當年那個熱血有衝勁的她，還是如今這個鎮定淡然的她，都在他心中占有一席之地。

一堂課結束，顧熠竟不知不覺聽完三個小時。

蘇漾站在講臺上，自然地關掉ＰＰＴ，微笑著對臺下的學生說：「作業的要求上節課已經告訴你們了，關於作業，還有這堂課，有沒有什麼問題？」

正值午餐時間，學生們已經按捺不住跑餐廳的衝動，沒有一個人舉手發問。就在蘇漾準備下課的時候，顧熠舉起左手。

「我有問題。」

教室裡所有學生都轉過頭看向他。

在一片焦灼、好奇、熱切的目光中，顧熠直勾勾地看著蘇漾，用不大不小的聲音，一字一頓地說道：「不知道蘇老師下課後，有沒有空和舊識一起吃個飯？」

顧熠的眸光沉沉，死死盯著蘇漾，不放過她每一絲表情變化。

她抬起手，將額前掉落的一綹碎髮撥到耳後，露出清麗的臉龐。嘴角帶著公式化的笑容，鎮定地回答。

「沒空。」

曹子崢近來為了亞博會的雲慶村案例館頭痛不已。

亞博會將在X城舉辦，政府邀請曹子崢的團隊，為雲慶村設計重建方案。

這個邀請是蘇漾做主接下的，她對鄉村文化興趣頗濃，在國內瘋狂都市化、建設化的今天，鄉村文化已經幾乎成為廢墟。

重建鄉村文化，從人文的角度來看極具意義，但從曹子崢的角度來說，這是個不可能的任務，因為傳統文化早就被破壞得所剩無幾。

蘇漾在重建鄉村文化這一塊，也算有經驗，幾年前他們參加節目，重建山腰上的鄉村——皎月村。最後雖然蘇漾退出團隊，但是不知道顧熠是如何搞定了專案組所有人，修改了蘇漾提出的純自然復古方案，重建了皎月村。

當時那個節目在網路上引起很大的討論，很多人都覺得創意一般般，美感也不太突出，但是採訪皎月村的村民，竟然都對方案非常喜歡。他們親自參與每一個材料的選取和製作，對重建的整個過程和結果都充滿感情，對重建的村莊也有極深的歸屬感。

這是蘇漾作為女性建築師的獨特視角，也是她設計中最大的魅力。

曹子崢正在看村裡的族譜和地方誌，辦公室的門被敲響，好幾個學生一擁而入，都是蘇漾帶的學生。

曹子崢有些意外，善意提醒他們：「蘇老師還沒有回來。」

學生們活力十足，甚至有些沒大沒小，直接走到曹子崢桌邊，將他團團圍住，眾人你一言我一語。

「曹教授，有人想挖您牆腳，我們看不過去，一定要來提醒您。」

曹子崢詫異：「什麼？」

「蘇老師！我們院裡就這麼一個美女老師，肥水不落外人田，您一定要把人留住啊！」

「那人追蘇老師都追到我們課堂上來了，很囂張啊！」

「看那個男的長相，好像是 Gamma 的顧熠，強大的對手啊曹教授，人家有錢有名，人還長得帥，曹教授居於劣勢啊！我們得動之以情，曉之以理。」

「……」

看著這些人小鬼大的孩子，曹子崢清了清喉嚨：「胡鬧！趕快回去寫作業。」

學生們見曹子崢一臉嚴肅，也不敢過於放肆，只是重複道：「曹教授，把人留住啊。」

曹子崢看著學生們離去的背影，想著他們說的話，若有所思。

蘇漾沒想到顧熠會這麼厚臉皮，做出這麼沒分寸的事。

下課後，好一番冷言冷語，總算把他甩掉。

進了辦公室，只有曹子崢一個人在，蘇漾收起情緒，安靜地回到自己的座位。

剛坐下，就聽到曹子崢問她：「吃飯了嗎？」

「沒有。」

「我也沒有，一起去吃飯？」

蘇漾看了一眼時間，點了點頭。

不久後兩人坐在滿是學生的嘈雜餐廳，安靜地吃著飯。

和學生一樣，他們點了最普通的便當，每天都差不多，沒什麼特別驚豔的菜。

曹子崢撥了撥餐盤，抬頭問蘇漾：「一級註冊建築師的考試，妳準備得如何？」

「我預計要考兩年，一建比二建難多了，你們這些神人，一年九門考完，真是厲害。」

「人的潛力是無限的。」曹子崢笑，「早點考到，以後能獨當一面。」

「我也想啊。」蘇漾抿脣，「盡量吧。」

餐廳裡充斥著聊天和走動的嘈雜聲，曹子崢頓了頓，然後用不大的聲音問蘇漾：「顧熠來找妳了？」

「嗯？」有一瞬間，蘇漾懷疑自己聽錯了，畢竟四周有些吵雜，等她反應過來，既覺得意料之外，又感到意料之中。學校就這麼點大，顧熠這麼一鬧，傳到曹子崢耳朵裡也不奇怪，只是沒想到這麼快。

蘇漾撥了撥餐盤裡的食物，沒有抬頭：「嗯。」

「妳怎麼想？」

蘇漾想都不想就回答：「我不想和他有關的事。」

他在她心裡，早就負一百萬分了，沒什麼值得想的。

「噢。」

曹子崢沒有再追問，只是幽幽看了蘇漾一眼。

「明天去雲慶村實地考察，沒忘記吧？」曹子崢問。

作為亞博會中唯一的中華鄉村文化主題展示館，蘇漾也很在意：「資料我都看完了，隨時準備著。」

「嗯。」

「帶學生去嗎？」

曹子崢搖頭：「我的車坐不下，我們先去一次，等學校的車有空了，再帶他們去。」

「好。」

顧熠倒是沒想到，死纏爛打的招數，也有失靈的時候。

蘇漾和以前真的完全不一樣了，甚至可以說脫胎換骨。

是什麼能讓一個女人變化這麼大，因為研究學術，還是因為曹子崢？

這個問題，顧熠光是想一想，就忍不住不爽。

回到飯店，剛進大廳，就遇到林鉞鈞從專案組回來，一見到顧熠就是一陣不客氣的抱怨：「顧熠你他媽是人嗎？你去泡妞，把事情都推給我？」

顧熠聽他粗俗的用詞，皺了皺眉，想到自己吃癟的經過，不爽地扯了扯領帶。

兩人一起回到顧熠住的房間，顧熠從冰箱裡拿出一瓶礦泉水遞給林鉞鈞。

「你晚上得請我喝酒，不然別想我放過你。」

顧熠不喜歡酒吧那種地方，直接拒絕：「不去。」

林鉞鈞問他：「見到人家神雕俠侶了？」

顧熠不爽地瞪了他一眼，那種眼神瞬間讓林鉞鈞高興起來。

「看來是吃癟了？」林鉞鈞笑起來，「我就跟你說，要你不要去，人家楊過和小龍女，你去湊什麼熱鬧？俠侶都定了，你去演神雕啊？」

「我只想和她坐下來談談。」

思及蘇漾各種抗拒的行為，顧熠也有點束手無策。

他又拿了一瓶礦泉水，轉開瓶蓋喝了一口，涼意從食道一路向下，焦躁的情緒終於緩解了一些。

他踢了一腳林鋮鈞坐的沙發，清了清喉嚨，欲言又止地問：「你一般，是怎麼做到幾個小時，就讓女人跟你回家的？」

林鋮鈞聽他這麼一問，意味深長地看了他一眼，最後回答：「個人魅力，這是你沒有的東西。」

「滾。」

「哈哈哈哈。」林鋮鈞揶揄顧熠，忍不住大笑，然後不正經地問道，「怎麼，蘇妹妹不理你？」不等顧熠回答，他又繼續說，「這件事說起來也是你當年太傻，人家不想去美國，你逼她去幹麼？」

「你懂什麼？」

「算了，那些泡妹子的方法我就不教你了。」

「你這麼善良？」

「我主要是怕蘇妹妹報警，那你就得去坐牢。蘇妹妹那句『報警吧』，說得可是毫不猶豫。」林鋮鈞說到這裡又是一陣嘲笑，「昨晚婚禮上你把電話打通了，可是人家一下臺就把你封鎖，心思不言而喻。」

「……」

「不知道為什麼，我總覺得蘇漾和那個姓曹的沒什麼關係，她的整個狀態看起來不像是戀愛中的女人。」林鋮鈞收起笑意，認真說了一句，「我說啊，蘇漾這種女人，泡妞的方式肯定不行，好好用心吧。」

林鋮鈞和顧熠算得很清楚，顧熠白天不參加會議，他跑了一天，第二天的考察，他死都不肯去了。為了防止顧熠強行拉他，他晚上去酒吧喝了個爛醉，真是準備萬全。

再見到那個禿頂啤酒肚的專案經理，他依舊那麼熱情。

問起顧熠的行程，專案經理關切地說：「聽說您昨天去醫院看痔瘡了？現在好點了嗎？最近飲食要清淡點啊。」

顧熠嘴角抽了抽：「林鋮鈞說的？」

「這有什麼不好意思的？十男九痔，我們都懂。」

顧熠雙手握成拳，捏得指節咯咯作響，此刻他只想把林鋮鈞整個拆掉，然後再重新組裝。

跟著專案經理來到鄉村，專案經理走在前面，一邊走一邊介紹：「這是隨縣的雲慶村，政府規劃做亞博會的鄉村案例館，昨天看的是亞博會主展覽館的場地，那邊計畫建六十八個場館，雖然走起來很遠，但實際上和這邊只隔一條河，我們計畫再建一座橋，這樣就不用繞一大圈。所以主展覽館區和案例館算是相連的，您也一起看看。」

「現在重建專案開始了嗎？」顧熠隨口問道。

「還沒，這個重建案給了X建大的曹教授，他帶著X建大的學生團隊在做。」

「蘇漾？」顧熠的表情微妙。

「嗯，蘇博士肯定也會參與。」聽顧熠說出蘇漾的全名，專案經理八卦地問道，「你們認識嗎？」

「嗯。」顧熠簡單回答，「她以前在我事務所實習過。」

專案經理回想那天撞車之後蘇漾的反應，如果兩個人真的認識，那她那種冷漠的態度應該是有什麼緣由。專案經理想想，覺得其中似乎並不單純，抿了抿脣，斟酌著提醒了一句：「蘇博士已經名花有主了。」

顧熠皺了皺眉。

雲慶村雖隸屬隨縣，但是離X城不遠，街道乾淨，秩序井然。幾乎沒有鄉村的痕跡，更類似城郊的新社區。從結構來看，一部分是一九八〇年代，整齊、有馬頭牆的排屋式新農居，住著外來工人；一部分是一九九〇年代後簡化版的歐式獨棟別墅，住著雲慶村本地人；還有一部分供旅遊住宿的鄉村樂園、一部分供參觀的農業實驗室，是無土栽培的基地之一。不遠處則立著象徵性的風力發電機，再周圍是成片的樹林。

這幾年，因為經濟發展得很好，雲慶村也越來越重視文化建設，村裡的老建築都拆光了，就從鄰村移來一座祠堂，裡面可以喝茶，表演鄉村戲法。

總而言之，整個風格不倫不類，就是國內新農村的現況。

曹子崢一路走著，很認真地和蘇漾聊著，「雲慶村村民的所作所為是為了生存，他們的本意不是破壞，而是想要過上更好的生活。」說完忍不住憂思皺眉，「妳應該知道，一種文明，累積數千年，一旦崩塌，想要有系統地重建，異常困難。」

蘇漾是第一次來這裡實地考察，和她想像中淳樸的農村完全不一樣，不得不說，她也被嚇到。因為這裡引進太多城市文明，原始的鄉村文化已經破壞殆盡，很難再從中挑取元素了。

完全沒有老建築，這讓蘇漾終於意識到曹子崢一開始拒絕的原因。

情況極其棘手，蘇漾的心情反倒放鬆了：「說真的，以雲慶村的現況，我不知道該怎麼做，但我有興趣剖析一下這個鄉村建築過去與現在的差別，也許還可以推測一下未來。」

蘇漾樂觀的語氣讓曹子崢轉過頭來，看著她，忍不住笑了：「我發現妳永遠是這樣。」

「什麼樣？」

蘇漾笑：「天真的塌了，你們都比我高，也可以幫我頂著啊。」

「天塌下來也不怕。」

「別動。」曹子崢突然盯著蘇漾的臉說道。

「怎麼了？」蘇漾聽他這麼一說，也有些緊張，一動不動地看著他。

「妳臉上黏了什麼？怎麼一條黑黑的？」曹子崢很自然地伸手去擦蘇漾臉上黏的髒印子。

四年多和曹子崢一起工作，蘇漾已經把他視為大哥一樣的親人，對他的接近並不抗拒。

兩人站得極近，曹子崢比蘇漾高不少，微微低頭，溫柔地一下一下擦去她臉上的黑印。

嘴裡盡是溫柔的話語，溫熱的氣息落在蘇漾額頭上：「我覺得妳除了設計還挺嚴謹，生活上完全是個巨嬰，走個路還能弄髒臉，小花貓一樣。」

蘇漾正要說話，突然聽見身後有人熱情地喊了一聲。

「曹教授，蘇博士！」

蘇漾和曹子崢聞聲一起回頭。

蘇漾一眼就看見顧熠的身影，站在那個矮矮胖胖的專案經理身邊，好像閻王手下的勾魂使者，黑著一張臉，目光一動不動，死盯著蘇漾和曹子崢，完全一副抓奸丈夫的表情。

蘇漾有些莫名其妙。

想到前幾天碰面的情況，沒有一次是愉快的，實在不想和他再見。

用餐時間遇到認識的人，最麻煩的，就是不得不因為人情，一起吃飯。蘇漾最不喜歡應酬，這幾年跟著曹子崢接案子，也吃過了不少飯局，但她始終不太習慣。華人的酒桌文化根深蒂固，即便蘇漾不喜歡，也得跟著適應。和這個專案經理不是那麼熟，和顧熠，更是不願意同坐一桌。這頓飯，還沒吃，蘇漾已經感覺胃痛。

顧熠從坐上餐桌，目光就沒有從蘇漾身上移開過。

剛才在雲慶村的小路上，看見她和曹子崢站得那麼近，動作親暱，顧熠就已經極其不爽。此刻一進農家樂餐廳，蘇漾就直接坐在曹子崢旁邊，和顧熠的位置完全呈對角線。曹子崢拿茶水幫蘇漾擦拭餐具，蘇漾也自然地接過，連謝謝都沒說，顯然她已經很習慣被曹子崢照顧。

顧熠不動聲色地喝著茶，內心的不爽幾乎到達頂點。

農家樂的客人不是那麼多，上菜很快。

曹子崢每上一道菜，就先幫蘇漾夾一些，體貼異常。蘇漾對此也沒什麼不自在，曹子崢夾什麼就吃什麼。

蔥拌豆腐上桌，曹子崢為蘇漾舀了一大勺，綠油油的一把蔥點綴在白嫩的豆腐上，剛一放到蘇漾碗裡，就看到蘇漾的眉頭微微一皺。

顧熠的嘴角微微勾起淺淺的弧度，眸光中閃過一絲得意，他瞄了曹子崢和蘇漾一眼，用輕描淡寫的語氣說：「她不吃蔥。」

曹子崢聽到顧熠這麼說，表情幾分訝異，「是嗎？」他偏頭問蘇漾，「沒聽妳說過啊？」

蘇漾看了看顧熠那明顯帶著幾分挑釁的眼神，拿起自己的湯匙，舀了一勺蔥拌豆腐，一語雙關地說：「人的口味是會變的。」

說著，眉頭都沒有皺一下，一口將蔥和豆腐吃了下去。

顧熠臉上又黑了幾分。

菜快上齊，酒才上桌，顧熠二話不說，直接滿滿斟了兩杯白酒，以喝茶的杯子，一杯至少三兩酒。

他猛地站起來，在眾人詫異的目光中，直接走到曹子崢面前停下，將其中一杯酒遞到他面前。

「曹工和我也好幾年沒見了，該喝一杯。」

說著，他強勢地把酒杯舉到曹子崢鼻子前面，這種挑釁的姿態，是個男人，尚有血性就不可能不接招。

曹子崢正要起身，身邊的蘇漾已經先一步站起來。

蘇漾看穿顧熠找曹子崢喝酒的目的，內心不齒。

曹子崢是那種很文藝的讀書人，酒量比較一般，蘇漾不想衝著自己來的火燒到無辜的人身上，豪爽地接過顧熠的酒杯。

看著那滿滿的一杯白酒，蘇漾說：「曹教授要開車，我替曹教授喝。」

顧熠看到蘇漾這麼維護曹子崢，心裡更是不爽，他意味深長地看著蘇漾和曹子崢：「一個男人，要女人代酒？」

顧熠的話沒有激怒曹子崢，曹子崢還是穩坐如鐘，用溫和的聲音說：「女人願意代，我只有從她。」

顧熠冷冷地看著曹子崢，最後目光落在一臉從容就義的蘇漾身上。

怒極反笑。

說實話，蘇漾酒量雖然好，但是白酒濃度高，酒勁大，味道又辣又苦，她一貫不喜。此刻，她舉著酒杯的手微微顫抖，臉上還努力裝作鎮定。她不能讓顧熠就這麼得逞，一直倔強地舉著酒杯看他，一刻不相讓。

「怎麼樣？喝不喝？」蘇漾睨了他一眼，語氣帶著幾分盛氣凌人，「還是你怕了？」

原本以為顧熠會生氣，結果他看著蘇漾帶刺的模樣，表情倒是溫柔了幾分。

他低頭掃了她一眼，眸光微微一閃，別有深意。

蘇漾心尖微顫。

幾秒後，蘇漾聽見他極富磁性的聲音，帶著幾分喑啞，緩緩說道：

「我從來不和女人喝酒，沒有男人的風度。」他頓了頓，目光一瞬不瞬落在蘇漾身上，嘴角噙著一絲壞笑。

「如果要喝，那就交杯酒吧。」

第十七章　改建

顧熠這人，總是能很恰到好處地捏住蘇漾的弱點。明知蘇漾怕尷尬，他就故意提出不合理的要求，想讓她知難而退。

這麼多年過去，蘇漾也有修練出一些應對的功夫。

她靜靜掃了顧熠一眼，在他灼灼的目光下反倒鎮定下來。

她大膽向前走了一步，臉上始終帶著適宜的微笑，完全大方得體。

「可以！」

蘇漾似笑非笑，不等顧熠反應，舉著酒杯的手已經繞過他的手臂。

顧熠還未把手收攏，兩人距離還沒有拉得那麼近，蘇漾便趁顧熠不備，把酒杯遞到嘴邊：「我乾了。」

說著，果斷地將那杯白酒灌了下去，辛辣刺激的味道，讓她的喉嚨都有些痛。喝完酒，她很快將手臂收回，倔強地倒扣酒杯，在顧熠意味深長的眼神中說道：「你隨意。」

顧熠被蘇漾擺了一道，目光一直沒有從她身上移開，只是猛一仰頭，將手中的酒全數灌了下去。空杯後，他也和蘇漾一樣，倒扣酒杯。

他別有深意地輕輕一瞥：「蘇工果然和以前不太一樣了。」

這頓飯吃得有些尷尬，倒是喝了「交杯酒」的兩個人，一副很自在的樣子，該吃吃該喝喝，彷彿在席上較勁。

專案經理意識到蘇漾和顧熠的關係並不簡單，也不敢再隨意調侃。所有人都安靜地吃飯，偶爾場面太冷，專案經理就說說自己的老婆女兒，大家隨便附和幾句。

顧熠自斟自酌，竟然不知不覺間半瓶酒就喝完了。

飯後，顧熠習慣性地要去結帳，專案經理已經搶先一步去了收銀臺，家庭式的農家菜館，收銀臺在院落最深處。

在別人面前搶著買單有些難看，顧熠便隨他去了，轉身準備回到剛才吃飯的包廂。

剛穿過走廊，就看見曹子崢和蘇漾從包廂裡出來，向大門的方向走去，看著他們的背影，一高一矮，一個清雋溫和，一個秀麗堅韌，竟是那麼搭配，真有幾分神雕俠侶超脫物外之感。

白酒的後勁很大，那種辛辣的感覺，讓顧熠覺得好像五臟六腑都在燒灼。

曹子崢剛要走到門口，手邊一個包廂裡正好走出一個男人，蘇漾讓了讓，往後退一步，那男人本來要走，一見到曹子崢，立刻眼睛一亮。

「哎喲，看看這是誰？我們的曹教授。」他臉色很紅，一看就是喝多了，情緒激動地摟上曹子崢的脖子，「這麼巧，快點，進來喝一杯。」

曹子崢剛吃過飯，婉拒道：「不了，我剛喝過。」

男人對曹子崢的話並不買帳，直接把他往小房間裡拉：「這酒不喝就是不給面子，曹工，這個面子不給不行啊……」

在外面遇到熟人，曹子崢盛情難卻，無奈之下只得對蘇漾說：「妳先去外面等我一下。」

男人順著曹子崢的目光看向蘇漾，眼中流轉著不懷好意的神色：「曹工，女朋友啊？一起進去喝一杯！」

蘇漾見被人誤會，立刻擺擺手，禮貌地回答：「我和曹工只是同事關係。」

曹子崢被人拉進包廂，蘇漾站在走廊上，她下意識四處望了望，顧熠趕緊往後一縮，躲進她視線的死角。

顧熠回想剛才眼前的一幕，整個人一怔。

後背緊緊靠著牆壁，雙手緊握成拳。心中有許多複雜的情緒，五味雜陳，說不上是什麼感受。

林鋮鈞果然經驗老道，雖然平時只會打嘴砲，但看人眼光還真是挺準的。

許久，他的嘴角終於泛起一絲淡淡的笑意。

餐桌上那點不爽，瞬間一掃而空。

有什麼比伊人尚獨身，更讓他開心的呢？

曹子崢被人叫去喝酒，蘇漾沒有跟進去，而是拿了車鑰匙，準備去停車場等他。

一個人走出農家菜館，剛一跨出院落的門檻，就看見顧熠一個人坐在外面的石階上，手肘撐在膝蓋上，臉整個朝下，一動不動。

他一個人坐在那裡，背影看上去有些寂寥，想到他方才一個人喝了那麼多白酒，蘇漾就忍不住皺了皺眉。

她從石階上下去，走遠了幾步，想想又覺得不管有點太殘忍。畢竟人家剛剛請自己吃飯，總不能放任他醉死了也不管。

腳步停在顧熠前面，低頭看著他頭頂的髮旋，緊抿著雙唇，最後用手推了推他的肩膀。

「喂，醉死了嗎？」

顧熠許久才怔忡地抬起頭，眼睛通紅，身上濃重的酒氣讓蘇漾嫌棄地瞪了他一眼。

「能不能走？」蘇漾問。

顧熠反應有些遲鈍，抬頭看著蘇漾，半天沒有說話，許久，正當蘇漾考慮要不要叫人的時候，他突然微微偏頭，用深情的目光看著她。

薄唇輕啟，聲音輾轉：「蘇漾。」

不過是輕輕叫了一聲她的名字，她就忍不住微微一怔。

「我先扶你起來。」蘇漾不回應顧熠深情的呼喚，只是繞到顧熠身邊，試圖將他從臺階上拉起來。

顧熠個子高，體重也不輕，靠在蘇漾身上，蘇漾幾乎站不穩，用盡了全身的力氣，才讓他搖搖晃晃地站起身。

顧熠的一隻手臂搭在蘇漾肩膀上，大半的重量都壓在她身上，整個人幾乎是抱著她。

這種緊密的接觸讓蘇漾有些不適，忍不住把他往旁邊推了推，誰知他就跟八爪章魚一樣，吸附在蘇漾身上，甩都甩不開。

顧熠身上的酒氣籠罩著她，她只能在心裡對自己說：他醉了，忍住，打醉鬼是違法的。

顧熠的手緊緊圈著蘇漾的脖子，胸膛貼著蘇漾的半邊身體。

他的聲音帶著幾分酒醉的低啞，湊在蘇漾耳邊問：「我是不是心跳得很快？」

熱氣吹拂在蘇漾耳朵上，蘇漾整個人一怔。

不等蘇漾反應過來，顧熠又說：「是為妳而跳的。」

蘇漾的臉像燒紅了一樣，嘴上卻是凶巴巴的：「神經病，喝多了吧。」

和一個醉鬼也沒辦法計較，蘇漾只能這麼任由顧熠抱著，時不時還要胡言亂語幾句，而她用盡全身的力量，吃力地將他往臺階下帶，一邊走一邊碎碎念：「那個專案經理呢？怎麼不見了？」

說曹操，曹操就到。

專案經理見顧熠和蘇漾抱在一處，姿態親暱，眼睛瞪得像銅鈴一樣大。

「這這這……」專案經理指著他們二人，結結巴巴幾乎說不出話，「顧工這是怎麼了？」

蘇漾吃力地把他往經理的方向移：「喝多了。」

「蛤？」專案經理有些難以置信，「顧工不是一向酒量超群，千杯不醉嗎？」

蘇漾看了顧熠一眼：「可能是白酒濃度太高吧。」

專案經理看著眼前混亂的情況，忍不住有些煩惱：「這下怎麼辦，林工有緊急的事找他，電話都打到我這裡來了。」

蘇漾也顧不了這麼多，只想趕快甩掉這燙手山芋。她直接將重得要命的顧熠掛到專案經理身上。

專案經理也有點趕時間，扶著顧熠走向停車場：「蘇博士，那我們先走了，再見。」

「嗯。」

專案經理扶著顧熠走了幾步，轉彎進入停車場。顧熠忽然從專案經理肩膀上移開，整理了一下被扶來扶去弄亂的襯衫，清醒地問專案經理：「林鋮鈞有什麼事？」

專案經理看到顧熠瞬間轉變的兩副面孔，驚呆了，張大了嘴，半天才反應過來：「您……沒醉啊？」

顧熠皺眉：「他找我有什麼事？」

「林工沒說，只叫您回電話給他。」

「嗯。」說著，顧熠伸手進口袋裡找手機，上下左右翻了一遍，手機竟然不在，「可能是放在吃飯的桌子上了。」

專案經理看著顧熠，自告奮勇：「我幫您去拿吧。」

「不必了。」

說話間，兩人身後突然傳來嘲弄的聲音。

顧熠回頭，就看到蘇漾站在花壇上，雙手環胸，氣質高傲如同女王。

顧熠心裡突突一跳。

蘇漾輕輕從花壇上跳下來。她一隻手叉著腰，一隻手晃了晃顧熠的手機：「找這個？」

顧熠不敢回答，只是緊張地追上蘇漾：「蘇漾……」

顧熠剛走過去，還沒靠近，蘇漾已經一腳毫不客氣地踢在顧熠的小腿上。

顧熠因為這突如其來的襲擊，痛得彎下了腰。

蘇漾緊皺著眉頭，眸中帶著幾分凶狠。

「顧熠，你真的很無聊。」

說著，蘇漾想也不想，直接把顧熠的手機丟進路邊的垃圾桶。

回到X城，蘇漾趕去和石媛一起吃晚餐。

石媛選的是一間很高級的餐廳。洛可可式裝修風格，紛繁瑣細，細膩精巧，牆上壁燈都精緻得彷彿值得收藏的藝術品。為了追求整體性，連角落用來放植物的檯子也是法式風格，漩渦狀曲線紋飾蜿蜒環繞。

餐桌上，石媛一直嘰嘰喳喳說個不停，蘇漾則一直有些心不在焉。

天氣本就悶熱，石媛見她那副樣子，關心道：「怎麼了？怎麼不說話？中暑了？」

蘇漾攪了攪面前的解暑青菜湯，沒有抬頭：「沒什麼。」

石媛對蘇漾還是有幾分了解：「是不是顧熠？」

蘇漾看了石媛一眼，隨口說起顧熠白天幼稚到極點的舉動，口氣不免有些被耍的氣憤。

石媛聽完，哈哈大笑：「我倒覺得顧熠的表現還挺正常的。」

蘇漾詫異：「哪裡正常？」

「那他能怎麼辦？妳理都不理他，只能耍爛招了。」石媛笑，「不是有句話說，烈女怕纏郎嗎？」

蘇漾皺眉看著石媛，很認真地說：「我不需要他這樣，我不理他，是因為確實不想和他再有什麼牽扯。」

「如果妳真的不想和他有什麼牽扯，最快的辦法，就是真的找個男朋友。」石媛說，「等妳結婚了，他就是再厚臉皮，也不會來纏著妳了。」

石媛的言語犀利，其中透露的意思是，蘇漾不該給顧熠任何機會。蘇漾沉默了片刻，緩緩道：「我不是沒想過，只是一直沒遇到合適的人。」

「怎麼樣才叫合適呢？」石媛挑眉，「蘇漾，妳馬上就要二十七歲了，就算不為結婚，也該找個男朋友試試。我都分了三個了，妳至今還未開張。」

「我覺得愛情和建築設計一樣，應該重質不重量，我想找的，是和我思想契合的靈魂伴侶。」蘇漾說起這個話題，語氣都嚴肅了幾分，「如果到了什麼年紀就該做什麼事，那是不是到了平均壽命就該去死？石媛，妳這麼想才是不對的。」

「算了算了。」石媛無奈地擺手，「我說不過妳，讀了博士就是不一樣，能言善道。」

石媛也舀了一碗湯，用調羹攪動著降溫。

「那曹子崢呢？」石媛說，「他比妳大一些，包容，穩重，和妳在建築上的理念也很契合。這四年多，一直都是他在照顧妳，成就妳，為什麼他也不行？」

提及曹子崢，蘇漾抿了抿唇，許久沒有說話，想起白天發生的一場意外。

下午回到X城之前，他們在離開雲慶村的必經之路上遇到塞車。

雲慶村因為亞博會帶來商機無限，吸引了許多投資者，也讓原本淳樸踏實的村民跟著有些蠢蠢欲動。

不寬的路面上，好多車排成長龍，幾乎動彈不得。

塞車的原因是村口大道旁的一戶人家打架打到路上了，好幾十人圍觀，將那唯一的道路堵住了。

蘇漾的車在很前面，蘇漾和曹子崢晚上都還有事，不得已一起下了車，去察看情況。

烈日炎炎，塵土飛揚，本就心浮氣躁，看到有人打架，心情更是沉重。

打架的是一對中年夫妻，兩人因為重建專案的賠償金分配發生衝突，二十年的夫妻大打出手。不，應該說是那個丈夫一直在單方面毆打妻子。

蘇漾從小在城裡長大，遇到的都是溫文爾雅的男人，從來沒有見過這種說打就打的粗俗派，聽到那個妻子淒厲的慘叫聲，令人詫異的是，在場的男男女女竟然沒有一個人上去幫忙。

蘇漾的血液迅速從腳底竄到頭頂，那股與生俱來的正義感，讓她忍不住推開身前的圍觀群眾。就在她要奮勇上前之際，肩膀被身後的曹子崢抓住。

蘇漾詫異地回過頭，曹子崢一臉嚴肅，「別去。」他的神情很冷靜，「夫妻之間的事不要管，管不好，會惹得一身麻煩。」

說著，他將蘇漾往身邊一拉，將她護在安全的範圍內。

蘇漾被他阻止，眉頭皺了皺。

也許曹子崢是為她好，但她從小到大受的教育讓她無法袖手旁觀，她剛掙脫曹子崢的手，耳邊就傳來一陣嘈雜聲。

蘇漾循聲看去，顧熠已經擠過人群，不等那個男人反應過來，一把將男人抓起來，往後一推，那男人險些摔倒。

那男人氣勢洶洶，眼睛血紅，撲上去就要揍顧熠。

顧熠人高馬大，長年健身，不等男人撲上來，一拳已經打在男人的下巴上，打得那個男人澈底懵住了。

半晌，摀著痛得要命的下巴，驚恐地往後退了一步。

「你他媽哪來的？」

顧熠皺著眉，低頭看向那個男人，警告意味十足。

「痛嗎？」顧熠的聲音帶著路見不平的氣憤，「你打在女人身上的拳頭，就有這麼重。」

在高大的顧熠面前，那個態度狂傲的男人就像一隻對人狂吠的博美，聲音大，不嚇人。

「我們夫妻的事，要你管閒事？老子愛打老婆，你能拿我怎麼樣？」

顧熠握緊了拳頭，蘇漾看到他指節都已泛白，不難想像此刻他多麼生氣。

「夫妻就可以隨便打嗎？那我要是你爸，是不是可以直接把你打死？」顧熠往前踏了一步，「今天這個閒事我管定了。你喜歡以強欺弱，那我就讓你看看，什麼叫以強欺弱！」

站在圍觀的人群裡，蘇漾沉默了許久沒有說話。

她不得不承認，那一刻，她對顧熠沒那麼反感了，甚至，帶著幾分欣賞。

曹子崢是好，溫文爾雅，活得像世外仙人。與他相比，不管她怎麼用學術包裝自己，她永遠只是個俗人。

他的明哲保身沒有錯，他阻止蘇漾也沒有錯。蘇漾畢竟是女人，她衝上去也許也改變不了什麼。但就像很多年前，對皎月村的案子一樣，蘇漾問顧熠，他們做的一切，真的可以挽救這個快要消失的鄉村嗎？

顧熠回答她：「做點什麼，總比什麼都不做要好。」

對蘇漾來說，這件事也一樣。也許她上去也幫不了那個女人什麼，可是，做點什麼，總比不做要好。

她以前會為顧熠悸動，正是因為顧熠和她一樣，尚有一腔熱血。

蘇漾抬起頭看著石媛，許久，她才淡淡說道：「曹子崢確實好，但是這近五年來，他從來沒有對我表達過戀愛的意願。」

「真的假的？」石媛沒想到事情是這樣，「我一直以為是他追妳，妳沒有答應。」

蘇漾搖頭，「他不會做那種看不到結果的事，我沒有那個意思，他看得出來，所以他連說都不會說。曹子崢很理性，他不是那種會被愛沖昏頭的人。」她頓了頓，「妳說這麼多年，我好像變了一個人。其實，我的固執從來都沒有變。我已經一個人過了這麼多年，從來沒有著急過，甚至也已經做好了適合我的那個人永遠不會出現的準備。我一個人也可以過得很好，所以我不在乎其他人的眼光。」

蘇漾一字一頓地說：「這幾年我唯一想通的一點，就是這個世界上還有很多事可以做，愛情絕對不是全部。我不需要為了從眾，隨便拉一個在一起。」

石媛沉默，鄭重地問她：「妳以前明明喜歡過顧熠，我不信妳一點感覺都沒有。」

「也許是有吧。」蘇漾拿出瓷湯匙，放在餐盤上，「是他讓我發現自己的價值，原來我這麼適合做建築師。」

「所以呢？」

「成為建築師讓人這麼有成就感，比和男人談戀愛有趣多了。」蘇漾笑，以玩笑的口吻說，「顧熠，OUT！」

石媛回N城之前，勸了蘇漾很久，希望她博士畢業後回N城。

蘇漾心裡也明白，N城的建築業遠比X城蓬勃。N城擁有百所建築設計院，是近代建築新思潮的發源地，培養了許多國內建築業的中堅。

石媛和顧熠的出現確實讓她動搖，畢竟N城是她的家鄉，但她最終還是沒有下定決心。石媛走後，蘇漾專注在雲慶村的改建上。建築設計有一種神奇的魔力，能讓她屏除雜念，變得純粹而簡單。

雲慶村的案例館專案，遠比蘇漾想像得更為艱難。案例館專案需要趕工，因為工期很短，而規劃方面，甲方覺得曹子崢的團隊不能做那麼大的建築群，所以將村莊的改建項目給了X城的建築三院。就風格統一而言，這當然行不通。但是在現實生活裡，作為乙方，沒有那麼多發言權，曹子崢最終還是接受了。蘇漾雖然對此頗有微詞，但還是尊重曹子崢的決定。

蘇漾和曹子崢第二次去雲慶村的時候，村委會裡擺了一個大沙盤，沙盤裡是建築三院做的新規劃，一整片美式新別墅，預備在亞博會的雲慶案例館開館後，租給遊客居住。

這種簡單粗暴的方式，讓蘇漾皺眉。看著那個大沙盤，蘇漾知道，很多事情已經無法挽回。蘇漾原本構想的雲慶館方案全部被推翻。不過，比起幾年前簡單直接、不懂轉圜的蘇漾，現在的她靈活許多，每當一種方案行不通，她便會迅速構建另一種方案。

曹子崢站在沙盤前，和蘇漾討論：「我們要的雲慶館，應該是新鄉村模式中的一個『構建單位』，亞博會提供的地塊尺寸是二十公尺長，五十公尺寬，高度在二十公尺以下。」

「不需要，按照三層最高的社會理論，十三公尺就足夠了，每棟以長向牆為界，共用或間隔一兩公尺，土地高度集約。每棟三層，底層為家庭工廠，商鋪、倉庫，上兩層連串院落，住三代人，約四戶，十餘人。」蘇漾拿著本子寫寫畫畫，頭也沒抬，「盡可能做生態種植，植被覆蓋百分之五十以上的建築屋面，可以進行一系列變體，靈活性強。」

聽著蘇漾平靜且專業地講述關於方案的想法，曹子崢完全沒有打岔，只是欣慰地看著她。

「我覺得，妳已經要超過我這個老師了。」

聽曹子崢突然這麼說，蘇漾停下手中的筆，抬起頭看了他一眼，笑著問：「怎麼突然這麼說？」

「沒什麼。」曹子崢眼中閃過一絲感慨，「幾年前，妳失魂落魄地投入我門下，當時我就在想，我能不能讓妳重新振作起來。」

想到當初那個陰差陽錯的決定，蘇漾也覺得或許真是冥冥之中自有安排。

「感謝曹教授，我重新振作起來了。」

曹子崢沉默了幾秒，最後抬起頭，久久凝視著蘇漾：「其實這幾年，說不上是我成就了妳，還是妳成就了我。妳的想法比我多，也非常用功。」

「沒有你的正面引導，沒有今天的我。」

蘇漾的態度始終謙遜，曹子崢沒有再和她講場面話，只是認真地問她：「妳的博士論文已經進入發表階段，妳應該收到通知了。」

「嗯。」蘇漾對於這個結果並不意外。

「院長要我問妳，願不願意留下來任教。」他頓了頓，又說，「妳馬上要畢業了，妳的未來妳自己選擇，我不會逼迫妳，只是院長希望我轉達，我不好拒絕。」

博士畢業在即，說真的，蘇漾還沒有想好何去何從。她回望曹子崢，誠實地說：「說真的，我還沒想好。」

「沒關係，妳還有時間想。」

關於博士畢業之後的職業生涯，蘇漾並沒有很明確的規劃。按照規定，博士畢業後可以直接報考一級註冊建築師，她唯一的計畫，就是先考上再說。此刻最讓蘇漾操心的，就只有雲慶館的專案。

蘇漾的方案，是用最簡單的方正形體，簡潔平靜，把震撼人心的東西都隱藏在建築內部。尤其是在建築三院按照要求做了那一系列純商業的破壞性建築之後，雲慶村的案例館，更要在喧囂之中，取那一絲不可忽視的平靜。

她選取東方山水畫為元素，濃蔭風中有聲，其下有水，取山洞上可見山巒，山巒之上大樹參天的整體風格。

因為工期太短，蘇漾許多環保設計沒辦法實現，這讓她十分遺憾。對於長官們的要求，蘇漾盡可能順從，唯獨在選材上，蘇漾一反常態，堅持她的意見，甚至在言語上與上級發生衝突。

長官們極力反對只用瓦爿牆，要求蘇漾必須加入竹模混凝土，被蘇漾強勢地拒絕。

作為學院裡的設計師，蘇漾並沒有那麼受尊重，尤其在目前的大環境下，長官顯然更有發言權。

曹子崢進入學院後遇到很多次這樣的情況，處理起來也更有經驗。

在激烈的會議之後，曹子崢把蘇漾叫到會議室外。

關上會議室的門，也隔絕了劍拔弩張的氣氛。

原本想教育一下蘇漾，可是當他把門一關上，視線剛落在蘇漾身上，就看見蘇漾因為氣憤而發紅的眼眶。

依舊是那麼倔強的表情。

那些準備好的說詞都有些說不出口了。

「妳應該知道，我要跟妳說什麼。」

蘇漾撇開頭，依舊不願意屈從：「這是我不能同意的事。」

「他們要的是結果，案例館只是亞博會期間用來參觀的建築，對長官們來說，更重要的是建三院規劃的商業別墅帶來的經濟效應。」曹子崢微微皺眉，「和不懂的人解釋很累，而且他們比妳想像的更固執。」

蘇漾抬起頭，不甘心地凝視著曹子崢，許久，她終於冷靜下來，緩緩對他說，「曹工，你做這一行這麼久，研究這麼久，我深信你是熱愛建築的人。那麼你應該懂，建築是有語言的，如果喉舌被人扼住，對於設計師來說，是多麼悲哀的一件事。」她挺直了背脊，依舊是那副不服輸的樣子，「對不起，我不能妥協。」

對於蘇漾的話，曹子崢竟然想不出一句話來反駁。

這麼多年一起共事，他對蘇漾幾乎毫無保留，傾囊相授，那是他對一個建築新秀的愛護之心。

他總是希望蘇漾能更圓滑，但是又矛盾地想保護她的稜角。

因為這個行業裡，已經有太多圓滑的人，他們最終都只能成為籍籍無名的普通建築師。相反的，那些站在金字塔頂端的人，反而各有脾氣。當年他出頭，也不是因為他的順從，而是他不同流合汙。

看著眼前一臉堅持的蘇漾，腦海中想起那個男人離開X城的時候，和他的對話。

他永遠那麼沒禮貌，自大狂妄，霸道又目中無人，常常讓人想揍他。

他說：「讓蘇漾回到我身邊來，只有我能讓她發揮百分之百的潛力。」

曹子崢想，也許，他是對的。

曹子崢沉默了一下，最後輕嘆一口氣，問蘇漾：「N城的東城要進行老城改造，有意邀請我。據我所知，你們家的老房子也在其中。這個案子妳有興趣嗎？」

提起N城的老房子，說內心完全沒有波瀾那是假的，畢竟是父親親自設計建造的房子，是蘇漾從小到大全部的記憶。

想起幾年前顧熠還跟著開發商去考察，蘇漾皺眉：「那不是顧熠的專案嗎？」

「找我的是甲方。」曹子崢說，「這個專案拖了很多年，應該是有變動了吧。」

蘇漾思及他突然轉換話題的用意，幽幽抬起頭，質問道：「你現在突然要我去N城，是不是希望我退出雲慶館？」

「我不會要妳退出任何妳想參與的專案。」曹子崢抿了抿脣，「我只是覺得，東城的那個改建，妳應該更想去。」

許久，蘇漾說：「我考慮一下。」

在X城待了四年，如今要離開，蘇漾還有種不真實感。

看著舷窗外來來往往的接駁車，遠處一架一架有序起飛的鐵鳥，蘇漾終於意識到她是真的要離開X城，回N城了。

意識到的瞬間，蘇漾眼眶倏地泛紅，眼前彷彿隔了一片朦朧的水氣。

空服員從座位最前排開始提醒大家關閉手機，蘇漾在關機前，打了最後一通電話給蘇媽，告訴她班機資訊和起降時間。

電話那端，蘇媽的聲音明顯在顫抖。

思考了一週，蘇漾還是下了這個決定。

在決定之前，她回了一趟家，這幾年蘇媽已經習慣X城的生活，還找到新的牌友，女兒回家，她依舊是那麼熱情。

母女倆坐在一起吃飯，蘇媽做得都是蘇漾喜歡吃的菜。

沒有開電視，蘇媽照例問起蘇漾的近況，蘇漾不勝其煩，已經到了充耳不聞的地步。

見蘇漾沒什麼反應，蘇媽嘆了一口氣：「女大不由媽啊。」

蘇漾吃著飯，臉上沒什麼表情，輕描淡寫地和蘇媽說起曹子崢提出的選擇：「現在有個改建專案要我去，N城，東城改造。」

聽到這個地名，蘇媽也是一愣。

「我們家也在其中。」

蘇媽聽到這裡，放下筷子：「妳自己有什麼打算？是一直待在X城，在X建大任教？」

「不知道。」蘇漾說，「學校有很多限制，但學校也相對單純。」

蘇媽看了蘇漾一眼，欲言又止：「妳自己決定的吧，我知道妳有主見。」

蘇漾知道蘇媽是說她沒有去美國的那件事，忍不住皺眉：「都過去多久了。」

「哎，妳和妳爸爸太像了，當年妳奶奶騙他，說張泳羲已經回老家了，他依然放棄去國外的機會，死也要去她老家找她。」蘇媽說起過去，忍不住哽咽，「我當初也是希望妳可以過上正常的生活，以後有一番事業。和顧熠在一起，如果有一天你們的關係被人知道了，我怕妳會很難做。」

「媽……」

「顧熠是個好孩子，是我們逼他的……」蘇媽嘆息，「當年真是我錯了，早知道妳那麼倔強，怎麼樣都不去，我們也不會……」

聽著蘇媽碎念，蘇漾也很無奈：「都過去了，一直說這些幹什麼？」

「我也不想說，可是蘇漾，我想問問妳，既然都過去了，為什麼妳不肯回N城？」

蘇漾看著滿桌菜肴，眼神有些憂傷：「那是因為，我現在，在N城已經沒有家了。」

蘇媽看著蘇漾，眼神一如這二十幾年的堅定。

「沒有了，那就再建一個。」

關掉手機，飛機起飛，穿過雲層。

蘇漾很感激蘇媽，每當她徬徨無助的時候，總是被她一語點醒。

能下定決心回N城，也是因為蘇媽的那句話。

是啊，如果一切都沒有了，那就從零開始努力吧。

想起蘇媽無所畏懼的笑容，她覺得自己骨子裡實在像她。

蘇漾知道自己的身世以後，從來沒有問過，爸爸究竟有沒有愛過蘇媽。

蘇媽說起父親，言詞間總是缺乏自信，就像她視爸爸為白月光一樣，她認為張泳羲對爸爸來說，也是白月光一樣的存在。

但是蘇漾覺得，爸爸一定愛過蘇媽。

也許她沒有那麼高的學問，才華有限，可是她才是最懂父親夢想的人。

那個和父親志同道合的張泳羲，最終放棄了做建築設計，可是完全不懂建築的蘇媽，不僅像對待傳家之寶一樣保留了父親的一切，還含辛茹苦地把蘇漾培養成人。

她明明是一個，很值得愛的人嘛。

兩個小時後，飛機降落。

從接駁車上下來，踏上N城的土地，那種奇妙的熟悉感，讓蘇漾的心情變得十分複雜，又隱隱帶著喜悅。

就像一場曠日廢時的戰爭，蘇漾和自己對打了許多年。

如今終於分出了勝負。

她戰勝了過去，贏了自己。

N城，她蘇漾，回來了！

走出出口，蘇漾在接機的人群中找著自己的名字，很奇怪，沒有一個人舉的牌子上寫著她的名字。

打開手機，正要查找曹子崢發來的連絡人電話，一道熟悉的身影，就從南側走了過來，不等蘇漾轉身，他已經停在蘇漾面前。

高高的個子，如一道陰影，擋住蘇漾面前的光，蘇漾被迫抬頭看他。

濃濃的眉毛，難得溫和的眼神，薄薄的嘴唇，五官和表情，都是熟悉又陌生。

時光洗洗刷刷，彷彿一切別來無恙。

「等很久了吧？」那人理了理有些凌亂的衣領，身上還帶著外面的暑氣，一臉抱歉地解釋，「路上塞車，塞了一個多小時。」

語氣是那樣自然。

蘇漾推著自己不大的行李箱，怔怔抬頭看著眼前的男人，覺得這一切荒謬極了。

「你怎麼知道我今天到？」蘇漾的表情迅速嚴肅起來，「你買通我媽了？」

「我肯定知道啊。」顧熠嘴脣動了動，一臉理所當然，「我是來接機的。」

「怎麼可能？」蘇漾皺眉，拿出手機，撥通了曹子崢給的電話，「和我接洽的是甲方，已經約好了時間。」

電話剛接通，顧熠的手機就響了起來。

叮鈴鈴的聲音，讓蘇漾舉著手機瞬間一怔。

顧熠拿出手機，對蘇漾晃了晃：「我說了，我是來接機的。」

「你換了號碼？」

「記性不錯。」顧熠有些意外，意味深長地看著蘇漾，「不過，我其實有兩支手機。」

蘇漾被他看得有些心虛，移開視線：「怎麼會這樣？說好是甲方的人接待，會派一個很負責的人。」

「我就是甲方，恆洋集團也參與開發。」恆洋是顧熠父親的公司，顧熠參加，自然也合情合理。關於蘇漾的質疑，顧熠聳肩，「我相信沒人比我還負責。」他微微低頭，湊近蘇漾，在她耳畔輕聲說，「我能負責一輩子。」

「……」

蘇漾是來工作的，她怎麼也沒想到曹子崢竟然準備了這麼一個大坑，氣得銀牙直咬。

她抬頭瞪著顧熠：「我警告你，你不要想太多，我只是來做專案的。」

「嗯哼。」顧熠不置可否的態度，讓蘇漾有種一拳打在棉花上的感覺。

跟著顧熠走到停車場，顧熠把蘇漾的行李放進後車廂。

蘇漾氣呼呼地坐在後座，顧熠繞到車前，發現蘇漾沒有坐副駕駛座，也不堅持，只是哼著歌上車。

「送我到住處，你就可以走了。」蘇漾說。

蘇漾萬萬沒想到，除了接機的人是顧熠以外，更坑人的是顧熠安排的住處。

從機場開到市區花了一個多小時，當車停在那個熟悉的停車場時，蘇漾憋了一路的脾氣終於爆發了。

她雙手環胸，拒絕下車，只是瞪著眼睛，忍無可忍地質問顧熠。

「為什麼把車開到你家？」

對此，顧熠倒是很理直氣壯。他背靠著座椅，很理所當然地說：「我覺得，N城沒有一家飯店式公寓能比我家好，而且這裡還附帶管家。」

他從後照鏡與蘇漾對視，微微挑眉：「就是鄙人我。」

聽著他那些胡言亂語的話，蘇漾也有些火了。想不到多年不見，他修練出更厚的臉皮。

她繃著臉，很認真地問他：「你難道不知道我和曹子崢的關係？」

「知道啊。」顧熠笑了笑，「同事關係。」

「你……」不知道他從哪裡知道了，蘇漾有些氣自己。早知道會被他這麼糾纏，不如談他十個八個男朋友。

蘇漾抬起頭，沒好氣地說：「就算不是他，也輪不到你。」

說完，開了車門就下車，行李都不要了。

「我逗妳的。」顧熠伸長脖子，對氣急敗壞的蘇漾說，「妳有單獨的住處，上車。」

「……」

顧熠的車一路往東，最後停在蘇漾的老家門口，蘇漾一瞬間有種時空交錯的不真實感。

顧熠打開車門下車，繞到後車廂將蘇漾的行李拿下來，推到院門口，蘇漾已經站在那裡。

「本來想試探妳一下，要是妳不反對，就和我一起住的。」顧熠說完，輕嘆了一口氣。

「你想得美。」蘇漾白了他一眼。

「猜到妳會是這種反應，所以有備案。」

顧熠拿出庭院的鑰匙，從容地打開那扇古樸的大門。

「我想了很久，要安排妳住哪裡，最後想想，這裡應該是妳回N城，最想住的地方吧。」

緩緩推開院門，撲面而來帶著點點塵埃的味道，蘇漾眼眶瞬間就紅了。

當初簽下拆遷協議，蘇漾根本沒想到，這房子不僅沒拆，還完整地保留了下來。

蘇漾的聲音有些哽咽：「你們居然沒拆？」

顧熠走在蘇漾前面，聽見蘇漾的聲音，腳下頓了頓，許久，他回過頭來，定定看著她，緩慢地說道：「我怕拆了這裡，有一天，妳回來了，會哭。」

這一刻，蘇漾仰視顧熠，情緒有些微激動。她輕輕吸了一口氣，終於恢復平靜。

他的聲線在這靜謐的夜晚喑啞而低沉，溫柔如水，無聲流過她的心田，讓她早已乾涸龜裂的心田重新恢復幾分生機。

想到他說的話，做的事，蘇漾的心情變得有些複雜。

「開發商怎麼會同意？」

剛才沿路開過來，當初密集而混亂的老城已經清拆一空，只留下蘇漾的家，以及幾棟歷史久遠、極具特色的二進宅院。地批下來是有使用年限的，一直沒有處理完畢，就經濟層面來說，絕對是巨大的損失。

「拆了五年，已經損失很大了，與其趕工，不如做全新的規劃，爭取更大的經濟效益。」顧熠說著，眸中閃爍自信的光芒，他從來不打沒有準備的仗，「我把妳家留下來，作為中心指揮部。」

「你有什麼想法？」

顧熠微笑地看著蘇漾有些疑惑的表情，始終不疾不徐：「妳去過H城的一八六二嗎？或者T城的東圓里？」

「你是說，不做住宅，而是建成城市中央文化區？」

「住宅當然要做，只是不是全部。以妳家為中心，建築建得有特色，規模做大，引進大量文化品牌，包括世界頂級的表演劇場，室內電影文化公園或者歷史文化博覽館等等。」

「你想在東城，改建出一個新文化景點？」

「文化景點周圍的住宅，自然比單純的住宅，價格更好申請。」

蘇漾聽著顧熠的計畫，只覺得真是無奸不商。

「你心眼還真多。」

顧熠笑：「妳是夢幻主義建築師，所以對現實主義都很抗拒。」

「所以，你是現實主義嗎？」

顧熠搖頭，調侃道：「我是魔幻主義。」

看著蘇漾秀眉緊鎖的樣子，顧熠輕輕咳了一聲：「喂，我為了把妳家留下來，可是花了很多功夫。妳就沒什麼表示嗎？」

蘇漾看著他，神情複雜：「我怎麼覺得，你現在的規劃，比以前賺得更多？」

「那不重要。」顧熠說，「重要的是，我覺得妳應該報答我。」

「呿。」

蘇漾聽完顧熠的計畫，原本的感動、熱枕都瞬間煙消雲散。

拖著自己的行李箱，蘇漾進了屋：「你早點回去吧。」

顧熠挑眉：「過河拆橋？」

蘇漾果斷點頭：「對。」

時隔近五年，終於等到她回N城。看著她往屋內走去，顧熠最後還是聽從本能，不再克制，從背後將蘇漾緊緊拖進懷中。

身體的貼近，是男女之間一種很奇妙的化學反應，具有化冰為水的力量。溫暖的體溫貼近，皮膚的觸碰，好像感受到彼此的血脈跳動，靈魂在那一刻猝不及防地靠近。

顧熠的雙手緊緊圈住蘇漾的雙臂，蘇漾一時沒反應過來，只是微微一怔。

趁她還在發愣，顧熠把頭靠在她的右肩上，感慨萬千地說：「妳回來了，真好。」

顧熠溫熱的呼吸拂在蘇漾耳後，蘇漾身上忍不住起了雞皮疙瘩，連反抗都忘了。

「我很後悔當初放妳走。」顧熠自嘲，「這年頭，找到一個看對眼的女人太不容易。」

站在緊閉的院門前，顧熠的腳還有些痛。

蘇漾這小丫頭，任何時候對他都毫不客氣，即便如此，他還是覺得慶幸，慶幸她回來了，慶幸她還是單身，慶幸她變得這樣優秀。

許久，他臉上的輕鬆笑意終於漸漸斂去。

蘇漾不知道，他輕描淡寫的那些規劃，是他用了好幾年的時間才說服開發商團隊。為了拿批文，談合作，他數不清自己費了多少功夫。

他甚至不惜回家，求他不願意求的父親。若不是恆洋的合作注資，一切不可能成形。也因此，父親強勢要求他代表恆洋，以甲方的身分介入這個專案，這是他向父親妥協的標誌。

所以，這從來不是蘇漾想像的，那麼簡單的一個工程。

幾年前，他放她走，是希望能成就更好的她，而她似乎對此並不理解。

她放棄了去美國的機會，躲在X建大，在曹子崢手下一路深造。

今天的她，也一樣發展得很好。

也許就像林鉞鈞所說，他的很多決定，實在很傻。

他做任何決定，都是以「給她最好的東西」為原則，沒有辦法提前去評估對或者不對。

就像他拚盡一切留住這個院子一樣，他只是想為蘇漾留住一點點美好的記憶。

也許是有些愚蠢吧。

聽到顧熠開車離開的聲音，蘇漾才轉身離開緊閉的院門。手臂上似乎還殘留顧熠的體溫，在這微熱的夏夜，帶著點黏膩的感覺。耳畔不斷迴響的是他軟化的語氣。

他對她說「對不起」，以顧熠倨傲的性格，幾乎不可能說出這樣的話，可是他對她說了。即便什麼都不解釋，她也能懂，他是在說五年前讓她失望的決定。

蘇漾走在熟悉的庭院地磚上，一步一步前行，處處充滿著熟悉的味道，連院中小池塘裡的魚都與多年前相差無幾，顧自優游，無憂無慮。

拆遷之後，顧熠改了水管和電路，為這幾座零星保留的院子延續生機。

蘇漾不得不承認，她很感激顧熠的用心。因為這個院子，承載的，是她從小到大，所有的記憶，對她的意義非比尋常。

她自己也不明白，為什麼連對他說一句「謝謝」，都那樣難以啟齒。

屋內的家具，當初她們沒有搬走，顧熠就全數保留下來。

蘇媽唯一在乎的，只有爸爸的書和作品集、手稿等等，打包了整整一車，全部運到城外的蘇家老宅，由堂哥的爸媽——蘇漾的大伯、大伯母幫忙保管。

時隔近五年，回到自己的床上睡覺，蘇漾竟輾轉難眠，最後拿出手機，撥通了曹子崢的電話。

似乎早有預料蘇漾會打電話給他，曹子崢並沒有睡，聲音一如平時清醒。

蘇漾沒有太多迂迴，直捷了當地問他：「為什麼這麼做？」

明知這是顧熠的案子，明知她一直避著顧熠，為什麼還把她「騙」到顧熠身邊？

曹子崢不知道在做什麼，另一端傳來刷刷的聲音，似乎是風聲。

過去良久，曹子崢以溫和的聲音說：『我只是覺得，也許一切還沒有完。』

「你指的是什麼？」

『妳的初心。』

蘇漾聽到這四個字，愣了一下，重複了一遍，「我的初心？」說完，蘇漾自己都覺得有些迷惘，「我自己都不記得了，我的初心是什麼？」

『妳會想起來的，在我身邊，那個刻意壓抑的妳，並不是真正的妳。』曹子崢頓了頓，最後說道，『蘇漾，找回妳的初心，做妳想做的事。這就是我要妳回N城的原因。』

「找回初心，然後呢？」

曹子崢在電話那端輕笑，帶著幾分驕傲：『蘇漾，累積了那麼久，該起飛了。』

蘇漾回N城的第一天，顧熠沒有急著讓她開始工作，而是帶她回Gamma，和以前的同事見見面，熟悉熟悉。

近五年過去，Gamma的規模增大了一倍，在同一棟辦公大樓裡，又多租了一層作為辦公區域。

顧熠的辦公室從原本的樓層向上搬了一層。

他辦公室裡仍有一個大魚缸，只是換了全新的設計，不再是以前那種老派風格，而是像一塊有氣泡的乳酪，方正的外形裡，有很多縱橫交錯的玻璃管道，粗細不一，形狀不一，完全概念風格的設計。

見蘇漾一直盯著那個魚缸，顧熠打趣道：「現在的魚缸，妳掉不進去了。」

顧熠的話，讓蘇漾不由想起最初認識顧熠的時候，兩人總是爭鋒相對，他還故意惡整蘇漾，害她狼狽地掉進魚缸裡，過往的記憶歷歷在目。

很奇怪，當初的氣憤早就煙消雲散，現在回憶起來，竟還覺得有些逗趣。

「你是不是嫌你不夠討人厭？」蘇漾抬起頭看了顧熠一眼，故意用很嫌棄的口吻說。

顧熠認真地看著她，許久才說：「我只是怕妳把我忘了。」

蘇漾心頭微顫。

當年的團隊如今還在Gamma，很奇怪，和顧熠共事的人很少中途跳槽。除了當初的團隊，又加入了不少新血，蘇漾一路逛下來，看到許多生面孔。Gamma的光棍團隊加入了不少女性力量，這是蘇漾意外的發現。

她以前一直覺得顧熠有仇女症。

顧熠帶她轉了一層，還沒回到蘇漾以前待的專案組，他就臨時有急事得去會議室處理，要蘇漾回他辦公室等待。

一個人坐在顧熠的辦公室裡，蘇漾也有些不自在，一下站著，一下坐著，等了許久，顧熠都沒有回來。

蘇漾看了一眼時間，剛拿出手機，顧熠辦公室的座機就響了起來。

「鈴鈴鈴——鈴鈴鈴——」

一聲急過一聲的鈴聲催促，蘇漾只好把電話接起來。

「喂。」

蘇漾的聲音讓電話另一頭的人一怔，半天沒有說話。

蘇漾有些詫異：「喂？請問是找顧工嗎？顧工去開會了，暫時不在，你要是……」

蘇漾的話還沒說完，就被電話那端的人打斷。

『蘇漾？』

溫柔甜美的女聲，準確無誤地叫出蘇漾的名字，這倒讓蘇漾有些震驚。

聽著那聲音，熟悉又陌生，搜尋著記憶，蘇漾試探性地回應：「廖杉杉？」

話筒裡立刻傳來一陣爽朗的笑聲：『妳記性真好。』

「妳也一樣。」

廖杉杉比起幾年前要活潑豁達了許多，很自然就與蘇漾話起家常：『妳回N城了？我今晚是想找顧熠吃飯，妳也在，一起來吧，好久不見了。』

時間久遠，蘇漾幾乎快忘記她這號人物了，此刻突然和她對話，腦中瞬間想起當年在山上，她對她說的事，瞬間微妙了起來。

「這……」

不等蘇漾拒絕，廖杉杉就很果斷地說：『我請客，就這樣，等一下Gamma見。』

蘇漾：「……」

蘇漾怎麼也想不到，回到N城第一場聚餐，居然是和廖杉杉。

石媛要是知道蘇漾為了和廖杉杉吃飯而拒絕她，大概會衝過來宰了她。

廖杉杉預訂的是一家日本料理店，裝潢得非常有特色，設計師別出心裁地將日式庭院的一隅完整搬到店裡，充滿了東瀛風情。包廂風格簡樸中帶有繁複，園林景觀淡雅又節制，以竹文化為特色。

落坐後，顧熠自然地與蘇漾坐同一側，在廖杉杉正對面。蘇漾坐在一旁，不知道為什麼，有種多餘的感覺。

服務員擺上餐具，廖杉杉還是一樣周到，不等服務員動手，她已經自然地為顧熠和蘇漾都斟了茶。

點完菜，廖杉杉隨口對顧熠說：「點了秋刀魚，知道你嫌腥，熏熏你。」說完，像個惡作劇的小女孩，咧嘴一笑。

很奇怪，明明顧熠坐得離蘇漾更近，應該是更親密的關係，但此時此刻，蘇漾覺得顧熠和廖杉杉之間那種自然的互動，彷彿自成一個他們兩人的小世界。她在一旁，倒是顯得有些尷尬。

多年不見，廖杉杉完全變了一個人，比起以前的一絲不苟，如今的她隨性許多，穿著打扮都不那麼像商務菁英。蘇漾一直有意無意地打量著她，她自然也發現了蘇漾的視線。

「蘇漾，妳變了很多啊。」

蘇漾乾澀地笑了笑，以開玩笑的口吻說：「大家都變老了。」

廖杉杉挑眉，「也不全是，妳看顧熠，還是以前的死樣子。」說著，很挑釁地看著顧熠，「你是不是在家裡偷偷用保養品、面膜什麼的，怎麼一點皺紋都沒有？」

顧熠聽到廖杉杉的調侃，皺了皺眉：「妳以為我是中年人嗎？」

蘇漾下意識接了一句：「難道不是嗎？」

廖杉杉被蘇漾的神來一筆逗樂，哈哈大笑起來，完全放飛自我地搞怪，和以前的她完全不一樣。

很奇怪，蘇漾覺得這樣的廖杉杉，真的好美。

聊了之後，蘇漾才知道，原來曹子崢離開百戈之後，廖杉杉也離開了百戈。不知這期間發生什麼變化，如今廖杉杉成為節目主持人，專門做建築改造的主題，每兩年還會推出一檔實境秀。

因為是N城本地的衛星頻道，蘇漾一直沒有關注。

她的轉變讓蘇漾有些意外，她一直以為廖杉杉是那種做人周到、一絲不苟的個性，可如今看來，她似乎不是。離開了純粹的建築設計環境，她整個人狀態好很多，也年輕了很多。

料理店的食材都是當日從日本空運過來的，不論是海鮮還是豆腐，全是原汁原味的日本風。壽司也完全不同於一般的日本料理店，倒是很對蘇漾的胃口。

蘇漾多加了點芥末，沾醬口味比較重。

她一邊聽著兩人聊天，一邊吃著自己面前的食物。

「事務所這週聚餐，妳來不來參加？」顧熠頭也不抬，問廖杉杉。

廖杉杉皺眉撇嘴：「你邀請，還是別的人邀請？」

「有區別嗎？」

她俏皮說道：「當然有，你邀請的話，我勉為其難去一下。」

蘇漾全神貫注在食物上，沒怎麼認真聽他們說話，夾了一個鮭魚壽司，一口塞進嘴裡，芥末刺激的味道直沖鼻腔，嗆得她眼眶瞬間泛紅，眼淚不受控制地流下來。那模樣，實在狼狽至極。

她顧不得禮儀，倏然起身：「我去一下洗手間。」

吐掉嘴裡的壽司，芥末的味道還是很重。

蘇漾站在洗手檯邊，半天沒有緩過氣來。

男女廁所的洗手檯是共用的，好幾位男士上完廁所出來，看見蘇漾滿臉淚水，都是一臉詫異。

蘇漾有些尷尬，打開了水龍頭，掬起一捧水，洗了洗臉。

水珠低落，蘇漾伸手一抹，剛睜開眼睛，就看見本該在包廂的顧熠，此刻站在她身旁。

見她洗了臉，溫柔地遞上紙巾。

蘇漾沉默地接過紙巾，隨便擦了擦臉，「謝謝」都還沒說出口，就聽見顧熠言笑晏晏地說：「別哭，她不是我的女朋友。」

第十八章　隔音牆

蘇漾擦完臉的紙巾還捏在手裡，從鏡子裡與身旁的男人對視。

想想就不該放那麼多芥末，吃個壽司還能吃出這麼多亂七八糟的事。蘇漾滿肚子都是想罵他自戀的髒話，但基於做人的素養，最後只是冷覷了他一眼。

「你有病吧？」

重新回到包廂，廖杉杉正好掛斷電話。

見他們一前一後回來，打趣道：「你們是不是去說我壞話了？」

蘇漾扯著嘴角笑了笑：「怎麼會？」

顧熠整個人看起來心情好很多，猶如清風拂面，笑容清越地坐下，清咳兩聲清了清喉嚨，始終帶著幾分洋洋得意：「洗個手而已。」

蘇漾瞥了他一眼，自然知道他高興的原因，也懶得理他，就讓他在自己的世界裡沉淪吧。她專心吃自己的，沒多久就把面前的盤子清乾淨了。

顧熠繼續剛才的話題：「所以妳答應要去了？那我和他們說一下。」

廖杉杉啜了口茶，意味深長地看了顧熠一眼，不疾不徐地說，「剛才還沒說完。如果是你邀請我，這個面子我肯定給。」她頓了頓，眸光冷了冷，「你要是為別人牽線搭橋，看我不打斷你的腿。」

蘇漾本來一直低著頭吃自己的，聽到廖杉杉這句話，本能地抬起頭看了一眼。

顧熠對廖杉杉的威脅置若罔聞，笑了笑：「要是別人邀請的呢？」

廖杉杉收起笑容：「要是那個人，就讓他去死好了。」

不等蘇漾詫異完，廖杉杉已經換了話題，敲了敲顧熠面前的盤子，大剌剌地說：「對了，我今天找你吃飯是有點事。」

「又是節目的事？」

「嘿嘿。」廖杉杉已經占他便宜占習慣了，說得很自然，「我們這一季的新節目缺個顧問，我掛你的名字，說好了啊！」

飯後，廖杉杉自己開車回家，顧熠送蘇漾。

坐在顧熠的車上，車廂裡安靜得有些尷尬，蘇漾有點後悔坐副駕駛座，不說話實在有些奇怪，只能沒話找話：「廖杉杉變了好多，整個人都變陽光了。」

顧熠目不斜視地開著車，隨口回答，「這個行業本來就容易讓人過得壓抑，每天加班，坐著都想睡覺，確實會讓人失去想要溝通的欲望。」顧熠頓了頓，「這麼多年，也委屈她了，在這個行業裡壓抑本性。」

「其實這一行已經算很好了，別的行業還會勾心鬥角什麼的，建築師就不太會，加班那麼累，光是對付甲方就要絞盡腦汁，沒力氣耍心機。」

顧熠笑：「這話聽起來不像誇讚。」

蘇漾的手勾了勾安全帶，瞄了顧熠一眼，他的視線一直落在前方。

她想了想，問他：「聽廖杉杉話裡的意思，她現在不追你了？」

正巧路口紅燈，顧熠踩下煞車。

霓虹燈五彩斑斕，遠處一個個光點在暗夜的布幕上交替閃爍。他慢慢轉過頭看著蘇漾，眸中是十足的笑意。

「怎麼？妳很在意？」

聽到顧熠自戀的語氣，蘇漾的好奇心瞬間熄滅。她撇撇嘴，很快回答：「是我多嘴。」

顧熠笑，沒有再解釋，只是很自然地說：「明天和萬世的老總見面，別忘了。」

蘇漾：「噢。」

蘇漾和顧熠與甲方萬世集團的老總有約，她早上起得很早。為了和甲方見面，蘇漾提前準備了一些資料，比起以前，現在的她，對工作可謂周到。

她又洗了一次頭，衣服還沒換，就接到石媛的電話。

電話那端的石媛不知是遇到了什麼事，十萬火急地說：『蘇漾妳在哪裡？有點急事求妳，只有妳能幫我了！』

「求我？」這個用詞讓蘇漾意識到事態嚴重，她也跟著著急，「發生什麼事了？妳在哪裡？要不要我去找妳？」

頭髮也沒有吹乾，頂著有些凌亂的頭髮，蘇漾隨便披了件衣服就出門了。

在計程車上，顧熠打電話來，蘇漾正著急，看見他的名字出現在手機螢幕上，不由皺了皺眉。

『準備好了嗎？』顧熠的語氣溫和，問她，『我去接妳？』

蘇漾看了一眼前面，快到目的地了，考慮到石媛的緊急情況，她語速快了許多：「我現在有點急事，可能不能跟你去見甲方了。我記得萬世的老總是顧總的朋友，麻煩你替我解釋一下。」

計程車停下，蘇漾按照跳錶的價格付了錢，「啪」一聲關上車門。

烈日炎炎，她著急地小跑了幾步，說話已有些喘：「就這樣，我掛了。」

『……』顧熠稍微有些不悅，『妳剛回N城，能有什麼急事？』

沒想到顧熠問題這麼多，石媛的事不好隨便亂說，蘇漾也有些沒耐心了，便胡亂說道：

「我去拔智齒，總可以了吧？」

蘇漾跑得滿頭大汗，緊張得五臟六腑都縮成一團。

她以為石媛找她是出了什麼緊急的事，畢竟她在電話那頭說得那樣著急。

她萬萬沒想到，石媛竟然不聲不響地準備了一個大坑給她跳。

雖然之前總是聽石媛抱怨，在N城的阿姨超愛替她介紹對象，但蘇漾怎麼也想不到，有一天石媛能想出把她騙來幫忙相親的陰招。

這是人會做的事嗎？

看著坐在對面的男人，蘇漾心裡有一萬匹草泥馬呼嘯而過。

N城的最新商圈，位於三城橋的東頭，蘇漾也是第一次來。尤其這家主題咖啡廳，室外的森系裝潢，完全少女心風格。蘇漾坐下來都覺得有些違和，再加上天氣熱，蘇漾有些心浮氣躁。

男人看起來比蘇漾大一些，長得倒是很英俊，就是表情看起來陰沉沉的，蘇漾有些意外，這樣的男人居然會出來相親。更意外的是，石媛居然不肯來？

拿出手機發了一則訊息給石媛，有她這麼坑閨蜜的嗎？

『什麼意思？妳是不是活得不耐煩了？妳知不知道我今天要見甲方？』

過了一會兒，石媛回覆：『隨便聊幾句就可以走了，拜託拜託。』

蘇漾被她的話氣到：『妳自己怎麼不來聊？』

石媛又回覆：『我在聊另一場。』

同時，還附上一張照片，一個男人的照片，呆頭呆腦的，條件連蘇漾對面這個的一半都不到。

蘇漾看到這個對比，瞬間心情好了很多：『哈哈，那妳可要後悔死了，這個帥多了。』

蘇漾打開照相機，眼睛盯著螢幕，假裝回覆訊息的樣子，悄悄將鏡頭轉向對面的男人。

螢幕中出現那男人的面孔，他的視線直直盯著蘇漾的鏡頭，似笑非笑。

蘇漾心裡撲通一跳，心想他該不會發現了她在偷拍吧？

蘇漾趕緊按下拍照鍵。

「喀擦！」

相機自帶的快門音效響起，這下對方肯定發現了……

蘇漾有些尷尬地抬起頭，訕訕一笑：「……那個，其實，我是幫人來相親的，她有點急事不能過來，想看看你長什麼樣子……」

「嗯。」男人抿唇一笑，右邊嘴角比左邊嘴角略高，有些壞壞的味道。

蘇漾覺得對方根本不相信她說的話，可是他偏偏又回答了一個「嗯」，讓她多解釋幾句的機會都沒有。

「事實上，我叫蘇漾。」她微笑著，「是不是和介紹的名字不一樣？」

男人看了蘇漾一眼，沒什麼興趣的樣子，「我也不知道名字，家裡人要我來，我就來了。」他頓了頓，「我叫林木森。」

「呃……」蘇漾覺得他們這開場白，還真的有點要相親的意思了？

男人的髮型俐落且英氣十足，他的手放在桌上，敲了敲桌子，然後禮貌地詢問蘇漾：「介意我抽菸嗎？」

蘇漾向來討厭菸味，但畢竟和這個男人不熟，別人要抽，也不好說什麼，便違心地搖了搖頭。

男人的手指修長，夾著菸，輕彈菸灰的動作十分熟練。

「聽說，妳是個建築師？」

「嗯？」蘇漾想了想回答，「是。」

「妳看起來不像。」

蘇漾也不知道怎麼就和他聊起來了：「建築師哪有看起來像的？都是實力像。」

蘇漾略帶反感的口吻倒是勾起男人幾分興趣。

他淡淡瞟了蘇漾一眼：「我和妳算是半個同行。」

「噢。」

「妳似乎對相親不感興趣？」

「……」蘇漾看了一眼時間，覺得這對話和場景都有些太詭異，又解釋一遍，「因為根本不是我要相親，我解釋過了，你的相親對象其實是我朋友。」

男人抿脣，揚起一絲笑意，「我以為妳不想相親，會找朋友打電話過來，或者說家裡瓦斯氣爆了之類的。」他的眼睛微微上挑，「妳這理由，還真獨特。」

說著，直接從錢包裡抽出三張鈔票，夾在帳單裡。

「蘇小姐，感謝妳抽空來相親，不打擾妳了。」

蘇漾：「……」

可怕啊，這人怕是聽不懂人話吧？

那個男人耍完帥走了，蘇漾只能拿著帳單叫服務員。

結完帳之後還有剩，拿著找回的幾十塊錢，蘇漾覺得怎麼做都不是。

這回可真是被石媛坑慘了。

蘇漾拿起自己的包包準備走，剛一起身，就看見矮桌前站了一個男人。

蘇漾以為是那個男人去而復返，正準備還錢給他，一抬頭，就與顧熠黑沉的目光相撞。

「顧熠？」蘇漾想到早上掛他電話的行為，就有些不好意思，「你怎麼在這裡？」

顧熠居高臨下地掃了蘇漾一眼，眸光始終好整以暇。

他動了動嘴唇，聲音清清冷冷：「在這裡拔智齒？」

蘇漾尷尬地笑了笑：「後來智齒又不是很痛了……」

萬世的老總是顧父的朋友，這個肖叔從小看著顧熠長大，也是靠著這點關係，他才會同意顧熠全新的規劃。

原本和肖叔約了到湯溪湖去吃魚，那邊環境清幽，又很安靜，適合談事情。但是肖叔臨時改變主意，要在這個新商圈見面。

這個新商圈如今只是一個普通的新商圈，雖然仍算是三城橋這一帶的地標建築，但是原本設計的野心，是想發展成中央文化區，可惜定位沒找好，最後招商出了問題，不得不改變策略。

顧熠大致也能想到劉肖改在這裡見面的理由。

新商圈停車還算方便，從地下停車場出來，沒走多遠，顧熠竟然就看到一個熟悉的身影。

那個本來應該去拔智齒的女人，不僅好好地坐在一家咖啡廳的露天座位，還和一個男人在聊天。

也不怕晒昏。

顧熠站在馬路對面，剛要過去，就看到那個男人在帳單裡夾了幾張鈔票，隨後很有禮貌地對蘇漾說：「蘇小姐，感謝妳抽空來相親，不打擾妳了。」

顧熠的腳步頓了頓。

相親？

這個女人，她的急事，就是來相親？！

被顧熠逮個正著，蘇漾也有些尷尬，畢竟她把工作丟一邊，實在有些不專業，本以為事急從權，結果……

這事要怪就怪石媛太坑人了，豬隊友說的就是她啊！正常人幹不出這種缺德事，真是有嘴都解釋不清。

還好顧熠過來的時候，那個什麼木頭的菸槍已經走了，不然他要是看到她在替人相親，大概會氣死。

原本對專案做了很多準備，這下因為趕著出門，除了錢包什麼都沒拿。直接跟著顧熠去見甲方，心裡還有些沒把握。

好在這次的甲方萬世集團和顧熠關係很好，對他們倆都很客氣。

那位姓劉的中年總裁耳垂很大，笑起來就像彌勒佛，很有親切感。

見到本尊，蘇漾才發現，原來她早就見過肖總。

就是那年鄰居們和蘇媽一起遊行，結果碰到顧熠，他身邊的男人就是肖總。如果蘇漾沒記錯，那是老爺第一次尿在顧熠腳上。

蘇漾不由得有些尷尬，好在肖總貴人事多，已經忘記蘇漾是誰。蘇漾原本懸在喉嚨的小心臟終於回歸原位。

肖總當老總當慣了，姿態大氣，一坐下就招呼顧熠和蘇漾，點菜也很照顧他們的口味。

三個人占了一個大圓桌，肖總說了一些對專案的想法，包括三城橋定位有誤，導致招商失敗的問題，和顧熠討論了一下。

在這種場合下，蘇漾沒有搶白，只是認真聆聽。

這是她這幾年做專案養成的習慣，充分聽取別人的意見，盡可能考慮周全。

肖總是個很熱情的人，見蘇漾一直低著頭，笑了笑說：「這小丫頭也是建築師啊？還有這麼漂亮的建築師？」

蘇漾謙虛地笑了笑：「哪裡哪裡。」

「小丫頭結婚了嗎？有沒有男朋友？」

「還沒有。」

肖總笑呵呵地說：「我們顧熠也還沒有，我看你們挺合適啊！」說著，肖總趕緊攛掇顧熠：「顧熠你怎麼搞的，有點紳士風度啊，你看看人家丫頭，面前都沒什麼菜，不好意思夾，你快幫人家夾點啊！」

肖總很客氣，又看向蘇漾：「小丫頭太秀氣了，別客氣啊！」

顧熠聞言放下筷子，先看了肖總一眼，肖總對他使了使眼色。

然後他又意味深長地看了蘇漾一眼。

「妳要什麼？」他拿起公筷母匙，「我幫妳盛。」

蘇漾見他真的這麼客氣，趕緊擺手：「不用……我自己……」

蘇漾「來」字還沒說完，顧熠已經拿起蘇漾面前的碗，眼睛幽幽在桌上掃了一圈，然後將勺子伸向一盤家常菜——小蔥炒蛋。

他舀了幾乎一整勺蔥。

「我知道妳最喜歡這個。」顧熠把碗放回蘇漾面前，「吃吧。」

和甲方吃過飯後，顧熠就冷著一張臉說有事先走。蘇漾這幾天被他接來送去的，也養出一身臭毛病，他這次忽然不送了，蘇漾還有點不習慣。

這種不習慣讓蘇漾迅速警惕起來，千萬不能把顧熠參與她的生活當作理所當然，這太危險了。

已經漱了好幾次口，嘴裡那股蔥味還是濃得要命，弄得蘇漾坐捷運都有些不敢用力呼吸，怕熏到別人會很尷尬。

這該死的顧熠，上次她分明是和他鬥氣，他這麼做，絕對是故意的。

這麼多年沒見，報復心還是這麼強，她也不是有意不跟他見甲方，這不是石媛坑人嗎？下了捷運，蘇漾終於不再拘束，立刻拿出手機打電話給石媛。她準備了一肚子的髒話，摩拳擦掌，就等著石媛接通了。

呵呵。

石媛自知理虧，電話一接通就開始道歉，各種陪笑，俗話說「伸手不打笑臉人」，蘇漾見她這樣，又把滿腹髒話吞了下去。

「我警告妳，以後妳要再做這種事坑我，我就打死妳。」

「哎，不敢了。」石媛說，「今天真的是特殊情況，我頂頭上司幫我介紹了一個，我姨媽也替我約了一個。哎，兩邊都不敢得罪。」

蘇漾聽她這麼說，忍不住哭笑不得：「相親是為了找對象，妳怎麼跟交作業一樣。」

「到了我們這個年紀，沒有結婚對象，就成了大家關心的對象。我和上一個分了以後，馬不停蹄都相了三十幾個了。」

蘇漾皺眉，對於這種催促也很不理解，蘇媽差不多也是見她一次嘮叨一次，這個社會，對女人能賺多少錢，有沒有社會地位一點都不關心，但是女人到了特定年紀不結婚，簡直就是天大的事了。

「一個看對眼的都沒有？」

石媛說起這件事就嘆氣：「其實我眼光也不是多高，但我這個年紀就是挺尷尬的，比我大的男人，都已經有了自己既定的價值觀和生活習慣，不太會為我改變了，只能我去適應，適應別人也挺累的。對方追人也沒什麼耐心，追個幾天沒回應，就換下一個。比我小的男人，工作不穩定，也沒辦法走得多長遠。好多男人現在很純粹，純粹只想上床，別的都不談。還有一些奇葩，社群加他好友，他就以為妳覬覦他的房子存款。什麼愛情，我已經不指望了，但至少給我來兩個正常人吧。」

聽石媛這麼說，蘇漾回想一下早上那個男人，很認真地說：「早上那個男的，看起來還不錯，要不妳再約一次？」

「妳早上好像得罪他了。」

「蛤？」

「他把我封鎖了。」石媛笑，對此倒是完全不在意，「又少了一個麻煩，清靜不少。」

「……」她也沒做什麼啊？只是說實話而已。

想到那男人說的話，以及最後的舉動。

蘇漾心想，今天真是出師不利，怎麼都遇到些神經病？

顧熠一個陰晴不定的還不夠，陌生人也給她臉色看。

她水逆了嗎？

原本蘇漾在Gamma的事宜都是顧熠親自在管，但接下來幾天，顧熠神龍見首不見尾，除了為蘇漾安排了一間辦公室，其餘和她有關的，都交給林鋮鈞去管了。蘇漾倒是無所謂，畢竟她回N城本來就是為了做專案，和誰共事都一樣，她只負責做好她的事。

蘇漾手下還沒有配備助理繪圖員，林鋮鈞帶著蘇漾和人力親自招聘。

蘇漾出了一個快題面試，題目是很常規的住宅規劃專案。所謂快題，就是快速完成一個設計方案，在A2或者A3紙上手繪表達，需要畫出平面、立體、剖面、構思草圖、手繪效果圖。

一般考研究所或者考註冊建築師都有這種測試，主要是為了考驗一個人的綜合設計能力。來應聘的人大概是沒想到一個小小的面試，就有這麼高的要求，但大家還是很認真地完成了。

蘇漾最後選中了一個短髮的年輕女孩，她的履歷並不華麗，除了從哪個學校畢業，實習過一段時間以外，只寫了「熟練運用 OFFICE、CAD、SU、PS、ID、AI、LUMION、REVIT、RHINO 等軟體」。但考快題的時候，她的反應引起蘇漾的注意。那麼年輕的小女孩，看起來很青澀，反應卻很沉著。拿到題目後，快速勾勒出總圖，算出指標，並且畫了張 ARTDECO 的透視效果圖，手法老練。

比起那些想像力天馬行空的作品，她顯得踏實很多，這正是蘇漾需要的。

第二天就要她上班了。

年輕女孩叫小橙，一個雙子座的女孩，一開口就顯得毛毛躁躁，但是繪圖卻非常嚴謹，完全出乎蘇漾的意外。

小橙第一天上班，各種好奇。蘇漾不得不和她介紹 Gamma，「妳應該知道，Gamma 是顧熠以個人人名義成立的建築事務所，有四個合夥人。我的組只是暫時在 Gamma 借場地，主要是做東城改建的專案。目前只有我和妳。」說完，蘇漾微笑著看了小橙一眼，「不過妳別怕，聽說林工挖了一個很厲害的結構工程師到我們組。」

蘇漾剛說完，辦公室的電話就響了，林鉞鈞在電話那頭嬉笑著說：『趕快出來接人。』

「嗯？」

『幫妳找了個大師級別的結構總工。』

蘇漾倒是沒想到，這個世界能小成這樣。

看著那個叫林木森的男人，蘇漾實在有些尷尬。

林鉞鈞不知道蘇漾和他的恩怨，只是興奮地介紹著，「林總是我二叔的兒子，我親堂弟，要不是這點親戚關係，我根本挖不動他。在建築師裡，林總的口碑非常好。什麼都能做，絕對不會像有些結構工程師一樣，一聽到有難度就炸了。」林鉞鈞說完，看了林木森一眼，又補充了一句，「他始終表裡如一，任何事都能炸。」

林鉞鈞話音一落，站在蘇漾身後的小橙就忍不住笑出聲，小聲嘀咕道：「您這話，不是在黑林總嗎？」

林鉞鈞嘿嘿一笑，拍了拍蘇漾的肩膀：「收拾一下，我請你們吃飯。」

蘇漾一直沒有說話，這時才抬頭打量了林木森一眼，原本是一個偷偷的小舉動，誰知她一看過去，對方也正好看著她。

那種猝不及防的視線相接，真是尷尬至極。尤其是林木森的嘴角，分明還帶著幾分揶揄的笑意，讓蘇漾更捉摸不透，只得趕快撇開頭去。

林鋮鈞為蘇漾組好了基本團隊，完成了顧熠交代的任務，十分高興，在Gamma附近的商圈選了間很貴的館子，大方地對所有人說：「大家隨便點，不要客氣，今天都是公費報銷。」

小橙年輕，活潑外向，也很會炒氣氛，林鋮鈞一說話，她就很熱情地回應。連去上個廁所都要開句玩笑：「我去整理一下儲存空間，準備大吃一頓了。林工，蘇工，你們不會因為我吃垮Gamma，就把我開除吧？」

林鋮鈞哈哈大笑：「妳放心吧！顧熠批准的，隨便吃！」

小橙出去後，林鋮鈞打開菜單，正準備點菜，手機就響了，他起身出去接電話，桌上只剩蘇漾和林木森面對面坐著。

兩人也沒什麼話說，氣氛有些微妙，蘇漾只能拿起面前的茶杯，喝了一口，把視線移向別處。

周圍都是來吃飯的人，或談事，或寒暄，喁喁私語或壓抑低笑，讓蘇漾和林木森之間的死寂，顯得更為尷尬。

蘇漾一杯茶喝完，正在考慮要不要再倒一杯的時候，林木森打破了沉默。

「『茶杯』是妳的作品？」

驟然提起三年前的舊作，蘇漾微怔了一下，隨即點點頭：「幾年前的作品了。」

「茶杯」是X城藝術公園的一座一百餘坪的圓形茶室，取材自三方足支圓形硯，硯器盛風裝水，立於潮海湖之上。

東西牆遍開小孔，為風和光而開。屋內外都貼著X城著名陶藝家做的花磚，帶著斑斕的顏色，色彩無規律貼附。陶瓷質地，色點細碎，立面形似一個茶杯。

十分有特色的一個建築。

X城的藝術公園建有十六棟公共建設，由十位來自不同背景、不同年齡、不同國籍的外國建築師和六位國內建築師共同完成。

由於大師作品太多，「茶杯」並沒有聲名大噪，林木森居然會知道，蘇漾倒是很意外。

「林鋮鈞給我看過妳的一些作品，妳是個很有想像力的人文建築師。」林木森喝了一口茶，不疾不徐地說，「但是對我們結構技師來說，是很討厭的類型。」

蘇漾和林木森基本上還不熟，他這麼說，蘇漾臉色就有些不好看了。

「為什麼？」蘇漾皺眉，「建築師和結構技師是綑綁在一起的，不是嗎？」

林木森微微往後靠，淡淡說道：「妳在追求中式古典，資源回收材料，以及建築美感的時候，有沒有想過，一個特殊的建築設計要實現，也要考慮整體受力、抗震等問題？」

「我設計的時候，會做基本的計算。」

林木森笑：「現代的建築師，都是一群狂想派藝術家。」

「……」

電腦的發達，讓那些資深結構技師的經驗優勢被 ANSYS、ABAQUS 等各類軟體取代。石媛就經常吐槽他們設計院的結構技師都在混日子，「只會用軟體，一天到晚催圖」。

比起建築師成名後的榮光，結構技師確實苦情很多。將心比心，她不想與結構技師對立，他們原本是利益共同體。因此，蘇漾很少會和結構師起衝突，她接觸的結構技師都是很耐操的那種，雖然加班會有怨氣，對建築師的設計會有微詞，但是大部分都能靠溝通解決。

像林木森這種說話這麼直接的，她還是第一次遇到。

蘇漾想了想，正準備反駁林木森的時候，林鉞鈞回來了，清晰的腳步聲打斷了蘇漾要說的話。

他笑瞇瞇走在前面，身後還跟了一個白襯衫黑西褲，一身商務打扮的男人——顧熠。

「買單的來了。」林鉞鈞笑著說，「大家真的不要客氣啊！」

顧熠在外面開了一天會，整個人看起來有些疲憊。他走近餐桌，看到蘇漾對面坐著的男人，眸光微微一暗，然後視線又落回蘇漾身上。

他解開襯衫最上面的兩顆鈕釦，隨手將公事包放在蘇漾背後的沙發上。

蘇漾不明所以地看了他一眼，他的表情始終沒什麼變化。

「坐進去。」他的聲音低沉而平靜，一副理所當然的口氣。

蘇漾其實並不想和顧熠靠得那麼近，但他都開口了，大家都看著她，她也不好拒絕，只能心不甘情不願地往裡面挪了挪。

顧熠身上帶著淡淡的古龍水味道，兩人坐得很近，他的肩膀和手臂時不時會擦到蘇漾的手臂，皮膚的觸感讓蘇漾不由往後縮了縮。

小橙也回來後，林鉞鈞簡單地介紹了一下蘇漾團隊裡的「新」人，顧熠禮貌地點了點頭，視線始終落在蘇漾身上。他微微側坐，一隻手臂完全舒展，放在沙發的靠背上，手指尖幾乎要碰到蘇漾後背，這個姿勢讓蘇漾感到很不自在。

「還習慣嗎？」

顧熠的語氣溫和，那種關切的話語，親暱得彷彿在問新換工作的妻子。

蘇漾覺得顧熠真是全世界最難捉摸的男人，前天她因為專案的一點問題打電話給他，他還冷冰冰地說：「妳是來做專案的，不是來當少奶奶的，不要總是沒大沒小地命令我。」

蘇漾氣得要死，決定再也不理這個陰晴不定的男人。

結果顧熠比她更狠，之後的兩天完全見不到人。蘇漾積了一肚子氣，最後就莫名沒了。

有時候聽林鉞鈞說起顧熠，蘇漾總會忍不住皺眉，懷疑顧熠生理期來了。

顧熠說話，大家都安靜地聽著。他一句話就將全桌人的目光都引到蘇漾身上，蘇漾只能尷尬地回答：「大家對我很照顧，很習慣。」

林鋮鈞最討厭顧熠裝模作樣，不想圍觀他用狂犬病一樣的方式泡妞，將話題引向旁人。

「小橙多大了？」

小橙微微一笑：「二十四了。」

「二十四就碩士畢業了？」

小橙看起來粗枝大葉，卻是個十足的學霸：「我研究所一年半就修完了所有學分。」

「有男朋友了嗎？」

小橙笑：「有，我男朋友是我大學同學，在一起三年多了。」

林鋮鈞遺憾地嘆息，「妳最小都有對象了，我們這群老東西反而沒有。」說著，意味深長地對蘇漾挑了挑眉，「蘇漾，妳好好學學人家，都是女孩子，都在建築業，怎麼妳沒有？」

蘇漾尷尬地笑了笑：「這不是後生可畏嗎？」

話題扯到蘇漾身上，林鋮鈞明顯感覺到顧熠的表情有幾分不爽。他忍不住再接再厲，故意對自家堂弟說：「木森，蘇漾比你小幾歲，還單身，你要是有興趣，以後一起工作，近水樓臺啊！」

林鋮鈞的這個堂弟脾氣古怪，平日是家族裡的問題兒童，大家為他安排相親他都去，但是一次都沒有成功。他看女人的眼光極高，對蘇漾這種清湯掛麵的女人顯然不會有興趣，他才敢大膽開這樣的玩笑。

林鋮鈞話音一落，小橙立刻起鬨。

蘇漾對林鋮鈞這種不正經的人真是無可奈何，尷尬至極，只能拿起茶壺，默默替自己倒茶，試圖避過眾人的目光。

林木森對蘇漾印象應該比較差，他都把石媛封鎖了，林鋮鈞還開這種玩笑，真是哪壺不開提哪壺。

蘇漾拎著茶壺往杯子裡倒，腦袋飛快地轉著，還沒想到對策，坐在斜對面的林木森倒是率先答話。

「我知道蘇工還沒談戀愛。」他嘴角揚起意味深長的笑容，「我不久前剛和蘇工相親。」

「……」

他這話一出，在場所有人都有些尷尬。尤其林鋮鈞，完全沒想到他們還有這一齣，表情有些緊繃。

林木森毫無徵兆地說起這件事，蘇漾正在倒茶，忍不住手一抖，茶差點倒到桌上，濺了好幾滴。

顧熠看在眼裡，表情倒是沒什麼變化。

深邃的眸子看了蘇漾一眼，蘇漾完全猜不透他在想什麼。

他微微挪了挪身子，完全不動聲色。

薄唇輕啟，喉結滾動，以極其自然的口吻吩咐：「幫我也倒杯茶。」

在眾人探究的目光下，蘇漾還是替顧熠倒了一杯茶。

倒完以後又覺得有些太奇怪，趕緊替桌上所有人都添了茶，這話題算是不著痕跡地帶過圈了——至少蘇漾是這樣以為的。

一頓飯吃下來，好在有小橙這個年輕活潑的丫頭帶動氣氛，倒也不算太尷尬，飯後，顧熠自動去買了單，全程的表現都算得上溫柔。

從餐廳出來，蘇漾正準備和大家道別回家，顧熠卻一把將她拉到身後。

「專案的設計方案，我還有點問題找妳。」

蘇漾不滿地看了一眼時間：「都快九點了。」

顧熠皺眉，低聲說：「說了有事。」

關於專案的事，蘇漾還是很關心，老老實實跟著顧熠走了。

顧熠的車蘇漾很熟了，上車以後就自動繫上安全帶。

顧熠一直沉默地坐在駕駛座上，目視前方，沒什麼表情。等蘇漾繫好安全帶後，「啪嗒」一聲，鎖上車鎖。

蘇漾等了好幾分鐘，顧熠都沒有發動引擎，她錯愕地轉頭看向他：「怎麼了？不走嗎？」

顧熠終於轉過頭來，意味深長地看著蘇漾：「不走。」

「不走你鎖車門幹麼？」蘇漾皺眉，「怪不自在的。」

顧熠撇了撇嘴角，冷覷蘇漾一眼：「秋後算帳。」

蘇漾回想這一晚上，他溫和而克制的表現，終於意識到哪裡不正常。不正常的是，這種行為完全不是瘋牛病的顧熠做得出來的啊！

此刻看著他黑眸沉沉，一副要好好收拾她的表情，覺得這才是真實的他。

「算什麼帳？」蘇漾問。

顧熠往後一靠，完全放鬆地靠在椅背上，眼底深沉，讓人捉摸不透的表情：「所有。」

蘇漾看著顧熠，最後放棄揣摩他的心思：「我不覺得我有什麼帳要和你算。」

顧熠的手放在方向盤上，自然地用手指在上面扣了兩下：「為什麼要去相親？」

「我不是……」蘇漾想解釋，卻覺得這事說來話長，再想想，又覺得為什麼要和顧熠解釋，「和你有什麼關係？」

顧熠聽到蘇漾這句叛逆的話，冷冷的眸光向她掃過來。

「為什麼回到N城？」

「為了東城的專案。」

「僅此而已？」

蘇漾被他灼灼的目光震住，喉間的話微微一噎，過了一會兒，蘇漾才說：「僅此而已。」

「我為妳準備了辦公室，以為妳這次回N城，就不會走了。」

說起這些，蘇漾心頭一顫。許多年前的心痛和失望瞬間湧上心頭。

「我從來沒有想過要離開N城，N城是我從小到大的家，是你要我走的。」蘇漾說起那段如鯁在喉的過往，情緒忍不住有些激動，「我需要跟你解釋什麼？你從來沒有跟我解釋過什麼，不是嗎？」

顧熠的視線落在蘇漾身上，眼眸中暗了暗：「妳想要我解釋什麼？」

蘇漾雙手環胸，往後靠了靠，用他的話回他：「所有。」

顧熠沉默了幾秒，輕輕喟嘆：「這麼多年，我只後悔兩件事。第一，我不該為了和我父親賭氣學建築設計，也許我該遵從我小時候的願望，成為一名醫生，最好的報復，是真正的不在乎，很多年後我才明白這句話。第二，我當年不該替妳規劃未來，也許妳在真正的專案裡碰壁之後，就會決定去美國。」

「不，顧熠。」蘇漾定定地看著他，「你最大的問題，是從來沒有問過我，我想要什麼樣的未來。」

「妳在那個年紀，能想要什麼樣的未來？」顧熠說，「我不希望在我的保護之下，妳成為一個圍繞著我轉的普通女人。蘇漾，我覺得妳不止是這樣。」

「顧熠，不懂的人是你。」蘇漾脫口而出，卻沒有繼續說下去，只是微微一笑，話鋒一轉，「不過還是要感謝你，沒有你推一把，我不會知道我有這麼厲害。」

這麼多年，她付出多少努力拿到學位，考各種從業資格證，為了專案、學術論文、研究課題流過多少眼淚，吃過多少苦，這些事，她不想提，她告訴自己，所有人都一樣，這是必經之路，走過就成功了。

「建築師只是建造房子的人，而房子的存在，是為了給人帶來幸福。顧熠，我從來沒有想過要成名，我只是想為人帶來幸福。」

「曹子崢教會了妳這些？」

「至少他明白，我從來不想去美國，我並不覺得只有美國才能學好建築。」

蘇漾和顧熠算是不歡而散。

有些話，不說嘛，憋在心裡難受，說出來了，只會暴露出更多的矛盾和理念不同。

比起蘇漾的沉默，顧熠的表現明顯暴躁得多。

總是在工作上找蘇漾麻煩，蘇漾對此也感到疲憊和無奈。這個專案那麼龐大，他卻把時間定得很趕，蘇漾最近幾乎每天都在加班。

石媛生日，打了好幾次電話給蘇漾，蘇漾看辦公室裡所有人都走了，她也開始收拾自己的包包。

蘇漾收拾到一半，顧熠從辦公室過來找她，見她要走，一臉不爽：「方案做完了？」

蘇漾的手機又在響，一直被催的蘇漾也有些煩了：「我明天加班做，今天有事要先走。」

「平面圖做好了給我看，我讓妳走。」說完，表情緊繃地回辦公室。

蘇漾看看時間，都這麼晚了，這是人幹的事？

平面圖她才剛開始做沒多久，一晚上出圖？整她嗎？這完全是強人所難，蘇漾怨氣載道。

蘇漾最終當然是做不完平面圖，到了九點多，石媛又打電話來催，蘇漾一不做二不休，直接偷偷收了東西，跑了……

石媛生日，除了蘇漾，還叫了幾個同事，有男有女。因為大家下班都很晚，石媛在酒吧裡定了位子，完全是要瘋狂一夜的意思。

其實蘇漾從來不喜歡酒吧的氣氛，少數幾次經驗都是在學校的時候，同學吵著要開眼界才去的，基本上就是鄉村迪斯可的感覺。石媛從美國回來，她週末沒事都會去喝一杯，之前叫蘇漾，蘇漾都沒去，這次生日當然要玩夠本。

在場的都是建築設計院的建築師和工程師，平日都是些嚴肅到甚至呆板的人，對這種環境不太適應，有些拘謹，好在石媛很擅長炒氣氛，幾個笑話講下來，大家就熱絡了起來。

酒喝到一半，石媛出去接人。蘇漾近來煩心的事多，又喝了點酒，整個人有些飄飄然。

她正想著自己的事，石媛就回來了。

她開心地帶著來人一步一步往座位走來。

蘇漾抬起頭，才終於看清楚石媛後面跟的人是誰——居然是林木森。

林木森和蘇漾分別坐在石媛兩側，兩人雖然隔著石媛，但氣氛還是很尷尬。

蘇漾忍不住把石媛叫出去，皺眉問她：「怎麼回事？不是封鎖了嗎？」

石媛身上有些酒氣，往牆上微微一靠：「加回來了，說是知道相親的烏龍了。」

「妳和他很熟嗎？怎麼生日叫他了？」

石媛笑瞇瞇地湊近蘇漾，低聲說：「畢竟人家長得帥，我覺得叫來有面子。」

蘇漾無語問蒼天：「那妳知不知道，這人現在是我組裡的結構技師？」

石媛聽到這裡，只是一拍大腿：「失策，混蛋，怪不得突然加回我，是不是看上妳了？」

蘇漾：「妳這想像力……」

石媛是壽星，一整晚都很嗨，平常沒什麼機會出來放縱，一旦出來，就很放浪形骸。

原本還有她夾在中間，眼下她出去跳舞了，只剩蘇漾和林木森坐在沙發上，中間隔著一個空位，但是沒有人。

兩個人都沒動，林木森身上有淡淡的菸草氣息，他淺酌慢品著杯子裡的酒，淡淡掃了蘇漾一眼：「妳們平時不加班，都是這麼玩嗎？」

蘇漾疑惑地「嗯」了一聲，才意識到他是在和她說話，愣了一下，回答道，「比較少機會過來。」蘇漾想著聊天也要你來我往，便問了一句，「你呢？是不是有點不適應？」

「沒有。」林木森微微抿脣，「妳倒是讓我意外。我以為妳是那種沒事就看書喝茶下棋的類型。」

蘇漾笑著搖頭：「你說的是世外仙人，我是煙火氣很重的人。」

林木森笑笑看她一眼：「我是菸味很重的人，應該差不多吧？」

一個無聊的玩笑，就將兩人的話匣子打開了，蘇漾竟然就這樣有一搭沒一搭地和林木森聊了起來……

顧熠從來不喜歡酒吧的氣氛，在酒精催化下，在這種燈紅酒綠的氛圍裡群魔亂舞，完全烏煙瘴氣。

但他今天積了一肚子火，亟待發洩，所以林鉞鈞請他喝酒，他就去了。

坐在沙發上，林鉞鈞倒是自在，一坐下來就有美女過來搭訕，他和人家聊得不亦樂乎。剩顧熠一個人坐在角落，沉著張臉，完全沒有聊天的欲望，把搭訕的人都嚇跑了。

林鋮鈞見他這樣，忍不住過來勸他，「出來開心點，你這是要嚇死人啊？」他坐在顧熠身邊，淡笑著問，「在蘇漾那裡碰釘子了？」

想到蘇漾的叛逆，顧熠瞪林鋮鈞一眼，真是哪壺不開提哪壺。

「小丫頭變了很多，現在軟硬不吃。」顧熠皺眉，「還很有主見，居然跑去相親。」

林鋮鈞立刻無辜地舉起手，「我發誓我不知道我堂弟和蘇漾相親。」說完摸了摸下巴，「不過我覺得，蘇漾和我表弟也挺配的。」

「你想死嗎？」

「哎，其實夾在中間我也很為難。」

顧熠不想聽林鋮鈞廢話，起身離座，準備去上廁所。

剛一出去，就有一個冒冒失失的人舉著一杯酒向他撞來。

「砰」一聲，那個冒失的女人因為驟然相撞而停下腳步。

她醉醺醺地說：「怎麼路中間……有一面牆？」

說著，她緩慢地抬起頭來。

微暗的酒吧裡，吵鬧的電音震耳欲聾，各種聚光燈晃得人眼花撩亂。

顧熠不耐煩地低下頭去，正好看見蘇漾那張醉意朦朧的清秀臉龐。

她舉著酒杯，裡面的酒濺了幾滴在顧熠胸前，整個人迷迷糊糊的，抬起頭認真打量著顧熠，片刻後她冰涼的手在他鼻尖上指著：「咦，怎麼這麼眼熟？有點像我認識的瘋牛病。」

微紅的臉蛋猶如蘋果，粉嘟嘟的嘴唇帶著憨態可掬的醉笑，顧熠不由皺了眉頭。

「妳怎麼會在這裡？」

「石媛生日啊……」

蘇漾舉著酒杯，往舞池的方向看了看：「不說了，石媛喊我。」

顧熠皺眉：「去哪裡？」

「來酒吧你說幹什麼，當然是尬舞啊。」

顧熠低下頭，看著蘇漾的襯衫，鈕釦開了兩顆，露出胸前溝壑，一邊白皙的肩膀也露在外面。

顧熠看了一眼臺階下那些群魔亂舞的人，不爽地抓住蘇漾。

「不准去。」

蘇漾被人抓住手臂，用力掙了掙：「幹麼啊……我要去跳舞……」

這一刻，顧熠腦子裡有些亂。

一閃而過林鋮鈞很多年前說過的話。

對待不聽話的女人，乾脆直接扛回去教訓。

顧熠的手臂往蘇漾腰間一勾，不由分說，直接把蘇漾扛起來。

聲音霸道得不由人反抗。

「我說了，不准在這種地方跳舞。」

第十九章　透視

石媛生日，蘇漾也挺高興，兩人聊著以前在宿舍的往事，回憶起那些單純的歲月，只覺得時光匆匆，明明一切都像是昨天才發生的事，居然不知不覺就過去了那麼多年。

聊著聊著就喝多了，酒是個奇怪的東西，起初喝的時候只是意思意思，喝多了就覺得身上每一個毛孔都放鬆了，忍不住就一杯接一杯。

喝到最後自己都不知道今夕是何夕。

蘇漾現在的酒量比以前差遠了，喝幾瓶下去，說話就開始不清楚。石媛拚酒贏了蘇漾，整個人得意極了，從廁所出來，她又點了酒，發誓要把蘇漾喝到趴下。

她回到座位，卻沒看到蘇漾的人影，沙發上只有她的包包，石媛順手就拿了起來，一路從舞池找到廁所，又從廁所找到酒吧門口，才終於看到蘇漾。

此刻她已經澈底昏了，雙腳幾乎完全離地，被顧熠抱著走。

見顧熠要帶走蘇漾，石媛雖然也因為酒精腳步有些不穩，還是急急忙忙趕上去攔住顧熠的去路。

「你你你……放開蘇漾……」

蘇漾實在喝得有點多，剛把她扛起來，還沒走出群魔亂舞的人群，她就嚷嚷著要吐，大概是掛在手臂上的姿勢不舒服，她一直在掙扎。顧熠皺著眉換了個姿勢，半抱半拎，將她從酒吧弄出來。

她今天不肯加班，偷偷溜走，叛逆成這樣，卻不想竟是來這種地方，看著她那副女醉鬼的樣子，顧熠就覺得一肚子火。

此刻他半摟半抱著蘇漾，被她那個不可靠的朋友攔住，眸光一沉。

看樣子蘇漾就是跟這個女人出來胡鬧，顧熠想想，對石媛的印象也跟著差了幾分。

石媛仰起脖子攔住顧熠，藉著酒瘋對顧熠嚷嚷：「你……你是……要帶她去哪裡？」

「回家。」顧熠有些沒耐心，深邃的眸子不著痕跡地睨了石媛一眼，「有意見？」

顧熠不怒自威，氣場強大，震懾力十足，明明也沒說什麼，就是能讓人畏懼不已。

「沒意見……」石媛瞬間就孬了，趕緊擺擺手，本著保命為大的原則，往後退了一步，並在顧熠持續的瞪視下，畏畏縮縮地遞上蘇漾的包包，小聲說，「她的包包……沒拿……」

顧熠皺了皺眉，把蘇漾的包包拿了過來。

「那個……」

「還有問題？」

見顧熠有些不耐煩，石媛嚥了一口口水，結結巴巴地說：「……那……您別開車啊……都喝酒了……」

「……」

顧熠叫了輛計程車，兩人的身影消失在酒吧繁華而忙碌的門口。

顧熠走後，石媛才開始反省。

自己是怎麼回事？為什麼這麼怕顧熠？顧熠也不是蘇漾什麼人，自己為什麼有種帶良家婦女出來嗨，結果被她丈夫抓包的感覺？

她正在消化剛才發生的一切，一轉身，差點撞到出來找人的林木森。

他大概也是到處找了很久，髮型微微有些亂。

他見只有石媛一個人，沉聲問：「蘇漾呢？」

石媛看了林木森一眼，尷尬地說：「顧熠順路……就送她先回家了，她喝多了……」

至於回哪個家，石媛真的不是很確定。

她偷偷抬眼，看了林木森一眼，只見林木森抬手摸了摸下巴，雖然沒有質疑什麼，卻始終一副若有所思的表情。

石媛在心裡輕嘆，蘇漾這丫頭，怕是要滿開桃花了吧？

蘇漾家裡的布置，顧熠已經很熟悉，下了計程車，他直接從她包包裡拿出鑰匙開門，然後將她半背半抱地送進屋裡。

蘇漾的房間在南面，是整個房子陽光最舒適的房間，很好找。

女醉鬼一被放到床上，就攤成了大字形。

綢面短褲因為她的動作往上捲起，露出一截白皙的大腿。她的白色襯衫已經澈底陣亡，這一路把她搬上扛下，早已皺得不像樣，本就開著的鈕釦，此刻更是露出大片細膩的皮膚。

顧熠這麼搬運了一路，早已出了一身薄汗，此刻再看見這一幕，只覺血液一下子從腳底衝上頭頂。

他紳士地撇開頭，隨手拿起她床上的毯子蓋在她身上，遮住那一片春光。

蘇漾安靜地睡在床上，微微翻身。

顧熠怕她會熱，到處找空調的遙控器，把空調打開。舒爽的涼風自送風口吹拂而來，他整個人終於冷靜了幾分。

看蘇漾醉得不省人事的樣子，顧熠皺了皺眉，起身想幫她倒杯水，剛要出去，就聽見身後傳來蘇漾嬌懶的聲音。

「你要走了？」

顧熠回過頭，蘇漾一動不動，始終側躺著，以蜷曲的後背對著他。

「醒了？」

蘇漾依舊沒動，房間裡都是她和顧熠身上的酒氣，讓顧熠覺得自己是不是產生了幻覺。

很久之後，顧熠才聽見蘇漾回答。

「這麼多年，我一直在想，如果真的愛一個人，為什麼會捨得放她走？」

聽著她略帶醉意的聲音，那是一種複雜的情緒，清醒又朦朧，困惑又失落，是人在半醉半醒的時候才會顯露出來的，極其私密的一面。

聽著她低低的聲音，顧熠的心忍不住抽痛，許久，他回答的聲音有些喑啞：「因為想給她最好的。」

顧熠的回答，讓蘇漾忍不住冷冷嗤笑：「哪怕那不是她想要的？」

「他並不知道，她有那麼不想要。」

人說酒醉壯膽，原來真是這樣。

平日問不出口的話，故做的堅強，都在這一刻露出真實的模樣。人只有在醉到不省人事的時候，才會把自己的傷口展示給人看。

當年顧熠說了那麼絕情的話，完全出乎她的意料，後來知道了張泳羲和自己的關係，她想顧熠的反常也許是出於這個原因，但是轉念她又想，顧熠是那麼特立獨行的人，他一定不會在乎世人的眼光，那是她對他無條件的信任。對於美國的 offer，她想也不想就要放棄，因為那時候她只想圍繞著顧熠，無條件地跟隨他。

蘇漾對顧熠的感情是特別的，對二十二歲的她來說，顧熠是他的老師，是她喜歡的人，是她的夢想，是她的世界。那是一個女人對強者的崇拜，和對感情的憧憬。

而他後來所做的一切，沒有一件不讓她失望。

到後來的後來，她寧願顧熠是因為狗血的理由離開她，也好過打著所謂「我全是為妳好」的旗幟傷人。

對比五年前那個單純為了愛而活的女孩，現在的蘇漾對感情的事冷靜了許多。就像她對石媛說的，她發現了比感情更重要的事——追求自己的價值。

她仍舊沒有回頭，只是慵懶地擺擺手，冷漠地說：「你走吧。」

顧熠看著她平靜的肢體語言，心中閃過一絲猶豫。

不知道為什麼，他莫名有種感覺，今天他若是走出去，就沒有以後了。

經過幾秒的沉思後，顧熠突然走近床邊，一把將蘇漾從床上拉起來，強迫她面對他。

他緊皺著眉頭，有滿腹的話想要說，可他視線往下，蘇漾那倔強的臉龐，還是讓他內心極為震盪。

她眼眶通紅，鼻頭也通紅，卻沒有一滴眼淚掉下來。

「把話說開了，挺好的。」蘇漾在他的箝制下沒有掙扎，只是吸了吸鼻子，竟然露出一絲笑意，「我終於釋懷了。」

蘇漾的目光定定看著顧熠：「你知道嗎？我用了幾年的時間在想，我到底還喜不喜歡你。我現在發現，也沒那麼喜歡。」

顧熠因為她的話怔住，許久，他霸道地抓著蘇漾的肩膀，強迫她看他：「那就從頭開始喜歡，能有第一次，就能有第二次。」

蘇漾笑，以那麼近的距離看著他，毫無懼意。

醉意中的冷靜，竟有幾分迷離的風情。

看著蘇漾逐漸恢復正常的情緒，顧熠卻隱隱有種不安的感覺，就好像手裡握著一把沙，握得越緊，反而流失得越快。

他看著蘇漾整理自己的衣服，又梳了梳頭髮，一副清醒過來的樣子，忍不住皺起眉頭。

他一把將剛坐起身的蘇漾又推進柔軟的床裡，那是一種本能。粗魯的力道，帶著雄性天生的優勢。

被顧熠緊緊壓在身下，蘇漾卻沒有害怕或者惱怒的表情，只是平靜地看著他。

顧熠撐著手臂在蘇漾上方，目光篤定地看著她。

「妳知道我為什麼總是叫妳加班嗎？」顧熠說，「因為只有工作的時候，我才能控制妳，蘇漾，妳變了太多太多。」

蘇漾看著顧熠，嘴角微微泛起一絲笑意：「其實，你在工作上也控制不住我。」

她纖長的手指攀上他的肩膀，在鎖骨處滑動。

「今天我還是加班了，在我的腦海裡。」

蘇漾此刻臉上微紅，酒精的作用還未消散，空氣中的酒氣讓人逐漸迷失，甚至麻木。

她的手指在顧熠的胸膛上勾勒著一個又一個圈，酥癢而撩撥，那是一種極致的誘惑。

她把顧熠的胸膛當作沙盤，有條有理地講述自己的規劃，「我打算在這裡建三層演藝中心，這裡建中式電影樂園，這裡建仿古街巷，這裡引水建一個人工湖……」她說到最後，手指尖滑向顧熠的心臟，「這裡，是我家，以後，建成東城博物館。」

她抬起頭，臉上的笑容慵懶而迷人：「這個方案，可以實施嗎？」

顧熠的呼吸粗重了許多，她的手指所到之處，無不引起顫慄，他的毛孔都跟著舒張閉合。身體的血液全跟隨本能湧向一處。

他一把抓住蘇漾四處點火的手，聲音沙啞而壓抑：「我想我還是不適合溫水煮青蛙。」說完，他的嘴唇已經粗魯地落在蘇漾的嘴唇上，毫不憐惜，激烈地好像要把她拆吃入腹。

他不喜歡她用這種表情跟他說話，讓他感覺完全掌控不住這個女人。

她沒有過於反抗，更沒有沉迷，只是微微瞇著眼睛，看著顧熠一點點沉溺其中。

他在她嘴唇上輾轉，她卻始終一動不動，中長髮披散在床單上，在在讓顧熠失控。他撕扯著她的衣服，啃噬著她肩頸的皮膚，她沒有遮擋，只是那麼看著他下一步的動作。

幾年的時間，她變了很多，如今的她，感性而冷靜。

顧熠粗喘著起身，跨在蘇漾腿上，正要解開褲子的皮帶，蘇漾終於找到了機會。

她修長的腿微微屈起，一腳踩在他勃發的火熱上，沒有羞怯，只是微微露出輕蔑的神情。

「你再做下去，我不保證你的命根子還能安好。」她始終帶著笑容，卻又十分冷漠，「顧熠，硬來，不適合我。」

她往下踩了幾寸，那種觸感讓顧熠情動，他的喉結滾動，忍耐著按兵不動，看著蘇漾。

她始終與他對視，以這種奇怪的姿勢，淡淡地說：「是你讓我發現工作如此有趣，甚至超過愛情。」她笑，「我現在不想圍繞著你了。」

說著，她一腳蹬在顧熠的胸膛上，兩人分開了一些。

蘇漾起身，姿勢性感而慵懶，坐在床邊一顆一顆扣起鈕釦，許久，她撩了撩頭髮，露出白皙的後頸，回過頭來，淡淡看了顧熠一眼。

「這樣的我，是你要的嗎？」

比起五年前的懶散，如今的蘇漾自律了許多。

這幾年的學習和工作經歷，讓蘇漾明白，這個世界上沒有白吃的午餐，有時候努力也不見得會有結果，但是不努力，一定什麼都得不到。

宿醉讓她的頭還有點痛，但她反而比平時起得更早，早早就到了Gamma，事務所裡沒幾個人。

她打開電腦，拿出昨天沒做完的平面圖繼續畫。

小橙拎著早餐進來，聽見蘇漾辦公室裡有聲音，門卻沒關，好奇地探頭看了一眼，有些意外：「蘇工，這麼早？」

她瞥了一眼小橙手上的早餐，笑著說：「趕快吃，今天還有很多工作。」

小橙拿著水杯去倒水，蘇漾也正好出來泡咖啡，兩人在茶水間相遇。

蘇漾的穿著沒有太大改變，依舊是簡潔的襯衫搭配窄裙，頭髮燙了微微的捲度，平時她都是綁一個馬尾或者挽成一顆丸子頭，今天頭髮全部披散下來，淺淺的波浪讓她看起來女人味十足。

那是一種很恬淡又勾人的氣質，小橙看著看著，就忍不住八卦了一句：「蘇工真的沒有男朋友？」

「嗯？」

「那追求者應該很多吧？」

蘇漾對小橙平時八卦或者逾矩都很寬容，很少拿主管的架子壓她。

她笑笑，掃了小橙一眼：「專心工作，少八卦。」

小橙知道蘇漾沒生氣，壓低了聲音：「其實我之前還以為妳是我們老闆娘呢。」

「為什麼？」

「顧工對妳很特別啊，而且妳和顧工很有夫妻臉誒。」

突然提及那個男人，想到昨天尷尬的場面，蘇漾皺了皺眉：「我長得那麼老嗎？」

「哈哈，」小橙說，「顧工也沒有很老啦，大叔控的經典款。而且顧工很好，又帥又有錢，有才華有地位，成熟男人的魅力。」

蘇漾撇嘴：「不稀罕。」

「那為什麼沒有談戀愛啊？聽林工說，您班裡以前就兩個女生。」小橙說，「我們現在招生都是一比一，女生多了，找對象沒那麼容易了，長得好看的都要靠搶的。」

蘇漾喜歡小橙身上的青春活力，和她說話，彷彿自己也年輕了幾歲。

「那妳怎麼找到了？」

「我男朋友是隔壁班的班草，我們打線上遊戲認識的，我被小學生虐了，就花錢改了名字，改成『暴打小學生』。」

「然後呢？」

「然後一進遊戲，對面是一個寢室組隊，其中段位最高的那個，就叫小學生。」說起這件事，小橙滿臉笑容，「然後他追著我殺了一路，我氣不過，加他好友，每天找他solo。」

「後來就打成男朋友了？」

「嗯。」說起男朋友，小橙一臉幸福的笑意，「後來打著打著，就在一起了，再後來才知道他是隔壁班的。雖然遊戲他比我打得好，但是學業成績我比他好，平衡啦。」

蘇漾看著小橙，兩人一聊就聊了近十分鐘，蘇漾手裡的咖啡都冷了。

她咳咳兩聲：「好了，放閃放夠了，趕快工作。」

小橙坐回座位，打開電腦，都還沒看看今天的新聞，蘇漾已經站在她電腦前。

「昨天妳交給我的圖有問題，我發郵件給妳了。」

蘇漾和事務所裡其他工程師不一樣，她很年輕，那種親和是真的來自沒有距離，而不是年紀所帶來的慈祥。平時小橙最喜歡的就是蘇漾，可是蘇漾一旦進入工作模式，就會變成完全不同的面孔。

她要小橙打開圖，手指一圈：「妳要自己先檢查，不是等我發現問題告訴妳。」

她嚴肅的表情，讓小橙忍不住吞了口口水，心想：這蘇工，漂漂亮亮的，怎麼偏偏有兩副面孔呢？剛才還聊得好好的，怎麼一工作起來就翻臉不認人？

同樣感慨蘇漾有兩副面孔的，還有 Gamma 的大 BOSS 顧熠。

顧熠昨晚被蘇漾從床上趕下來，這對男人來說，可以算是奇恥大辱。

他翻來覆去睡不著，腦海裡不斷回想著她說話的表情，是那麼輕描淡寫，彷彿真的放下了一切。

她問他：「顧熠，五年了，你怎麼會以為，一個女人一點都不會變？」

顧熠沒有覺得蘇漾一點都不會變，只是沒想到變化這樣大。面對這樣的蘇漾，顧熠有種打開潘朵拉盒子的感覺，永遠不知道下一秒會出現什麼。

很奇怪，他並不覺得這種全盤失控的感覺很討厭，反而讓他有種想要挑戰的興奮感。

強迫自己閉上眼睛，眼前只有她的一顰一笑。

不得不承認，現在的她，比起五年前，更令他心動。

晚上沒有睡多久，早上還是按時起床去事務所。

原本以為昨天宿醉的蘇漾會遲到，沒想到走進辦公室，她已經到了。

顧熠正要進自己辦公室，但是想了想又折回來，敲敲蘇漾辦公室的門，走進去……

蘇漾專心畫著平面圖，剛聽見敲門聲，還不等她看清楚是誰，顧熠已經走了進來。

看清來人，蘇漾沒有再抬頭，而是專注在平面圖上。

兩人昨天從那麼親密的距離，到今天這麼正經的場合，切換自如，都沒有太過尷尬。不得不承認，經過幾年的修練，他們的段位都提升了。

顧熠走到蘇漾桌前，手扣了扣蘇漾的辦公桌，語氣自然地說：「關於東城改建，因為之前耗費了太多時間，現在甲方希望能用最短的工期和最低的預算完成。」

蘇漾抬頭看了顧熠一眼，整個人往後一靠，旋轉椅往後退了一些。

「是不是覺得太為難了？」顧熠抿脣輕笑，「我們可以合作，我會盡力幫妳。」

蘇漾雙手交疊，放在自己的膝蓋上，她撩了撩自己的頭髮，微微一瞥：「我喜歡挑戰各種高難度的專案，但我也有我的要求。」

她說完，從椅子上站起來，走到辦公室的窗邊，活動脖子和手臂。

「工期縮短，預算降一半，我可以做，我只有一個要求。」蘇漾緩緩回頭，目光落在顧熠身上，「不管是你，還是別人，都不要指手畫腳。」

蘇漾說得擲地有聲，果斷篤定，俏麗的眸子看向顧熠，也沒有一絲一毫的退讓。她確實蛻變了許多。

顧熠雙手交疊於胸前，始終鎮定：「蘇漾，妳現在是不是對我有很大的偏見？」

蘇漾看了他一眼，微微抿脣：「我沒有那麼無聊。」

「那妳為什麼對我有那麼大的意見？」

蘇漾微微蹙眉，想到雲慶案例館最後的命運，越發感到遺憾：「你既然找了我，請百分之百信任我，過多的干涉，最後出來的結果只會不倫不類。」

蘇漾抬起頭：「你說過，你希望東城改建，是先有純粹的東西，才有商業的價值。我會給你，你要的東西。」

顧熠久久凝視著蘇漾，最後笑了笑：「好，我給妳自由，希望妳不要讓我失望。」

得到顧熠的保證，蘇漾又坐回她的位置，繼續工作。顧熠不再打擾她，正準備離開，突然想起林鋮鈞說的話，又折了回來。

「國際建築師協會N城大會青年建築展，有妳的展位？」

蘇漾正在思考問題，先是疑惑地「嗯」了一聲，反應過來後又點了點頭：「怎麼了？」

顧熠看著蘇漾，見她始終輕描淡寫，倒是有些意外。

畢竟這是高規格的展覽，國際建築師協會舉辦的，只有國內知名的青年建築師才能參加，顧熠是主辦方邀請的主展，而蘇漾則是第一次有機會參展。林鋮鈞看到她的名字，有些意外，畢竟蘇漾完全沒和他們提起，好像真的不是很在意的樣子。

「今天舉辦方的私宴，妳參加嗎？」

「不是晚上八點嗎？我想那時候我應該能下班。」

顧熠頓了頓：「妳自己去？」

蘇漾看了看時間，很自然地說：「你要是順路，願意載我一程，那是最好不過。」

顧熠看她那副理所當然的表情，笑了笑。

這女人，現在這討人厭的樣子，到底是跟誰學的？

晚上七點，顧熠換好衣服出來，按照約定，去接蘇漾。

蘇漾還在工作，顧熠來的時候，她才剛剛存檔今天畫好的圖。

顧熠上下打量蘇漾，有些詫異：「妳不換衣服？」

「不是私宴嗎？」蘇漾說，「我以為沒有媒體。」

「會去非常多的人，既然是『宴』，肯定會有一定規格。」

「哦，這樣啊。」蘇漾低頭看了看自己的襯衫和窄裙，「我這衣服應該也沒什麼問題，很正式了。」

顧熠本以為蘇漾會穿個小禮服什麼的，還特意換了放在辦公室的西裝，卻不想她的態度竟然這樣隨意。

在顧熠的注視下，蘇漾拿出一個髮圈，用嘴咬著。

雙手抓著自己披散的頭髮，攏了攏，然後手法熟練地將厚厚的頭髮挽成了一個圓形的髮髻。在顧熠驚詫的目光中，她自然地取下咬著的髮圈，繞了兩圈，將髮髻捆好。

蘇漾用修長白皙的手指，隨手從耳後挑下兩綹碎髮，微微鬈曲的頭髮，讓她隨手盤的髮髻，顯得女人味十足。

她自信地挑了挑眉，對顧熠說：「這樣是不是有晚宴感了？」

比起幾年前為她買了新衣服、新鞋子，她依然膽怯不已的樣子，如今蘇漾的魅力可謂由內而外。

人說精神世界的富足，比起皮囊的精緻、出手的闊綽，更讓人有自信，蘇漾可以說是典型的例子。

顧熠把車開到私宴舉行的飯店，車鑰匙交給飯店的工作人員，兩人站在金碧輝煌的飯店大門口。

顧熠低頭看了蘇漾一眼，嘴角勾起淺淺的弧度。

他彎了彎手臂，對蘇漾說：「不挽著？」

蘇漾疑惑地抬頭：「為什麼？」

「一男一女一起出席晚宴，都是挽著手臂的。這是西式禮儀。」

蘇漾知道顧熠是在糊弄她，立刻抿了抿唇，一臉挑釁地學顧熠的樣子，也伸出手臂彎了彎，不甘示弱地說：「那你挽著我，也是一樣。」

這次的國際建築師協會N城大會青年建築展，確實是蘇漾第一次有資格參展，這還要感謝曹子崢，上一屆曹子崢作為主展建築師，為展覽增光不少，是他向主辦方推薦了蘇漾，蘇漾這才進入主辦方的視野，在作品審核通過後，獲得了本次參展資格。

作為她的老師，曹子崢用盡了一切可用資源為她鋪路，所以蘇漾不會得意忘形，曹子崢教會她的是一種沉澱，她只覺得之不易，真誠感激所有的機會。

顧熠是本次青年建築展的主展建築師，這是他第二次做協會的主展建築師，在私宴上自然是眾星拱月，蘇漾作為新人，安排到的位置離他很遠。

顧熠原本想帶蘇漾走一圈，為她介紹一些人認識，但蘇漾覺得這樣不合規矩，自己主動按照門口貼的位置指示，去找她的桌子。

蘇漾剛從X城回N城沒多久，和N城新冒出頭的建築師都不是很熟悉。與蘇漾同桌的新人建築師中，好幾個都互相認識，蘇漾過來的時候，他們已經在聊天了。蘇漾不知道怎麼和完全陌生的人搭話，所以隨便拉了張椅子坐下。晚宴還沒開始，蘇漾也找不到什麼破冰的話題，索性拿出手機看新聞。

建築業是一個很奇妙的行業，對於資歷和才華的重視，國企一般是排資論輩，外企比較公平開放，但各個事務所的狀況不同，還是要看老闆的為人。越是高級的事務所，包容性越強，越尊重年輕人。不過建築業的新人大多數喜好崇拜大師，沒有太多很自我的人，就算有，也是憋在心裡。

所以新人建築師的話題也很容易揣測，基本上就是討論顧熠這種偶像派大師，以及那些前輩大師近來的動向。

蘇漾倒是沒有想到，有一天，尚且籍籍無名的她，居然會成為大家茶餘飯後的話題。

「你們知道這次最後一個參展的那個走後門的嗎？」

「好像叫蘇漾？以『山水建築』參展的那個？」

蘇漾聽到別人提起她的名字，本能地抬頭看了一眼。

說完名字，旁邊的人立刻低聲說：「小聲點，人家要是來了呢。」

「還沒呢，」說的人一臉放心，「她的位子不是還空著嗎？」

蘇漾聽到他們議論，才發現原來每個位子後面都貼了建築師的名字，她沒注意到就直接坐下了，是她坐錯了位子。

關於她的討論還在繼續。

「聽說是以前『無用工作室』的人，之前跟著曹子崢，現在又混到顧熠身邊，女建築師，厲害了。」

「長得漂亮嗎？長得漂亮就可以理解了。」

兩個男人話一說完，眾人都笑了起來。

蘇漾握了握拳頭。

一個默不作聲的女建築師聽到一群男人在說女建築師怎樣，不爽地插了一句：「女建築師就不能參展嗎？『山水建築』這樣的概念，你們敢做嗎？」

男人對女建築師的話微微不滿，立刻圍繞著蘇漾的作品討論起來。

「為什麼現代高樓建築沒有東方建築的要素？很多東西不是理想主義就可以實現的。曹子崢將『山水建築』的概念主要用在象徵性的建築上，他選擇了學院為歸宿，就已經不言而喻。我們都很清楚，『山水建築』落到城市建設上，本來就是一個很勉強的概念，太執著於形式本來就是錯的。而她企圖將『山水建築』的概念，完全執行到城市建設中，暴露出她年紀尚輕、深度不足的短處。」

說起「山水建築」的概念，大家又是一番激烈的討論。連兩年前「無用工作室」競標X城新地標失敗的事也拿來說嘴。

蘇漾聽著他們的討論，一言不發，內心五味雜陳。

顧熠應酬完協會裡的那些老油條後，第一時間就想回頭去找蘇漾。

因為今晚會來一個前輩專家，他曾經是曹子崢的老師，是第一個在現代建築中提出『山水城市』這個概念的人。這麼多年他一直待在美國，這次只回國一週，協會請他回來擔任開幕嘉賓。

顧熠想為蘇漾找個機會，讓她和真正的大師取經。

顧熠找了一圈，最後在服務員的指引下，才找到位於角落的最後一桌。

他遠遠就看見蘇漾的背影，挺直的背脊，高高盤起的頭髮，坐在一張貼著『李格』名字的椅子上。

他走近那一桌，才發現那桌人正在議論蘇漾。很明顯，蘇漾並沒有自我介紹，不知她是不是故意坐在別人的位子上。

他不由好奇地停下腳步，聽著那些人議論。

基本上都是負面評價。

「通常不按牌理出牌，堅持一些出格概念的，多是想要一舉成名。」另一個說話的男人眼中有淺淺的不屑，「建築業有句話，三十歲是不可能成名的，除了顧熠和曹子崢。急功近利的作法，最後肯定會死得很慘。」

「學院裡那些八十多歲的老院士至今仍是榮譽利益衝在前，設計院裡四五十歲的獨吞專案算是客氣的，誰不想年少成名，但是沒有那個能力，就應該循著這個軌跡，才能讓人認可和信服。」

討論了那麼久，顧熠以為蘇漾應該是不會反擊了。因為大家幾乎把她的底細都摸清楚了。跟著曹子崢，好處是能得到更多機會，壞處是他的專案關注的人總是過多。以前蘇漾藏在幕後，大家只是討論曹子崢，如今她站出來，資歷最淺的她，自然成了出頭鳥。

在最尷尬的時候，蘇漾突然站起來，淡淡一笑，不經意地說了一句：「我發現原來我坐錯位子了。」

在眾人詫異的目光中，她挺直肩背，一步一步，堅定走向那個貼著她名字的位子。好幾個人因為她的舉動，忍不住倒抽一口氣，所有人都噤聲了。

此刻，蘇漾像是會議的主持者，華麗轉身，面帶微笑地總結陳詞，不帶絲毫怨懟，「建築設計，從來都不是一個人可以完成的，那麼，在年輕人創造力最旺盛的時候，為什麼不給他們機會，做需要創造力的部分呢？在這個高度分工的時代，沒有必要讓年輕人等待多年，得到所謂的『成熟』以後，再放手一搏，那時候大概已經被多年的俗物磨平了創造力吧。」蘇漾笑，「我確實渴望得到機會，這我不否認，所學所想的東西，我想付諸實行，這是人之常情，我並不覺得可恥。」

一群男人在背後議論女人，而這個女人就在現場聽完了他們的對話。這大概是空前絕後的尷尬場面，自然沒有人對蘇漾的話再提出什麼異議。

「不管你們怎麼批評『山水建築』，我都會堅持下去。如果我的堅持，能讓更多建築師加入，為國內建築找回獨特的面貌，恢復原有的特色，為什麼不堅持下去呢？」蘇漾站在那裡，掃了一眼全桌的人，漂亮的眸子裡，投射出來的是自信的光芒，她一字一頓地說，「至於現在能否成名，我並不在意，因為我相信，總有一天我會成名。」

顧熠站在不遠不近的位置看著蘇漾，他安靜地聽完蘇漾所有的話。像一個觀眾一樣，專注看著蘇漾的表情，聽著她的每一個字句。

他只覺得，這一刻，蘇漾這個名字，不止是一個女人的符號，更是一個建築師的名片。

許久許久，他緊蹙的眉頭慢慢舒展開來，嘴角漸漸勾起淺淺的弧度……

私宴結束後，蘇漾因為顧熠的面子，有幸和曹子崢的老師、「山水城市」的提倡者程頤先生對話。

說起這個「概念」的發起和執行，程頤先生沒有任何得意或者驕傲的態度，相反的，對於「山水城市」的未來，他表現出滿滿的憂心。

「現實與理想是有差距的。科技如此發達，人們不願意去復興古老的東西，而結合，本身就是一種爭議很大的方式。」

和在那些新人建築師面前表現出的自信和狂妄不同，蘇漾離開宴會後，許久都沒有說一句話。

蘇漾的視線落在窗外，車速平緩，眼前流過的，是高速發展的水泥叢林，是她努力掙扎，想要得到一席之地的世界。

她也有她的困惑。

程頤老先生做不到的事，曹子崢做不到的事，她能做到嗎？其實她並沒有絕對的把握。不管她嘴上說得再好聽，心中始終有些缺乏信心。

顧熠在晚宴上沒有喝酒，此刻開著車，一路上有意無意地看著蘇漾。

他沒有問蘇漾發生了什麼事，也沒有刻意找話題，只是以很稀鬆平常的口吻問道：「請妳吃個宵夜？」

她回過頭來，眸光暗了暗：「你沒吃飽嗎？」

顧熠點頭，然後問蘇漾：「妳想吃什麼？」

蘇漾想了想：「那就燒烤吧，搭配冰鎮啤酒，這個季節正好。」

燒烤攤的位置在窄巷中央，沒辦法停車，顧熠只好把車停在臨街的另一條小路上。

兩人衣著乾淨而正式，和那些穿著拖鞋、休閒褲來吃燒烤的人完全不同。

蘇漾嘴上說不餓，吃起燒烤來卻胃口極好，冰鎮啤酒都喝了六七瓶。

直到這一刻，她臉上才露出一絲笑容。

「網路上有句話，心情不好的時候，吃火鍋就好了，如果還不好，那就再吃一鍋。套用在燒烤上也很管用啊！」

顧熠要開車，沒有喝啤酒，看著蘇漾，笑了笑。

「其實顧熠，」蘇漾打著酒嗝，面頰微紅，「我現在才發現，你真的很厲害，很厲害。」

「嗯？」

「當年你那麼年輕就成名，一定比我受到的非議更多。」

顧熠抿脣：「我現在不是還在網路上被黑得很慘嗎？」

「哈哈。」蘇漾開朗地笑了，心情好很多。

「蘇漾，我讀書的時候幾乎沒有寒暑假，我用最快的速度修完學分，所以畢業的時候，比別人小好幾歲。當年我跟著我的老師在美國，那一年的時間，我把自己的身段壓到最低，完全跟著別人的想法，只是畫圖。後來是我的老師給我機會，我才能開始做設計。」顧熠說起自己的過去，沒有過度渲染艱辛的經歷，只是淡淡地陳述，輕描淡寫，「離開老師後，我和幾個朋友成立工作室，開始瘋狂投標。當年至少投過上百個公開招標的專案吧，我們花光積蓄，到處借錢，一直到那棟地標建築得標。那時我們已經快要山窮水盡了。

「成名後，我得到很多名利，卻和朋友們因為理念不合而分道揚鑣，後來回國，遇到林鋮鈞、李樹他們，才有了今天。」

顧熠的嘴角揚起淺淺的微笑：「我為工作室取名 Gamma，因為 Gamma 是希臘字母的第三個。第一鋒芒太過，第二會有很多不甘心，第三，永遠是那個最努力、最穩定的位置，進步空間大。我告訴自己，我很一般，所以，我走到今天。」

「蘇漾，沒有事情是努力做不到的，現在做不到，以後也會做到。我今年三十四歲，除妳之外，我從未對任何女人動心。」顧熠目光灼灼地盯著她，「妳知道妳有多厲害嗎？」

吃完燒烤，在顧熠難得的鼓勵下，蘇漾又找回青春幾何的夢想。

夏夜的風溫熱，掠過皮膚，帶出微薄的汗。

最近天氣極好，走在沒有霓虹燈的巷弄裡，抬起頭，還能看見天上的星星，城市裡難得見到的自然景象。

兩人走到停車的那條路上，顧熠的車因為違停，擋住消防通道，被拖吊了。

沒有車了，兩個酒足飯飽的人卻沒有絲毫暴躁，只是相視一笑。

小路不好攔計程車，兩人只好往大路走去。

蘇漾穿著高跟鞋，走路有些累，回頭看著顧熠，突然玩心大起：「我們玩個遊戲吧？」

顧熠微微撇頭：「嗯？」

「我們玩剪刀石頭布，輸的人背贏的人走五步，以此類推，一直到大路口。」

顧熠挑眉：「妳背得動我？」

蘇漾笑：「五步，應該可以。再說，你怎麼知道一定是你贏？」

很多年前，在皎月村，為了誰睡床，他們也曾經玩剪刀石頭布。當時蘇漾慘敗給顧熠，屈辱地把床讓給了他。如今再戰，蘇漾自是嚴陣以待，摩拳擦掌。

「剪刀、石頭、布！」

「……」

蘇漾依舊不知道顧熠的那一套機率運算。她循著本能出拳，每一步都在顧熠的計算之下。輸贏，只在他一念之間。

顧熠背著她，一步一步在星空下的城市小路上走著，每一步都很平穩。

蘇漾因為每把都「贏」，一直得意洋洋，帶著酒氣，她爽朗地笑著，難得帶著幾分孩子氣：「顧熠你老啦！要被我這個後浪拍死在沙灘上，哈哈哈，以後請叫我剪刀石頭布之王。」

「是，」顧熠的聲音沉靜悅耳，淡淡如弦，「剪刀石頭布之王，別亂動，要掉下來了。」

因為醉意，她不再那麼在意男女之防，聽了顧熠的話，她用力往他背上爬了爬，緊緊圈住他的脖子。

一整晚的不甘心，不服氣，都在此刻煙消雲散。

她在顧熠背上，像直銷團隊一樣，很大聲地喊了一句：「我蘇漾，絕不放棄！「我知道大家都看不起我，覺得我是個異類，我偏偏就要堅持下去！我要讓他們知道，這個世界的真理，是掌握在少數人手裡的！」

顧熠的耳朵幾乎要被她震聾，卻沒有說什麼責怪的話。

他聽著她那些為自己加油打氣的話，對她，只有真心的理解。

因為當年，他也曾經有過這樣的經歷。

許久許久，他才輕聲叫喚蘇漾的名字：「蘇漾？」

回應他的，是蘇漾平穩的呼吸聲。

她太累了，已經睡著了。

他背著她，繼續往前走著。

彷彿在自說自話，他緩緩道：「蘇漾，我知道妳的夢想，讓我幫妳。」

第二十章　園林

牛皮吹出去了，真的實踐起來，難度不是一般的高。

東城的專案如今成了蘇漾此生最棘手的專案，如何在保存父親設計的同時，又滿足現代的需求，將風格做到統一而不過時，這真是個難題。

蘇漾出了好幾個方案，還沒拿到顧熠那裡，就先被林木森否決了。

作為一個資深結構技師，他對蘇漾提出的一些難以實行的方案，都直言不諱其缺點，在會議上搞得蘇漾有些沒面子。

林木森在做結構技師之前，也是做方案設計師，雖然蘇漾被他正面打槍，卻不能否認，他想問題更全面，遠比蘇漾更穩當。

連續一週，這個專案進度完全停滯不前，說實話，蘇漾也有點急了。人一急更容易自亂陣腳，為了能以最好的狀態重新進入專案，她決定先將專案放一放。

晚上有一場N大學妹的婚禮，原本也請蘇漾代為邀請石媛，但是石媛加班沒時間去，再加上也不是那麼熟，就請蘇漾幫忙帶一個紅包過去了事。

蘇漾正在收拾自己的包包，林木森正好過來，看見蘇漾還沒下班，隨口問了一句：「怎麼還沒走？」

他身上有淡淡的菸味，蘇漾往後微微退了一步：「你不是也還沒下班？」

「幫林鋮鈞趕案子。」林木森微微皺眉，「他的設計完全是用腳做出來的垃圾，我沒辦法幫他做結構，所以打算回家了。」

他以平常的語氣，批評資深設計師林鋮鈞，用詞尖銳，完全沒有怕得罪人的意思。蘇漾終於有點理解林鋮鈞說他任何事都能炸是什麼意思了。現在她覺得他對自己的那些批評實在很客氣，頂多就是一句：「妳是不是用除皺霜，把妳大腦的紋路都抹平了？」

他微微抬眸看了她一眼：「回家？」

蘇漾禮貌地搖頭：「去參加一場婚禮。」

林木森微微一怔：「是嗎？好巧，我也是。」

N城真的沒多大，聊著聊著就遇到熟人。

林木森隨口問了問，發現原來他們的目的地是同一場婚禮。蘇漾也不矯情，林木森提議帶她一起去，她就同意了。

蘇漾的學妹嫁給了林木森高中老師的兒子，原來她和林木森的高中只隔了一條街。

「原來你也是N城長大的？沒聽你說方言。」蘇漾說。

林木森目不斜視地開著車，淡淡解釋：「我爸轉職以後分到N城，我們是X城人，不會說這邊的方言。」

「怪不得。」蘇漾想了想，又好奇地問，「那你是X城人，林鋮鈞豈不也是？那他N城話說得很好啊！」

林木森嘴角泛起一絲揶揄的笑：「他會的語言實在太多了，世界各地，天南海北，只要他泡過的妞，他都能說幾句，更何況是在N城這麼多年。」

「太神，」蘇漾笑，「他怕是從幼稚園就開始撩妹了吧？」

「可能在娘胎裡就開始了。」

兩人就這麼聊了一路，居然一點都不尷尬，蘇漾甚至覺得時間過得還挺快。

因為是週六晚上，這間飯店一共有四場婚禮。

蘇漾在門口找到她學妹的婚禮背板，看著新人的名字，蘇漾覺得很熟悉，但是一時半刻竟想不起來。

等找到正在迎賓的新人，蘇漾才終於明白她覺得熟悉的原因。

因為新郎不是別人，正是石媛的初戀男友——羅冬。

看到蘇漾，很顯然，羅冬也很尷尬。大概是男女雙方分開邀請自己的朋友親戚，他不知道學妹居然還請了她。

這一刻，蘇漾只覺慶幸，還好石媛要加班，不然來參加初戀男友的婚禮，真不知該怎麼形容。

蘇漾把兩個紅包一起奉上，學妹大方地笑著：「石媛學姐不來？」

羅冬聽到「石媛」的名字，表情有些不自在，蘇漾也有些尷尬，笑了笑：「她最近趕專案，老闆不讓她走。」

學妹很大方，也沒說什麼，只是自然地把紅包交給羅冬。

羅冬低頭看著紅包上寫著的「石媛」兩個字，手指不自覺在那個名字上摩娑了一下，然後才遞給一旁收紅包的招待。

學妹看了一眼蘇漾身邊的林木森，調侃道：「男朋友？」

蘇漾搖頭：「林工是我的同事，很巧，他是妳老公爸爸的學生，知道要參加同一場婚禮，就一起來了。」

林木森也適時遞上紅包。

「謝謝你們，先進去坐吧。」

蘇漾覺得，這是她人生參加過最如坐針氈的婚禮。

羅冬和學妹是相親結婚的，婚禮並沒有那麼煽情，也許是羅冬的表情太過鎮定，好像只是完成工作一樣。

就像石媛說的，五年過去，羅冬還在奮鬥考一建，他沒有成長為石媛想要的那種男人，在忙碌的工作中，他只是成為一個普通的建院設計師。以他目前的資歷，想要出頭，大概要熬到四五十歲。

這是建築系學生最普遍的現狀，其實並不難想像。

想想當年他們也並非如此。

石媛出國前，已經分手兩個多月的羅冬，突然找上蘇漾。

不過兩三個月沒見，羅冬卻憔悴得好像老了好幾歲。

他失魂落魄地問蘇漾：「石媛回老家了嗎？能不能告訴我，石媛的老家地址？」

蘇漾很為難，因為石媛已經辦好去美國的手續。

蘇漾最終沒有給地址，她知道石媛的性格，下定決心，就不會改變。但她還是心軟，告訴羅冬石媛老家的號碼。

羅冬認真地把石媛的號碼記在手心。

轉過身，他卻又擦掉了。

臨走前，他頂著滿是血絲的眼睛，交給蘇漾一個小盒子，裡面是一枚很樸實的求婚戒指。

「麻煩妳，幫我把這個交給石媛。」

然後他轉身就走了。

他的背影看起來很落寞，肩膀一路都在顫抖。

蘇漾知道，他哭了。

羅冬送的戒指，很多年了，石媛一直戴在脖子上。

每次蘇漾取笑，石媛總是說，留個紀念而已，已經沒什麼意義了。

有沒有意義，只有她自己知道。

參加完婚禮，蘇漾去了石媛的公司，接石媛下班。

比起剛回國的意氣風發，石媛現在只是建築業界一個很普通的加班狗，每天被主管和甲方折磨，漸漸失去稜角。

有時候她打電話給蘇漾抱怨不想改方案，蘇漾要她再堅持看看，她就會反過來教育蘇漾：『職場是很殘酷的，我們沒辦法隨心所欲，做設計的不改圖，怎麼可能呢？妳能不改圖嗎？甲方才是爸爸。』

她的論調讓蘇漾也有些哭笑不得，實在搞不懂她到底是想抱怨，或者只是要蘇漾順著說一句：乖乖去改圖？

石媛沒想到蘇漾會來接她下班，一臉高興。

蘇漾看了石媛一眼，欲言又止，最後笑笑說：「沒吃飽，過來找妳吃宵夜。」

石媛摸了摸肚子：「我最近在減肥，宵夜罪孽深重。」

「這麼瘦了還減什麼肥？」

「追求完美嘛。」石媛對自己的嚴苛是全方位的，說不吃宵夜就不吃，「我今天開車，送妳回家。」

蘇漾看了石媛一眼，點了點頭。

兩人一起往停車場走。

「今天的婚禮怎麼樣？」石媛笑，「學妹的老公帥不帥？人怎麼樣？」

蘇漾微微垂眸：「還行。」

「沒有照片嗎？給我看看，好歹我也包紅包了。」

「我沒拍。」

石媛睨了蘇漾一眼，「妳真的是，完全不像現代人。」說著，她突然想起什麼，趕緊拿出手機，「學妹剛才好像加我好友了，大概是我送了紅包她有點不好意思，說以後我結婚一定要發喜帖給她。她肯定發了圖。」

「別……」

蘇漾想要阻止已經來不及，作為新娘子，社群上的最新照片自然是今天的婚禮。

石媛加她好友的時候還在加班，沒有點開來看。

停車場的訊號不好，每一章照片下載原圖都要載很久，石媛卻異常有耐心，一張一張放大，一張一張看。

看完照片，石媛意味深長地看了蘇漾一眼：「怪不得妳突然跑過來，原來是他結婚了。」

蘇漾不知道該說什麼，只是很心疼石媛此刻故做堅強的樣子。

「石媛……」

石媛收起手機，突然笑呵呵地對蘇漾說：「我覺得人有時候也不能太自律，其實我現在挺餓的，還是去吃宵夜吧。」

比起很多年前石媛喝幾瓶就醉了的慘狀，如今她完全是個深不見底的酒罈子。喝了那麼多下去，卻是一點醉意都沒有。

兩人坐在麻辣小龍蝦的攤子上，點了好多吃的，她卻只是喝酒。

一邊喝，一邊說著這些年的經歷。

「其實美國沒有那麼好混……全世界的人才擠過去，我的學霸優勢沒了，挫敗感很強。很佩服顧熠，在那種修羅場能以華裔身分脫穎而出。」石媛笑，「畢業後，我腦子裡就只有兩個字——回國。

「回國以後，本來以為仗著履歷可以有點優勢，可是如今海歸那麼多，我還不如妳，好歹在一個冷門領域裡研究了這麼多年。我會的，別人也會；別人會的，我不一定會。其實也沒什麼競爭力。妳告訴我，要堅持做自己，如果覺得是對的，就不要改圖。蘇漾，妳說，這怎麼可能呢？

「說出來妳肯定會鄙視我。其實我當年去美國，沒申請到獎學金，全是自費。當時一邊打工一邊念書，壓力很大。我那兩任男朋友，都是為了分攤房租才在一起的，根本不敢提結婚，因為他們的眼裡，分明沒有珍惜。現在更不可能遇到想結婚的對象了，一個個都像行屍走肉。」

聽著驕傲的石媛、如同她人生導師一樣的石媛，冷靜地承認自己的軟弱和失敗，蘇漾比剜心還痛。

「別說了，石媛，都過去了。」

石媛又喝了小半瓶酒，苦澀地笑了笑：「妳問我為什麼現在酒量那麼好。哈哈，因為有很長一段時間，我都因為壓力而失眠，要喝酒才能睡得著。」

她放下酒瓶，突然抬起頭，聲音沙啞，問蘇漾：「學妹今天是不是很漂亮？」

「石媛……」

「蘇漾，妳能不能轉過身去？就一下，五分鐘，好嗎？」

有句很俗的話說，不曾在深夜裡痛哭的人，不足以談人生。

以前蘇漾不懂，可是當她轉過身，聽見背後傳來的，石媛壓抑的哭聲。

她也跟著紅了眼眶。

她們都長大了，因為成熟，連哭都要壓抑自己。

這種感覺真的很痛。

石媛喝得太多，結帳的時候，把人家宵夜攤的老闆都嚇到了。大概是沒想到兩個年輕女人，居然這麼能喝吧。

「失戀了？」老闆看著石媛，一臉了悟。

蘇漾沒說話，只是從錢包裡拿出錢遞給老闆。

老闆接過錢，看也沒看直接塞進口袋，然後說了一句：「下次失戀，再來我的店，我送你們一個涼拌菜。」

蘇漾哭笑不得。

正煩惱著該怎麼送石媛回去，蘇漾的手機忽然響了起來。

是顧熠打來的，問她一些工作上的事。

聽見蘇漾氣喘吁吁的聲音，顧熠頓了頓：「妳不在家？」

蘇漾扛著石媛在路邊招車，那些計程車一看石媛一副醉死、隨時可能會吐的樣子，都立刻擺手開走。

蘇漾用肩膀夾著手機，最後想了想，問顧熠：「你現在要是不忙，能不能來接我一下？」

顧熠來得很快，將車停在路邊，看著蘇漾半扛著石媛的樣子，覺得這情景似曾相識。

顧熠幫蘇漾把石媛送上後座，石媛乖乖地躺在後座，比起幾年前爛醉失態的樣子，如今的她，連喝醉都很克制，不鬧不哭，只是緊緊抱著手臂躺著。

蘇漾滿頭大汗地坐在副駕駛座，扣上安全帶。

顧熠皺著眉從後照鏡看了後座的石媛一眼：「怎麼回事？」

蘇漾手裡握著石媛的項鍊，她戴了許多年的那條。

石媛終於還是取下那條項鍊，上面掛著羅冬送的戒指。

醉倒前，石媛只吸著鼻子說了一句：「早知道這樣，應該讓妳帶去還給他。」

蘇漾的心情有些複雜，只是簡單地回答顧熠：「失戀了。」

顧熠聽到這個答案，再看看眼前的情景，按下啟動鍵，引擎運轉的聲音中，他微不可察地嘆息一聲。

蘇漾聽見這一聲嘆息，有些詫異，「你嘆什麼氣？」想到石媛這一晚說的話，她問，「難道你也有什麼傷心的往事？」

顧熠雙手握著方向盤，緩緩轉過頭，幽幽看著蘇漾，一副怨夫口吻說：「她都失戀好幾次了，想我三十幾歲，還沒有這個經歷。」

蘇漾聽他在這種情境下，還這麼不正經地說話，忍不住皺了皺眉：「想經歷嗎？我可以馬上讓你體驗一下。」

顧熠趕緊鬆開煞車，讓車前行：「我開玩笑的。」

蘇漾冷哼一聲。

顧熠開著開著，瞄了蘇漾一眼：「我有個問題想問妳。」

蘇漾抬頭：「嗯？」

「我現在，在妳心裡，有幾分？」

蘇漾沒想到顧熠會突然問這件事，微微一怔。

他似乎有些期待答案，時不時瞥蘇漾一眼，蘇漾只得敲了敲儀表板：「專心看前面！」

蘇漾熟悉的壞語氣，倒是讓顧熠臉上的表情放鬆下來，他的嘴角帶著一絲淡淡的笑意，濃密的眉毛透露著主人此刻心情不壞。

「所以，答案？」

蘇漾把頭偏向窗外，沒有看他，只是悶聲回答：「二百五吧。」

顧熠把蘇漾和石媛送回老宅，又把在路上買的解酒液遞給蘇漾，就開車回去了。

餵石媛喝下解酒液，石媛睡得不安穩，又吐了好幾次，才終於沉沉睡去。

將一切搞定已經凌晨快四點，蘇漾終於得以休息。

石媛縮在角落睡著，和大學時張牙舞爪的模樣完全不同。現在的她，自負又自卑，有野心也很挫敗，雖然看起來越來越光鮮亮麗，內心卻比以前荒蕪許多。

人很奇怪，石媛看似很確定自己想要什麼，然而實際上，她一直以來的選擇只是跟隨大眾的腳步而已。相比起來，蘇漾的固執救了她，因為當初她研究了完全不一樣的方向，所以她在業界反而有了一定的不可取代性。

早上八點，蘇漾順著生理時鐘起床，石媛也醒了，看著蘇漾忙前忙後，石媛揉了揉宿醉後的腦袋。

「我昨天沒哭吧？」石媛問。

蘇漾笑：「哭得像狗一樣。」

「哎呀。」石媛懊惱，「那我的妝豈不是都花了？」

兩人梳洗完畢後，各自去上班，重新回歸到自己的位置，很多東西已經不需要深刻去剖析，因為她們的時間要用來創造更有價值的東西。

過去就是過去，會懷念，但是不會後悔。

這就是現在的她們，二十七歲的都市職場女性。

只睡了四個多小時，蘇漾依然在努力生新的方案。

早上顧熠來上班，見蘇漾已經坐在電腦前面，不由皺了皺眉。走進她的辦公室，敲了敲她的電腦螢幕，蘇漾詫異地抬頭。

「有事？」

顧熠皺眉：「妳是女超人嗎？」

「怎麼？」

「昨天照顧醉鬼，肯定沒怎麼睡吧？」

「還好，可以堅持。」

顧熠看了蘇漾一眼，看到她眼底的青黑，眸光微微一暗：「回家去休息。」

「方案很趕。」

「我要妳回家就回家，再趕也不差那幾個小時。」

他見蘇漾不聽話，手直接放到電源上，霸道的態度讓蘇漾完全沒辦法拒絕。好不容易做了一半的圖，還沒存檔呢。

抱著自己的包包，坐在搖搖晃晃的公車上，蘇漾的心緒十分平靜。

陽光和煦的春天，四處都是蓊鬱蔥蘢的樹木。N城老街的百年梧桐還剩幾棵，生長得十分茂盛，恣意伸展的枝椏，幾乎要戳進路邊的民宅裡。

很奇怪，這裡是她土生土長的城市，可是一段時間沒去哪個地方，那裡就會變成她很陌生的樣子。

城市的高速發展，對她這樣主張回歸自然的建築師來說，是極大的阻力。

跟著曹子崢學習的這幾年，她為了修身養性去讀古書，修習書法，品茶道，但這種體會都很淺薄。她努力讓自己去體會中華傳統文化，但她還是很難畫出非現代主義的東西。

其實那天議論她的人所質疑的事情，也是她和曹子崢這麼多年很想突破的東西。

腦子裡始終沒有什麼好的想法，顧熠要她回家睡覺，她其實也鬆了一口氣，因為她的腦子真的是一團糨糊。

說實話，她很感激顧熠的體貼，他總是什麼都不說，卻能發現她在設計上遇到的困境。

早上跟石媛離開家，兩人走在空無一人的小路上，她突然很感慨地說，「蘇漾，真沒想到，當初我老鄙視妳，最後卻是妳活成了我想要的樣子。」石媛轉過頭看著蘇漾，一臉認真，「我真羨慕妳遇到顧熠。」

「為什麼？」

「這麼多年，他還在等。」

蘇漾笑，對顧熠的一切，都不予置評。

「蘇漾，最好的愛情，是勢均力敵，是妳讓我明白這個道理。」說完，她笑著拍了拍蘇漾的肩膀，笑笑說，「別讓他等太久，他年紀大了。」

「……」

蘇漾的頭靠著玻璃窗，扳著手指算一算顧熠的年齡，嘴角浮現一絲笑意……

國際建築師協會N城大會青年建築展，正式開幕，蘇漾的展位不大，在比較角落的位置，作為資歷很淺的新人建築師，能入選就不錯了，蘇漾沒什麼怨言，很認真地布置著她的展臺。

展臺掛著一些建築的照片，螢幕上不斷變換影像，都是蘇漾設計的、已經建成或者尚在建設的作品。

她挑選出來，重新製作成模型的，是當初和林木森說起的作品「茶杯」，那並不算是她的得意之作，名氣也很一般，但是因為面積小、規模小，是完全按照她的心意完成的作品，所以她選擇以「茶杯」為代表作展出。

蘇漾的展位一直是她和小橙在忙著布置，本來萬事就緒，結果不知道燈光是怎麼裝的，展覽還沒正式開始，成排的聚光燈就有一盞不亮了，找不到工程師，工人都在幫其他的建築師，蘇漾不得已，只能自己換。

踩著凳子，蘇漾認真研究聚光燈的安裝方式，小心翼翼拆掉了外面的燈罩。

「小橙，燈泡。」

「噢，我去拿。」

小橙放開了原本扶著蘇漾的手，轉身去拿燈泡。蘇漾光著腳站在凳子上，伸手想去拿小橙放在一旁的螺絲起子，結果身體一歪，椅子「嘎吱」一響，蘇漾瞬間就失去平衡。

千鈞一髮之際，蘇漾感覺右邊的腰被人扶住，溫熱的掌溫透過布料傳到腰間敏感的皮膚上，讓蘇漾有些發怔。

在那隻手的幫助下，原本要摔下去的蘇漾，又恢復了平衡，站直身體。

蘇漾心有餘悸地拍了拍胸口，她害怕的不是自己摔倒，而是她的模型，一砸就完了。

蘇漾微微偏頭，看清了來人，居然是林木森。

怪不得稍微一接近，就聞到淡淡的菸草味道。

林木森站在蘇漾身旁，對蘇漾勾了勾手指：「下來。」

「嗯？」蘇漾想了想，明白他的意思，趕緊道謝，「我可以自己來。」

林木森又看了她一眼，皺了皺眉：「下來。」

蘇漾對林木森嚴厲的表情還是有些害怕，在他的堅持下，扶著他的肩膀從凳子上下來。

就在這時，小橙氣喘吁吁地把燈泡送了過來，不等蘇漾反應，林木森已經拿走燈泡。他個子很高，椅子都用不著，直接手一伸，就把燈泡裝了上去。再拿起小橙遞過去的螺絲起子，熟練地把玻璃罩裝回去，整個動作一氣呵成，一點都不費力。

蘇漾站在一旁，暗暗感嘆，這老天造男女，果然還是有不同。

重新接上電源，蘇漾的展位終於萬無一失，蘇漾輕吐了一口氣。

「謝謝。」蘇漾說。

「嗯。」林木森還是那副冷冷的樣子。

林木森圍著蘇漾的展位參觀了一圈，逐一挑著蘇漾作品的毛病。對她展出的每一張圖、照片都有評論。

林木森在做結構技師之前，也是方案做得很棒的設計師，所以他的評論確實非常專業。一輪說完，原本以為他會說出更嚴厲的批評，不想他卻突然轉過頭來，看了蘇漾一眼，「不過我很意外，妳居然還滿堅持的。」他頓了頓，「如果沒有人來復興，我們的傳統文化就會被舶來品侵蝕。所以我才加入妳的團隊。」

林木森的嘴角微微上揚，毫無徵兆地對蘇漾笑了笑：「加油，蘇工。」

也不知道為什麼，第一次得到他的肯定，蘇漾居然有種心潮澎湃的感覺。

「我會的。」說話的同時，她竟然忍不住哽咽。

林木森走向投影機，蘇漾繞過他，將影片重新播放了一遍。

小橙接到主辦方通知，提醒蘇漾：「蘇工，該去主會場接受採訪了。」

蘇漾一聽，也顧不上和林木森聊天，趕緊從角落裡拿出自己帶來的高跟鞋換上，然後收好自己的平底鞋，交給小橙。

蘇漾匆忙走過林木森身邊：「林工，那我先走了。」

「等等。」

林木森的聲音難得地平和，他低頭看了看蘇漾，抬手將蘇漾的一綹碎髮撥到她耳後。他的手指觸到蘇漾敏感的耳廓，讓蘇漾忍不住往後退了一步。

「我……」

林木森做了一個「噓」的手勢。

「別緊張。」

顧熠的展覽都是助理在跟進，他的作品太多，選取幾個最出名的就好。

這樣規格的展覽顧熠也辦過幾次了，算是經驗豐富。

採訪的時間有些長，顧熠是壓軸，此刻坐在臺下，看著別的建築師一個一個上去，他忍不住一直低頭看手機。

蘇漾是最後一個上臺的，大部分參展人已經走了，連來採訪的記者，對她的態度也很敷衍。因為名氣遠不如之前的建築師，記者的用詞相對尖刻許多。

白色的背板，蘇漾穿了一身灰色連身裙，不顯眼也絕不埋沒，她的頭髮綁成普通的馬尾，看起來很俐落，衣著端莊，一雙黑色的高跟鞋踩在腳下，十公分加上去，她已經和一旁採訪的男記者差不多高，讓她的氣場更強大。

面對記者尖銳的提問，她沒有一絲慌亂，似乎早有準備，只是侃侃而談。

「我是一個本土設計師，沒有海外留學的經歷。我推廣山水園林建築，試圖復興和推廣我們的本土建築和文化風格。我知道自己受很多人議論，大家覺得我用假的自然園林，套現代設計風格，搶風頭。我想說，我推廣山水園林建築，並不是要把快速發展的城市推倒，改建成完全的山水園林。我在我的博士論文裡，將本土的園林建築設計從 native 改譯為 nature-based。這就是我要表達的，基於自然，符合現況，這是我推崇的建築風格。復興，興的是一種意識形態，是五千年的沉澱。」

顧熠的注意力從手機轉到臺上。

蘇漾不卑不亢的回答，讓那個記者面上流露出幾分羞愧。因為他原本是希望讓蘇漾出醜，可是她完全沒有生氣，每一個問題都認真回答，反倒顯得他像個小丑。

他誠懇地握了握蘇漾的手，很認真地說著謝謝。

蘇漾淡淡微笑。

在蘇漾之後，只剩主展的顧熠還沒受訪。

顧熠上臺，蘇漾與他錯身而過，她終於放鬆下來，輕輕吐了一口氣。

這個小動作，被顧熠看在眼裡。

「等等。」

顧熠伸手，攔住了要下臺的蘇漾，他牽著蘇漾，將她拉回背板前，然後對攝影師和記者說：「蘇漾是我們 Gamma 的建築師，理應和我合影，一起登。」

顧熠的面子大，話說出來，眾人自然配合。

原本好不容易採訪完畢，一臉輕鬆就要下臺的蘇漾，此刻又尷尬地回到臺上。

顧熠和蘇漾一同站在背板前，他的手自然地放在蘇漾的腰上，兩人靠得很近。那姿態，就差沒給蘇漾貼個標籤：我是走後門的。

蘇漾滿臉黑線，又不能不配合。

她偏頭偷偷瞪了顧熠一眼，壓低聲音說：「你什麼意思？我要靠我自己。」

顧熠淡淡一笑，頭也沒有回。

事實上，今天顧熠到了現場，沒有去主會場，而是去找蘇漾的展位，沒想到蘇漾一直在和林木森說話，林木森一下幫她換燈泡，一下幫她拿東西，一下又幫她梳頭髮。

蘇漾要去主展接受採訪前，那姓林的拉住她，兩人旁若無人的對視。

顧熠聽見他說了一句：「妳知道嗎？我很慶幸，當時來相親的是妳。」

此刻，顧熠不關心蘇漾說了什麼，也沒有打算要違背蘇漾的意願，替她站臺或者什麼。他只是有些話想要問而已，他的個性就是如此。

「妳很急著結婚？」

兩人面對著鏡頭，蘇漾微微一怔：「嗯？」

「相親好玩嗎？」

蘇漾一臉莫名其妙，尤其他緊緊扣在她腰上的手，讓她十分不安。

「手放開。」她壓低了聲音。

顧熠終於回過頭，淡淡瞥了蘇漾一眼，低聲問：「什麼時候和我相親？」

蘇漾不得不承認，她確實有點分心。

要求簽名的時候，主辦方的工作人員把筆遞給她，她愣了一下才想起現在要幹什麼，然後趕緊把自己的名字簽上去。

顧熠看到她那副狀況外的樣子，嘴角掠過一絲得意的笑，他大方地從蘇漾手裡拿過簽字筆，遒勁有力地在背板上寫下「顧熠」兩個字，字簽得很大，蘇漾小小的簽名在他旁邊瑟縮成一團，他的簽名就像一隻覓食的猛獸，隨時要將她吞入腹中。

這人真是，說不上來的感覺……

蘇漾回到自己的展臺，林鉞鈞吊兒郎當的身影已經在那裡，和同樣來看蘇漾的廖杉杉吵得不可開交。

蘇漾從來沒見過廖杉杉對誰用那麼不客氣的語氣說話：「你愛滋、梅毒那些治好了？就這麼大搖大擺出來？」

林鉞鈞還是那副滿不在乎的樣子，漫不經心地看著廖杉杉：「妳又不是要和我發生什麼關係，怎麼？怕被傳染？」

廖杉杉嫌棄地看了林鉞鈞一眼，冷哼一聲：「讓開。」

林鉞鈞挑眉：「這裡好像是蘇漾的展臺。」

「好，你不走，那我走。」

廖杉杉轉身就走，林鉞鈞卻又耍無賴，一把拉住她：「妳就這麼對待初戀男朋友？」

「……我們上次好像達成共識，誰再提這件事，誰就是孫子？」

廖杉杉好心提醒他，他卻不為所動，笑笑說：「噢，奶奶。」

「……」

蘇漾沒想到上次吃飯的時候，廖杉杉說的「別的人」，居然是林鋮鈞。看林鋮鈞這個樣子，分明是對人家還有意思，那他們一起共事的六年，是怎麼過來的？

蘇漾看了看眼前的場面，想想現在不是八卦的時候，在他們吵起來把她的展臺拆掉之前，她還是趕緊去救場吧！

哎，看來真是人以群分，圍繞著顧熠的，真是沒有一個正常人，蘇漾頭痛扶額……

青年建築展之後，大家對蘇漾的想法還是有些改變，不過名利的光環很短暫，真的要在這個行業立足，靠的還是實力。

對於東城改造的專案，蘇漾確實有些陷入瓶頸。

大家都發現蘇漾遇到瓶頸，好幾次開會，眾人都提出方案，唯獨負責的蘇漾始終一言不發，腦力激盪過後，專案依然毫無進展。

還沒到下班時間，林木森來到蘇漾的辦公室，兩人就方案聊了幾句，見蘇漾有些腸枯思竭，便說：「我朋友有個在建工地，在N城老戲園裡，妳要去看看嗎？」

老戲園是城中望族秦家的老宅，確實很有研究的價值：「什麼時候？」

林木森看了蘇漾一眼：「明天？」

林木森話音剛落，蘇漾的辦公室裡就走進一個不速之客——顧熠。

「明天去哪裡？」

蘇漾皺眉：「怎麼了？」

顧熠一副公事滿滿的樣子走進辦公室，淡淡掃了林木森和蘇漾一眼，完全王者風範，讓人看著就有些不爽。

他微微抿脣一笑：「明天我要出差。」

「我知道。」整個事務所都知道，大家都很開心大魔頭要離開幾天，可以快活幾天。

「妳也收拾一下。」顧熠說。

「我？」蘇漾指著自己，「為什麼？」

「和專案有關係，要妳去就去，哪有那麼多為什麼。」語氣強勢，不容置喙。

說完，他意味深長地看了林木森一眼，就離開了蘇漾的辦公室，和進來的時候一樣，既沒禮貌又莫名其妙。

蘇漾看了林木森一眼，有些不好意思地說：「那等我出差回來，再去看？」

林木森的眸光落在顧熠離開的方向，最後安撫蘇漾一句：「沒關係。」

林木森離開蘇漾的辦公室前，蘇漾嗅了嗅，隨口問道：「你最近在戒菸嗎？身上的菸味淡了很多。」

林木森微怔：「想交女朋友，怕她不喜歡。」

蘇漾笑，調侃道：「看來愛情果然會讓人改變。」

林木森看了蘇漾一眼，淡淡回答：「嗯。」

蘇漾回N城後，第一次和顧熠去出差，因為只去兩天，蘇漾簡單地帶了兩套換洗衣服和洗漱用品。沒有帶助理，也沒有派公務車送，顧熠帶著蘇漾去坐高鐵。

兩個小時的路程，蘇漾想想，還是決定找點話題。

「我們去平城做什麼？平城好像經濟情況一般，沒什麼你會接的專案吧？」

顧熠還是一貫的口氣：「到了妳就知道了。」

「……」蘇漾覺得工作很難聊下去，乾脆說點八卦，「廖杉杉和林鋮鈞交往過？」

「嗯。」

「那廖杉杉喜歡你，林鋮鈞和你豈不是三角關係？」

顧熠用關愛智障的眼神看了蘇漾一眼：「我從來沒對廖杉杉有過想法，哪來的三角？」

蘇漾想了想，又說：「那林鋮鈞既然喜歡廖杉杉，為什麼那麼花心？是不是他們有什麼誤會或隱情？」

顧熠皺眉：「女人的美化功力真是一流。」

「和自己的初戀共事多年，要是真的喜歡，怎麼會換了一個又一個，不合常理啊？總不可能是比較過後，良心發現，還是最初的好，又想吃回頭草吧？」

顧熠彈了一個響指：「就是妳說的這麼一個簡單的過程。」

蘇漾緊抿著嘴唇，半天說不出話，最後從牙縫裡擠出兩個字：「渣男。」

「廖杉杉也這麼說。」

「……」聽到這裡，蘇漾有點聽不下去了，「他這麼渣，你還幫他追廖杉杉？」

顧熠聳肩：「不然呢？」

「怪不得一個男人出軌，身邊的狐朋狗友全部幫忙隱瞞，價值觀有問題，」蘇漾忍不住嘖嘖兩聲，「男人的友誼，呵呵。」

顧熠偏頭靠近蘇漾，醇厚的聲音說：「我不會。」

「你又知道你不會？」

「我肯定不會。」顧熠挑眉，意有所指地說，「我還沒坐上那輛車，沒有軌可以出。」

蘇漾：「……」

平城的高鐵是今年才通車的，蘇漾跟著顧熠下車，登上巴士，她才發現顧熠是要帶自己去當初做專案的皎月村。

原本還有抱怨，知道是要去皎月村後，她的心情複雜起來。她知道皎月村小學最後用了她的方案，顧熠在她的設計上做了更動，建了出來，惹出很多爭議。

皎月村小學，算是蘇漾真正第一個付諸現實的作品。她自己卻從來沒有看過實體，只是在網上瀏覽過照片。

熟悉的山路，比起當年的不適應，蘇漾如今簡直可以說是如履平地。她穿著輕便的衣服鞋子，走得很輕鬆。

這幾年她去過各式各樣的工地，這種山路對她來說已是小事一樁。

「這路寬了好多，臺階都重新修葺了。」

「嗯。」顧熠說，「節目播出後，來旅遊的人多了，村子裡的年輕人都回來經營民宿。」

聽到顧熠這麼說，蘇漾心中湧起一絲寬慰：「看來當年的努力沒有白費。」

重新走進村莊，和當年已經完全不一樣，依循蘇漾的火磚風格，所有的房屋都進行了外觀改建，整個村子煥然一新。看起來像是一個一九六〇年代被遺忘的村莊，靜謐而安然地坐落在山腰上。

到處是綠色的園林設計，和自然融合得恰如其分，乍看並沒有太強的建築風格，可是置身其中，就是有一種家的溫暖。

路上有背著背包的遊客，路邊有民宿和小餐館的招牌，充滿人間的煙火氣息。

蘇漾每一步都走得很慢，她想看清楚這裡的一花一木，她當年錯過的一切。

重新回到皎月村小學，校長已經在門口迎接，對淳樸的校長來說，顧熠是恩人一樣的存在。

他熱情地帶著他們參觀，五年過去，孩子已經不是當年那一批孩子，氛圍卻還是一如當年的簡單，純粹。

此時已經放學，少數幾個孩子還在學校裡踢球玩耍，夕陽西下，旗隊的孩子過來降旗。廣播器中響起國歌，所有在忙事情的孩子都停了下來，大家一起面向國旗的方向，虔誠地看著旗手緩緩將旗幟降下。

蘇漾看著這一幕，眼眶有些發熱。

跟著校長進入學校的小型圖書館，裡面堆滿了全國各地好心人士捐來的書，擠滿了孜孜好學的孩子，校長欣慰地說：「如今我們什麼都不缺了，感謝你們。」

看著坐在地上頭靠著頭的孩子們，蘇漾覺得好像看到了希望。

校長向孩子們介紹顧熠和蘇漾，孩子們立刻過來將他們團團圍住，你一言我一語，滿是對城市、對外界、對長大以後世界的嚮往。

蘇漾摸了摸最近一個孩子的頭，問她：「妳讀了書，以後想幹什麼？」

孩子天真地眨著眼睛，甜甜一笑：「我想當醫生，能醫好我奶奶的病。」

她話音一落，別的孩子立刻接下去。

「我想當科學家。」

「我要當飛行員。」

「我以後肯定是個好船長。」

「……」

蘇漾認真聽著，嘴角始終帶著笑意。

天馬行空的答案，完全不諳世事，只是憑著初心的美好願景。

即便她知道，長大後他們的選擇也許會完全不一樣，可是此刻，她想保護這一分單純。

夜幕低垂，在校長的熱情挽留之下，他們沒有趕著回城裡。

這次不用擠了，校長讓自家媳婦整理出家裡經營的民宿，來招待蘇漾和顧熠。

校長家的宅院沒有大改風格，保留了原本的溫暖，只為他們設計了更多儲物空間，修改了比較危險的部分。蘇漾注意到，校長家裡還多了一面專門畫畫的黑板。

當年在這裡發生的一切，不由自主都浮現腦海。蘇漾啜了一口校長家自釀的糧食酒，悄悄抬頭看了顧熠一眼。

不知道為什麼，她直覺地認為，這是顧熠的作品。

她突然覺得，不管外表多麼冷硬，顧熠的身體裡，都住著一個很溫暖的靈魂。

晚餐過後，校長家的人忙進忙出，作為客人的他們也不好無所事事，便主動請纓幫他們餵雞。

工作很簡單，把簸箕裡的米糠均勻撒在地上就可以了。

蘇漾做什麼事都很認真，連餵雞都一個個盯著，生怕哪隻雞沒吃飽。顧熠站在她身後，突然問了一句：「妳小時候的夢想是什麼？」

蘇漾手上拿著簸箕，撒完最後一把米糠，抿唇想了想：「建築師。」

「嗯？」很顯然，這個答案讓顧熠有些意外，「我以為妳當建築師是蘇阿姨逼的。」

想起小時候的童言稚語，蘇漾笑了笑：「那時候太崇拜我爸，就想成為他。」

顧熠笑：「後悔了嗎？」

蘇漾搖頭：「只後悔最初的幾年，有些浪費時間。」

她夾著簸箕，回過頭來，問顧熠：「那你呢？你小時候的夢想是什麼？」

月光盈盈，山裡的空氣很清新，夾雜著植物淡淡的馨香，讓人心緒平靜。

顧熠的眼神很溫柔，看著遠處，淡淡道：「一個好丈夫，一個好爸爸。」

「什麼？」

「有一個充滿愛的家。」

蘇漾聽了有些哭笑不得：「怎麼會有人的夢想這麼小家子氣？」

蟬鳴陣陣，蛙鳴呼應，雞舍裡的雞叫，大自然的音效，完全洗去城市忙碌的壓抑，讓人感到輕鬆又愉悅。

顧熠笑了笑，對於蘇漾的質疑不置可否。

「這一生很多目標，都是我一個人可以闖出來的，唯有這一個，我一個人辦不到，所以這個夢想，才是真正的夢想。」

許久，顧熠突然回過頭來，很認真地看著蘇漾，一字一頓地說，「我知道當年是我選錯了，我也知道我錯過了最好的機會，即使我再後悔，時間也不能倒流。」顧熠頓了頓，「蘇漾，我只想要再一次機會，這一次就算天塌下來，我也不會放開妳。未來的人生，哪怕頭破血流，我也替妳扛。」

——《建築師今天戀愛了嗎？》未完待續——

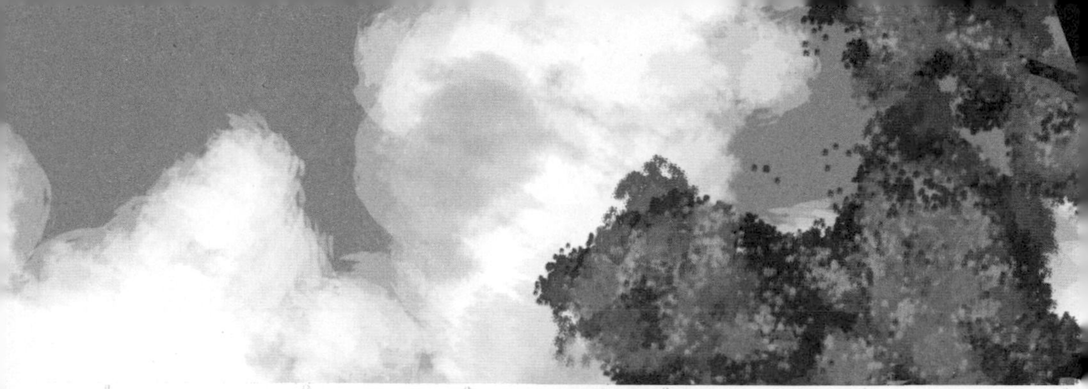

高寶書版集團
gobooks.com.tw

YH 112
建築師今天戀愛了嗎？（中）
作　　者　艾小圖
特約編輯　余純菁
責任編輯　吳培禎
封面設計　鄭婷之
內頁排版　賴姵均
企　　劃　何嘉雯

發 行 人　朱凱蕾
出　　版　英屬維京群島商高寶國際有限公司台灣分公司
　　　　　Global Group Holdings, Ltd.
地　　址　台北市內湖區洲子街88號3樓
網　　址　gobooks.com.tw
電　　話　(02) 27992788
電　　郵　readers@gobooks.com.tw（讀者服務部）
傳　　真　出版部(02) 27990909　行銷部 (02) 27993088
郵政劃撥　19394552
戶　　名　英屬維京群島商高寶國際有限公司台灣分公司
發　　行　英屬維京群島商高寶國際有限公司台灣分公司
初　　版　2022年10月

國家圖書館出版品預行編目(CIP)資料

建築師今天戀愛了嗎？/艾小圖著. -- 初版. -- 臺北市：英屬維京群島商高寶國際有限公司臺灣分公司, 2022.10
冊；　公分. --

ISBN 978-986-506-557-7(上冊：平裝). --
ISBN 978-986-506-558-4(中冊：平裝). --
ISBN 978-986-506-559-1(下冊：平裝). --
ISBN 978-986-506-560-7(全套：平裝)

857.7　　111016536

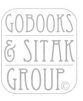